The Worlds of Sherlock Holmes

シャーロック・ホームズの世界大図鑑

The Worlds of Sherlock Holmes

シャーロック・ホームズの世界

大図鑑

アンドルー・ライセット［著］

日暮雅通［訳］

河出書房新社

❋ 目次 ❋

はじめに————7

第1章　ホームズにとってのロンドン————15

第2章　当時の政治と経済————43

第3章　科学の発達とその反動————69

第4章　探偵という職業————87

第5章　映画化と舞台化————113

第6章　出版の世界————141

第7章　「芸術家の血」————151

第8章　スポーツへの関心————161

第9章　「シャーロッキアン」と「ファン・フィクション」————171

あとがき————195

年表　アーサー・コナン・ドイルと世界の出来事————196

ホームズとワトスンの年譜————200

参考文献————202

索引————203

図版出典————207

謝辞————208

◇凡例————●正典(ホームズ物語60編)の邦題は、光文社文庫の全集に準拠した。
短編・長編の別なく、作品名には〈　〉を使用している。
ただし、書籍としての邦題には『　』を使っている(『シャーロック・ホームズの冒険』など)。
正典からの引用も光文社文庫版を使っているが、初版からかなり改訂されていることに留意されたい。また、本書の文脈に
合わせて多少変えている部分もある。
●その他の括弧の類いについては、以下のとおり。
「　」……正典以外の作品の邦題(短編や論文)、会話・引用文、用語の一部
『　』……正典以外の作品の邦題(単行本、映画、TV、曲、演劇、絵画など)、会話内の会話、空想、回想
(　)……原書通りの(　)、言い換え、補足説明、人物の生没年と出来事の年など
《　》……雑誌・新聞名、書籍作品のシリーズ名、団体名(社交クラブ含む)、その他オークション、イベント、コレクションなどの名称
[　]……引用文そのままだとわかりにくい場合の、訳者による補足
括弧なし……レストランなどの店名、社名、施設名、歴史上の事件名

はじめに

シャーロック・ホームズの世界へようこそ！

本書は以下のようなことがらを通して、ホームズの生涯をつまびらかにすることを目的としている。

●ホームズが生活し活動した場所（とくにロンドンという都市）を探索する。

●彼の時代の政治的・社会的背景を探る。

●探偵という仕事がどのように発展し、彼がどのようにそれに取り組んだかを示す。

●彼が経験したヴィクトリア朝末期の文化（おもに科学に関すること）の知的基盤を考察する。

●生みの親コナン・ドイルが1930年に亡くなって以来、ホームズの名声がどのように広まり続けてきたかを、とくに映像化作品における描かれ方に注目しながら明らかにする。

●スポーツと芸術と出版という、彼が興味をもっていた狭いながらも価値のある分野について、コナン・ドイルと比較しながら探っていく。

シャーロック・ホームズという人物は、ある意味謎めいた存在と言えよう。彼は聡明で精力的なコンサルティング探偵であり、世の中の些細なことを観察し、それをもとにさまざまな犯罪事件で何が起こったかを推理することで、キャリアを築いた。しかし、いったん事件がなくなればベイカー・ストリートの下宿に引きこもりがちになり、時には食事をするために部屋から出てくることさえしなくなるようなタイプだ。社交的な面がまったくなかったわけではないが、読書やヴァイオリン演奏など、孤独な楽しみを好んだ。細かい頭脳労働を伴う事件がなくて退屈なとき、あるいは単に、容赦なく立ち込めるロンドンの霧のせいで憂鬱になったときは、コカインの7％溶液を注射して、相棒のワトスン博士を困惑させることになる。基本的に善良な人物ではあるが、拳銃を手にして肘掛け椅子に座り、反対側の壁に発砲して弾痕で「V.R.」（ヴィクトリア女王のこと）の文字をつくるなどといった、憂慮すべき行動に出ることもあった。

ワトスン博士はホームズのことを、「ある週はコカインに浸っているかと思えば、またある週は大いなる気力にあふれる——つまり、麻薬に陶酔する日々と、独特の鋭い天性を活かして精力的に仕事に打ち込む日々を交互に繰り返していた」と書いている〔〈ボヘミアの醜聞〉〕。現代であれば一種の双極症と考える人もいるかもしれない。だが、その一見矛盾して見える行動、二面性こそが、ホームズというキャラクターを魅力的なものにしていると言えるだろう。ベネディクト・カンバーバッチ主演のBBCテレビ『SHERLOCK／シャーロック』が人気を得たのも、まさにこの特徴のせ

前頁 《ストランド》誌1891年6月号

いなのだ。女性との交際を避け、「君ってやつは、ほんとに機械みたいな——計算機械みたいな男だな」〔〈四つの署名〉〕とワトスンに言わせる彼が、いかにして猟奇的な犯罪者たちの心に入り込むことができるか、その説明にも役立つことだろう。彼は問題解決への科学的アプローチを誇りとしており、それが彼を特徴づけてもいる。しかもホームズは、それを並外れた直感力で補うことができた。〈ウィステリア荘〉でベインズ警部を褒め称えようとしたとき、彼は警部が「生まれもってのすぐれた直感力がある」のでこの職業で出世するだろうと言っている。これこそ、たいして喧伝されていないことだとしても、ホームズ自身の捜査テクニックにとって合理性と同様に重要なものであった。

この点でホームズは、彼の置かれた時代を反映していると言えよう。このあとの章で明らかになるように、ホームズが活躍したのは、合理性の精神がすべてを支配した19世紀後半である。近代科学は、物理学、化学、生物学、そして地質学などの、より難解な専門分野というかたちで、物質世界の秘密を解き明かし、それを人類が利用できるようにした。知識だけでなく、地球規模での探求と拡大の時代であった。

だが、このような進歩は反発ももたらすことになる。ホームズが人生の中でも最も鋭い洞察力を発揮していた1890年代には、すでに社会に新しい力が生まれつつあった。1886年にパリでフランスの神経病学者ジャン゠マルタン・シャルコーのもとで学んだオーストリアのジークムント・フロイトは、ウィーンで無意識の理論に基づく精神分析の実践をしはじめていた。また、ホームズの方法論の根底にあった科学的な考え方は、物理学への新たなアプローチに脅かされていた。とくに、1900年にはドイツの物理学者マックス・プランクが量子論を発展させたし、1905年にはアルベルト・アインシュタインが特殊相対性理論を発表した。ホームズの活躍が記録された最後の年である1927年には、同じくドイツ人のヴェルナー・ハイゼンベルクが不確定性原理を提唱したのだ。みずからの戒律に忠実でありながら不思議な感受性を持つホームズは、こうした文化的背景を反映せずにはいられなかった。ワトスンによればボヘミアン的性格である彼の人生へのアプローチには、現代のダンディズムのような退廃の気配さえ感じられるのである。

この点で、ホームズは彼の創造主と、ある種の共通点を持っていた。コナン・ドイルが世紀末の耽美（たんび）主義からかけ離れていたことは確かであるが、その一方、フロイトやアインシュタインの思想に熱中していたことをうかがわせるものは、彼の人生になかった。だが不思議なことに、ドイルはエディンバラにおける医学の修業を通じて科学の実践に深く傾倒していたにもかかわらず、当時の科学に対して

独自の疑問を抱えていた。彼は、存在には別の次元があり、それがこの世界に深く入り込んでいるという考えを捨てきれなかった。自分は不可知論者であると主張する割には、その態度はローマ・カトリックの時代にまでさかのぼるものだったのだ。とくに、彼はフロイトが主張する心の機械論的なモデルには決して納得できなかった。心には魂や霊の要素も含まれるべきだと考えていた。そのため、ある程度の期間を置いたのち、スピリチュアリスト（心霊主義者）として登場し、それを科学として広めた。そして、何事も中途半端にはしない彼らしく、超常現象の可能性についておそらく世界で最も偉大な提唱者となったのだ。

つまり、創造者もその創造物も、外側からその合理性を問われたのである。ただし、コナン・ドイル自身がかつて「相手わきまえぬ非難に答えて」という詩の中でこう指摘したように、両者がまったく異なっていることは確かだ。

　　だから、どうかこの事実をしっかりつかんでいただきたい
　　人形とそれを作った人形師は別のものなのだと
　　　　〔《ロンドン・オピニオン》1912年12月28日号〕

この詩は、「シャーロック・ホームズはエドガー・アラン・ポーの探偵オーギュスト・デュパンを軽蔑していたのだから、ドイルもまた、論理的な推論を提唱するこのパリの探偵を嫌っていたに違いない」と示唆した論者への、反論であった。上記はその最後の2行だ。

とはいえ、本書の焦点は、架空の存在であるシャーロック・ホームズと、彼を形作った世界、そして彼がそれをどのように象徴したかということにある。彼が住んでいたのは、ロンドンのほぼ中心にあるベイカー・ストリートだ。ロンドンという都市の風変わりで落ち着きのないエネルギーが、彼の物語に浸透している。ロンドンは彼の物語に特殊な場所の感覚を与えた。そこは世界で最も強力な経済の中心地であり、その経済は大英帝国の植民地と文化的影響力（ハード・パワーとソフト・パワー）とともに、科学的発見（その多くは過去何十年かに自国でなされたもの）を背景に発展してきたのである。

経済が発展したのは、適切な天然資源を手に入れることができた幸運の結果でもあった。一方で、安定した政治状況が繁栄を可能にしたという側面もある。ホームズ自身は、政治にはあまり関心がなかった。第2章で詳しく語るように、彼は伝統的な考えを持つ自由帝国主義者であるが、にもかかわらず、大義のためなら自分の天職を利用し、みずからの手で容疑者を釈放することさえあった。彼のライフスタイルは、ボヘミアンの香りを漂わせながらも、時代遅れのものだった。それは、女性が選挙権を持つことはおろか、公の場でほとんど役割を与えられなかった時代の、男性的な文化を反映していた。ホームズは基本的にひとりを好み、必要なときだけワトソンのような従順な仲間を求めたのである。

前頁　BBCテレビ『SHERLOCK／シャーロック』のシリーズ（2010〜）でホームズ役を演じたベネディクト・カンバーバッチ

左　アーサー・コナン・ドイルの肖像写真。《プレイ・ピクトリアル》誌（1909年）より

こうしたことと、〈三人のガリデブ〉でワトスンが軽傷を負ったときの気づかい、そしてワトスン自身が「たとえけがをしていても、それが何だというのだろう——何度けがをしてもそれだけのことはあるというものだ——あのホームズの冷たい仮面の下に、こんなにも深い気づかいや思いやりがあるとわかったのだから」と書いていることを引き合いに出して、ホームズはゲイではないかという指摘がなされることもある。しかし、これはヴィクトリア朝の「ブロマンス」に過ぎない。ワトスンは〈四つの署名〉事件の冒頭で出会った上品な女性、メアリ・モースタンと幸せな結婚生活を送っているのだ。ホームズが関心を示した異性は〈ボヘミアの醜聞〉以来「あの女性(ひと)」と呼ぶアイリーン・アドラーだけだが、ワトスン自身はホームズが彼女に対して恋愛感情に似た気持ちを抱いているわけではないとして、こう書いている。「冷静で緻密、しかもみごとにつりあいのとれたホームズの心にとって、あらゆる感情は、なかでもとりわけ恋愛感情などは、いまわしいものなのである。思うに、彼はかつてこの世に存在したなかでも最も完璧な観察と推理の機械だが、こと恋愛になると、まるで場違いな存在となってしまう。人の情愛についても、あざけりや皮肉のことばを交えずに話すことなどけっしてない」。この最後の一文には、若干の不快感をおぼえるかもしれないが、根底にある真実を強調するものと言えよう。「つねに心よりも頭が先に立つこの私が、女性にうっとりするなど、まずめったにない」〔〈ライオンのたてがみ〉〕とみずから書くホームズにとっては、職業上の要求が性的欲求よりも優先されるということなのだ。

とはいえ、ホームズは事件捜査で出会う女性につねに敬意を払っている。彼は恋愛のような情熱に浸る時間をほとんど持たなかったかもしれないが、強い感情の力を理解し、受け入れている。例えば〈アビィ屋敷〉では、クローカー船長のレディ・ブラックンストールに対する愛が、彼を殺人に駆り立てたかもしれないことを認識しているし、〈ボール箱〉では、メアリ・ブラウナー（旧姓クッシング）のような不倫関係に対処する際には、（ヴィクトリア朝時代の人ならすると思われるように）判断を下すことを避けているのだ。

この第2章でホームズが政治や社会でどのような役割を果たしたかを検証したあと、第3章では、彼が同時代の科学的進歩をどのように吸収したかを取り上げる。この分野においては、おそらくほかのどれよりも、ホームズは先達であるコナン・ドイルの経験を参考にしている。そしてそれは、ホームズという存在の「核」である探偵という職業についての検証につながっていく。彼は自分の仕事のために生きていたと言っていいのだ。そこで第4章では、彼の職業の成り立ち（長いあいだ、探偵は一般大衆に歓迎されなかった）、並行してあらわれた探偵小説、そして、コナン・ドイル自身がその中でどのように位置づけられるかを見ていく。探偵としてさまざまな訓練を積んできたホームズは、つねに観察を怠らず、化学者としての能力を披露し、最新の技術開発を追っているはずなのだが、意外にもそれを実行に移すことを急がなかった。アルフォンス・ベルティヨンの人体測定やチェーザレ・ロンブローゾが開拓した粗雑なプロファイリングなど、外国のものについてはとくにそうだった。重要なのは抑制の効いた頭脳的アプローチであるということなのだ。

右　「死体を調べるホームズ」シドニー・パジットによる〈アビィ屋敷〉の挿絵（1904年）

次頁　アルフォンス・ベルティヨンの「人相学的特徴の総合表」（1909年）は、警察が顔や遺体を説明し分類するために広く使用された

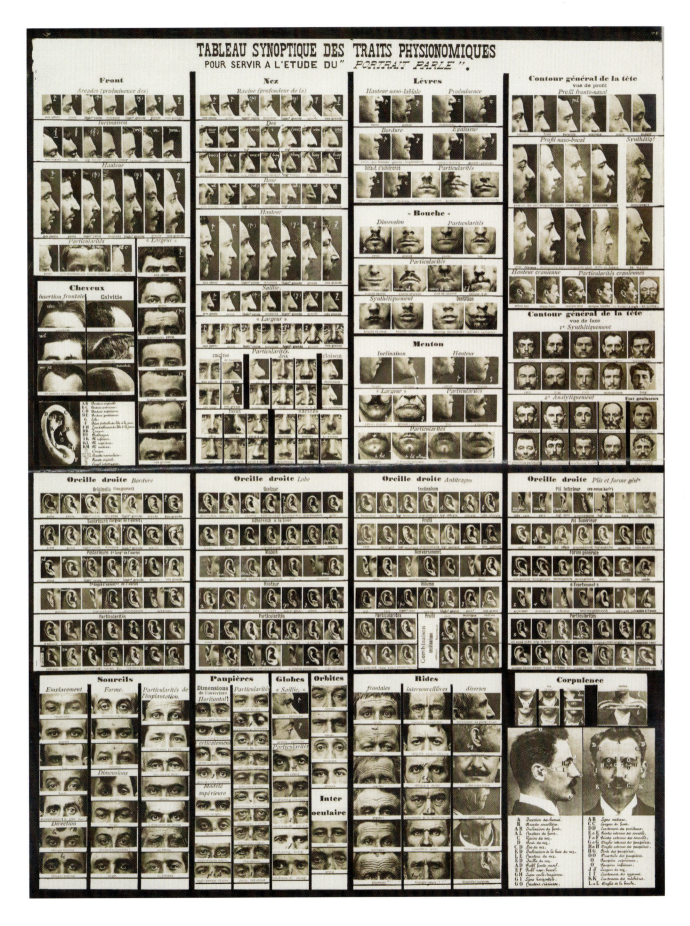

前頁 ウィリアム・ジレットが30年間演じたシャーロック・ホームズ（1902年ごろの肖像画）　**下** 「彼女はヴェールを持ち上げた」シドニー・パジットによる〈まだらの紐〉の挿絵（1892年）

ホームズの名は、ほかの文学作品中の人物よりも長年にわたって存続してきただけでなく、世界的に有名でありつづけた。そこで本書では、彼のその後（連載終了後）の人気に関して、2つの側面から検証する。ひとつは、舞台や映画作品でホームズがどのように描かれてきたか（映画はとくに彼の名を広めることに成功した）、もうひとつは、研究者やホームズ愛好団体、ファン（と彼らの書く「ファン・フィクション」）、それに銅像やさまざまな記念物によって、いかにホームズの名声が高められてきたかということだ。

いくつかの短い章では、ほかではあまり触れられることのないようなホームズの特徴を取り上げている。シドニー・パジットによる見事な挿絵とともにホームズの活躍を何十万人もの熱心な読者に紹介した《ストランド》誌への言及や、ホームズのスポーツや芸術に対する造詣の深さなどである。

以上のすべての根底にあるのは、コナン・ドイル（あるいは読者によってはワトスン）が描くホームズの世界の素晴らしさである。文章を書くことを知り尽くしたジョン・ル・カレの言葉を借りるなら、ホームズ物語は「語りの完璧さ、会話と描写の完璧な相互作用、完璧な人物描写、完璧なタイミング」によって成立している。こうしたことのおかげで、ホームズ物語は実質的にどの言語にも損なわれることなく翻訳できるというのだ。

とはいえ、本書の焦点は、シャーロック・ホームズがその探究心旺盛な時代の代名詞であったということである。綿密な観察に対する敬意、発見に対する熱意、知識の蓄積に対する自信、物理的にも知的にも刺激的な新しい可能性に対する感覚など、彼はその時代を象徴しているのだ。

第1章
ホームズにとってのロンドン

シャーロック・ホームズを、ロンドン抜きでは語ることはできない。この有名な「コンサルティング探偵」はロンドンという街で暮らし、夢を見、そして何よりも、ビジネスを営んでいる。ホームズの冒険により、読者はイギリスの首都の華やかで多様な姿を余すところなく見ることができ、ハムステッドの豪邸からイースト・エンドのスラムまで旅をしつつ、トラファルガー・スクウェアやストランド、ロンドンの真ん中を流れる大河テムズ川などの名所を巡ることができる。大通りから少しそれたところにはホームズの拠点であるベイカー・ストリート221Bがあり、ここの下宿で少なくとも一時期はワトスン博士と同居生活を送っていた。

56の短編と4つの長編から成る「正典(キャノン)」の第1作である〈緋色の研究〉の冒頭で、ワトスンは大都市ロンドンを「大英帝国であらゆる無為徒食の輩(やから)が押し流されてゆく先、あの巨大な汚水溜めのような大都市」と書いている。当然ながらこの帝都は、貴族からならず者まで、あるいは外国人から現地人まで、ありとあらゆる人を引き付けてやまず、その存在がホームズ物語に豊かさと面白みを添えている。

正典で最初に登場するロンドンの地名は、クライテリオン・バー。ピカデリー・サーカスで待ち合わせによく使われる場所だ。アフガニスタンからロンドンに到着したばかりのワトスン博士は、このバーでかつての手術助手であるスタンフォードと偶然再会し、住む場所を探していると言ってアドバイスを求める。スタンフォードがワトスンをシャーロック・ホームズに紹介するセント・バーソロミュー病院は、東に2マイル行ったロンドンのシティ本体の境界部分にある。クライテリオン・バーには物語中の2人の出会いを記念するプレートが取り付けられており〔2023年末現在は外されて行方不明〕、物語の記述から日付は1881年の1月1日としている。19世紀半ばにロンドンが拡大する中、実際の建物はこの17年前に開館した。劇場やレストランが入ったビザンチンふうの大型複合施設の一部で、建築家のトーマス・ヴェリティが設計を担当した。コナン・ドイルがこよなく愛したローズ・クリケット・グラウンドを設計したのも、ヴェリティである。

翌日、ワトスンは合意したとおりにベイカー・ストリートにあるホームズの下宿に姿を現す。居間からは地下鉄のメトロポリタン線が見えることが利点だ。ただ、正典には下宿周辺についての描写はあまりなく、〈花婿の正体〉で「くすんだ灰色のロンドンの街」と書かれている程度だ。ジョン・フィッシャー・マリーは1843年出版の人気ガイドブック『ワールド・オブ・ロンドン』で、ベイカー・ストリートを「極めて高級な地域」としたうえでこう評して

前頁 ウィリアム・ログスデイル(1859〜1944)作『セントポール大聖堂とラドゲイト・ヒル』油彩・カンヴァス

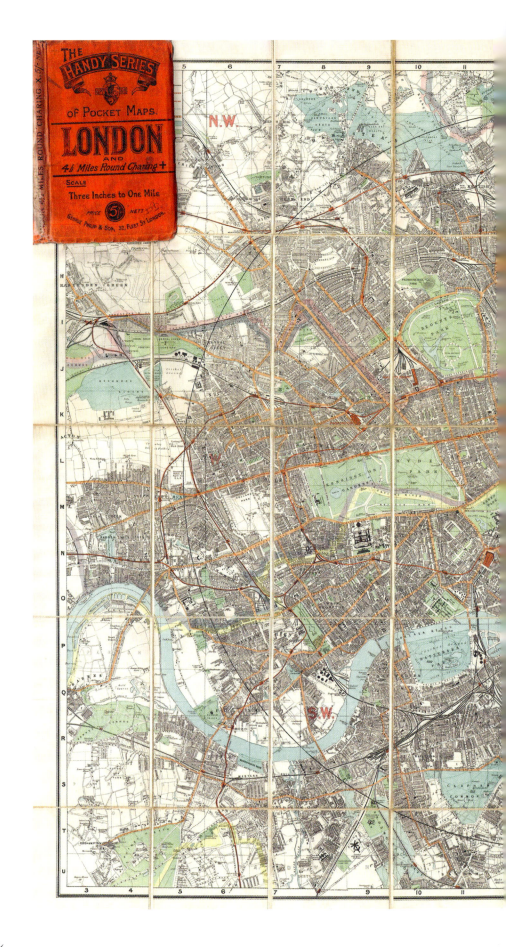

右 『フィリップス・ポケット・マップ・オブ・ロンドン』(1895年)

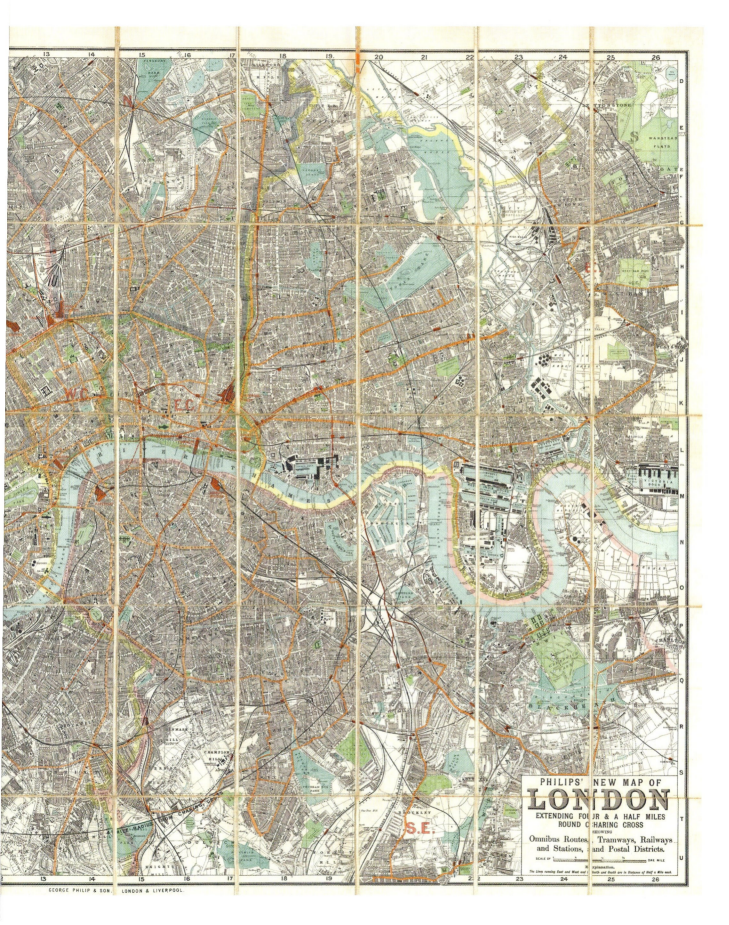

いる。「このような高級な地域に暮らすのは貴族の末裔や高貴な一族の遠戚が多く、生活様式や身の回りの品を非常にきちんと整えているが、明らかに収入は少ない。それでも自分たちの強みを誇りにしており、教養があれば年収1000ポンドでこのような生活を送るほうが、10倍の収入でむやみに豪勢な暮らしをするよりもずっといいと思っている」

ベイカー・ストリートをはじめとして、複数の街道がロンドンのウェスト・エンド、とくにオックスフォード・ストリートから北に延びていた。オックスフォード・ストリートはロンドンの小売業の中心地で、マーシャル・アンド・スネルグローヴといった大型店が建ち並んでいた。ベイカー・ストリートはもともと建築業者のウィリアム・ベイカーが18世紀に設計したが、周辺の古い家々はヴィクトリア時代初期に取り壊され、ユーストンにできた新しい駅まで鉄道が敷かれた。さらに後年には地下鉄も開通している。

この鉄道はコナン・ドイル自身が初めてロンドンを訪れた際に利用したものだ。15歳の寄宿学校生だったドイルは1874年のクリスマス休暇にロンドン旅行をし、ロンドンの主要路線の終点としては最古とも言えるユーストン駅（1837年建設）を見て感激したという。地下鉄でアールズ・コートに行き、そこから辻馬車に乗って伯父で芸術家のディッキーが暮らすフィンバラ・ロードに向かっている。ロンドンで過ごした3週間のうちに、ドイルはウェストミンスター寺院、ロンドン塔、ロンドン動物園、クリスタル・パレスなど、ありとあらゆる名所に連れていってもらった。さらに劇場やマダム・タッソー蠟人形館も訪れ、その「恐怖の部屋」に展示されたフランス革命当時を思わせるおぞましい遺物に引き付けられたという（「恐怖の部屋」は当時の雑誌《パンチ》が名付けたもの）。当時はベイカー・ストリート・バザールという複合施設の上の階が蠟人形館になっていた。

のちにポーツマスで開業医をしていたころ、コナン・ドイルは建築家のパーシー・ブルノワと親しくなるのだが、ブルノワの父はベイカー・ストリート・バザールの開発で財を成した人物だった。ベイカー・ストリート・バザールはもともと騎兵連隊（近衛騎兵旅団第2連隊）の兵舎で、のちに廏舎と市場を兼ねるようになっていたが、ブルノワの父はそれを小売店が集まるおしゃれなアーケードに生まれ変わらせた。コナン・ドイルがパーシー・ブルノワと親しくしていた時期は、ホームズ物語の第1作である〈緋色の研究〉の執筆時期と重なるので、（確証はないが）ブルノワにちなんでベイカー・ストリートという地名を選んだ可能性は高い。パーシーの兄でベイカー・ストリート・バザールを運営していたエドモンドは地元を代表する治安判

右 ピカデリー・サーカスと、ホームズとワトスンを引き合わせたスタンフォードとワトスンが出会った、ザ・クライテリオン（1922年ごろ）

次頁 ベイカー・ストリート・バザールにあったマダム・タッソーの蠟人形の展示（1841年）

事で下院議員でもあった。

19世紀にはロンドンの拡張に伴って現代的な都市型住宅がベイカー・ストリート周辺に相次いで建設され、この通りを北へ進めばローズ・クリケット・グラウンドやセント・ジョンズ・ウッドといった、流行りの場所へ行くことができた(セント・ジョンズ・ウッドも住宅街で、裕福な男性が愛人を住まわせるために使っていたと言われる。ホームズが「あの女性(ひと)」と遠回しに呼ぶアイリーン・アドラーもここに居を構えており、〈ボヘミアの醜聞〉によれば架空の住所であるサーペンタイン通りのブライオニー・ロッジに住んでいたとされている)。

ホームズの家の外の様子については〈空き家の冒険〉で、ホームズがあとをつけられないようにと、ふだんは通らないベイカー・ストリートの裏通りを通って行く際に、間接的に述べられているだけだ。ワトスンはこう書いている。「たどる道筋がまた、ずいぶんへんだった。ホームズはロンドンの裏道を知り抜いている。わたしがまったく知らないような馬屋のあいだの網の目のような路地を、自信たっぷりの足どりでさっさと通り抜けていった。やがて、古い陰気な家が並ぶ小さな通りへ出ると、さらにマンチェスター・ストリート、ブランドフォード・ストリートへと進んでいった。ここでホームズは、とある狭い路地へすばやく飛び込んだ。木戸をくぐり抜けて人けのない裏庭に入り込み、鍵を取り出してある家の裏口を開けた。二人でその家に入ると、ホームズがドアをまた閉めた」。ワトスンはそこから見えるのがベイカー・ストリートにある自分たちの家だと知って驚くが、ホームズの説明によると、見えているのは通りの真向かいにあるカムデン・ハウスからの眺めだという(熱心なシャーロッキアンたちは、この記述とブランドフォード・ストリートとの関係から、ホームズの家が実際にあったのはもっと先の30番地あたりではないかと推測している)。

ホームズの下宿の外観ははっきりしないが、内装の描写は印象的だ。下宿には「居心地のよさそうな寝室二つと、広々とした風通しのよい居間」〔〈緋色の研究〉〕がある。秩序ある混沌がデザインのモチーフだ。しかし、医者であり従軍も経験しているため、とくに神経質なほうではないというワトスンですら、新たな友人の生活習慣には仰天する。ホームズは葉巻を石炭バケツにしまったり、パイプ煙草をペルシャ・スリッパのつま先に入れておいたり、返事を出していない手紙を木製マントルピースの真ん中にナイフで刺しておいたりするのだ。過去に手掛けた事件に関する書類があちこちに散らばり、ホームズが化学実験で使う薬品の跡がそこかしこに付いている。何よりも突飛なのは、部屋の壁に銃弾を撃ち込んで穴を開け、時の女王に敬意を示すV.R.という「愛国的な」文字をつくることだ。

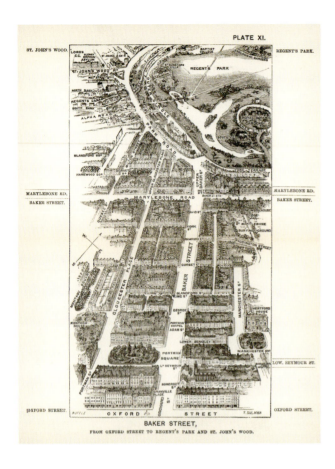

上　ハーバート・フライ (1830〜85) によるベイカー・ストリートのイラスト。『1888年のロンドン』より

次頁　ジョン・サットン (1935〜) 作『ベイカー・ストリート』

　ホームズは周辺の通りについて百科事典ばりの知識を持っており (通りは通常徒歩か二輪馬車で移動している)、〈赤毛組合〉ではワトスンに「ロンドンについて正確な知識を持つのが、ぼくの趣味のひとつなのさ」と得意げに話している。このときホームズはシティの外れにある架空の広場サクス・コウバーグ・スクウェアにたたずんであたりを見渡し、目立たないが特徴的な建物に注意を向ける。「煙草屋のモーティマー商会、小さな新聞販売店、シティ・アンド・サバーバン銀行のコウバーグ支店、菜食料理店に、マクファーレン馬車製造会社の車庫か」

　〈四つの署名〉ではサウス・ロンドンにあるサディアス・ショルトー宅に向かう途中で、ホームズがロンドンのさらに広い範囲について豊富な知識を披露する。「馬車が広場を走り抜けたり、曲がりくねった裏通りを出入りするたびに」、その通りの名を小声で教えるホームズの様子を、ワトスンは次のように記している。

　「ロチェスター・ロウ。いまはヴィンセント・スクウェアだ。ヴォクスホール橋通りに出た。川を越えたサリー州側に向かっているらしいな。ほら、やっぱり。いま橋の上だ。川が見えるだろう」

　たしかに、テムズ河の広くて静かな水面に、街灯がちらついている。だが、それもあっというまだった。馬車はフルスピードで走り続け、やがて川の反対側の、通りが入り組んだ迷路へ入っていった。

　「ワンズワース通り」とホームズが言う。「プライオリ通り。ラークホール・レイン。ストックウェル・プレイス。ロバート・ストリート。コールドハーバー・レイン。連れていかれる先は、どうやらあまり高級な地域ではなさそうだな」

　たしかに、馬車はいかがわしげな、ぞっとするような場所を走っていた。レンガづくりの家並みが延々と続く薄暗い町で、角ごとにあるパブの品のないまぶしさやけばけばしい輝きだけが、わずかにいろどりを添えている。小さなテラスのある二階建て住宅が並んでいたかと思うと、派手な新築のレンガづくりの建物がどこまでも続いていたりする——ロンドンという巨大な都市が、怪物のようなその触手を田園地帯に向かって伸ばしてきているのだ。

　ワトスンが述べているように、ロンドンは19世紀初頭のイギリスの工業化に伴って猛スピードで拡大を続けており、将来に不安を抱えた国中の人々が工場での仕事を見つけるために地方から都市部へと流れ込んでいた。イングランドとウェールズでは、都市部の人口比率が1801年の17％から1891年には72％に膨れ上がった。当然ながらロンドンは根無し草のような人々が引き付けられる代表的な場

所となったが、さすがに1800年代終わりの20～30年には都市部の成長スピードが鈍った。歴史家のジェリー・ホワイトによれば、グレーター・ロンドンの人口は1890年代に16.8％「しか」増加しておらず、1830年代以来最低の成長率になっている。とはいえ、人口は1881年に476万7000人、1891年に563万4000人、1901年に658万1000人となり、チャールズ・ブースが行った社会学的調査『ロンドンの民衆の生活と労働』（1886～1903年）ではこの人口爆発の結果として住人の30.7％が極貧状態に陥ったとしている。

ホームズの時代になるころにはロンドンは郊外にまで広がり、セント・ジョンズ・ウッドやハムステッド（ハムステッドのアップルドア・タワーズには〈恐喝王ミルヴァートン〉に登場する「ロンドン一の悪党」、悪名高いチャールズ・オーガスタス・ミルヴァートンの屋敷がある）のようにベイカー・ストリートから徒歩または辻馬車で行ける範囲だけでなく、汽車や新しくできた地下鉄などの交通機関を使わなければ行けないような遠くの地域まで含むようになった。そのような地域としては、ホームズとワトソンがサディアス・ショルトーに会ったのちに、双子の兄弟バーソロミューを訪ねるために向かったアッパー・ノーウッド（コナン・ドイル自身も1890年代に近くに住んでいた）や、〈まだらの紐〉に登場するヘレン・ストーナーの叔母ホノーリア・ウェストフェイルが住むハロウがあり、さらに正典の登場人物が暮らすノーベリ、イーシャー、クロイドンといった地域もこのような郊外にあった。

しかしホームズはロンドンの中心部に住んでいたので、たいていは家の近く、つまり首都の心臓部で起こる事件を手掛けていた。もともとの「シティ」は「スクウェア・マイル」とも呼ばれ、銀行などの金融機関が集中しており、必然的に今で言う「ホワイトカラー犯罪」の温床となっていた。イングランド銀行に近いこの一帯には有名な会社や銀行が建ち並び、中でもホールダー・アンド・スティーヴンスン銀行はシティで2番目に大きい民間銀行だった。〈緑柱石の宝冠〉では表題の宝冠の紛失をめぐって、同銀行の頭取であるアレグザンダー・ホールダーが（地下鉄で）ベイカー・ストリートを訪れてホームズに助けを求める。シティ内にはこのほかにもウェストハウス・アンド・マーバンク商会のような名だたる会社があり、同商会は〈花婿の正体〉で「フェンチャーチ街でクラレット酒の輸入をしている大きな会社」と言及されている。

西へ向かうとホワイトホールとイギリス議会の上下両院を中心に官庁街が広がり、こちらもホームズによる犯罪捜査の舞台となった。この地区には首都圏警察（メトロポリタン・ポリス）の本部であるスコットランド・ヤードがあり、ホームズはレストレード警部などの刑事と、どちらかといえばしかたなく付き合

っていた。ホワイトホールから少し離れた所には〈海軍条約文書〉に登場する外務省があり、この物語では事件現場となる外務省の間取りや事務員がどうして目撃されずに済んだかが展開の鍵となる。

ホワイトホールの先にはロンドンの「ハブ」と言われるトラファルガー・スクウェアがあり、ここからはホームズが頻繁に訪れた地域が四方八方に広がっている。まっすぐ東へ行くとストランド（《ストランド》誌の名前の由来となった通りで、ホームズ物語がこの雑誌に初めて掲載されたのは1891年）がある。ストランドはもともと乗馬専用の道として交通量が多く、テムズ川に沿ってウェストミンスターとシティを結んでいた。ホームズ物語で、コナン・ドイルはこの大通りを高級な通りとして大変身させている。ホームズとワトスンは忙しい1日の終わりによくシンプスンズで食事をするのだが、このレストランはイングランドの伝統料理を出す店で、19世紀のホームズより前の時代にはシンプスンズ・グランド・ディヴァン・タヴァーンの名で知られていた。実際のストランドはロンドンでも有数の騒々しい通りで、パブ、劇場、ミュージック・ホール、安い下宿屋がひしめき合い、売春が横行していた。この理由としては、19世紀末に鉄道の終着駅としてイギリス屈指の利用客数を誇ったチャリング・クロス駅がストランドの目と鼻の先にあったことが挙げられる。駅に直結するチャリング・クロス・ホテルでは、ホームズが〈ブルース・パーティントン型設計書〉のクライマックスでスパイを呼び出して逮捕している。

角を曲がったところにあるノーサンバーランド・アヴェニューには高級ホテルが並んでいる。〈ギリシャ語通訳〉に登場する通訳のメラス氏の客はこうした高級ホテルを頻繁に利用するような裕福な外国人旅行客だったし、サー・ヘンリー・バスカヴィルも初めてロンドンに降り立った際に、この通りにあるノーサンバーランド・ホテルに宿泊していた。このホテルからサー・ヘンリーのなめし革のブーツが盗まれたことが、デヴォン州で先祖代々受け継がれてきたバスカヴィル館で行われている陰謀を解明する重要な手がかりとなるのだ。通りに隣接する狭いノーサンバーランド・ストリートへと入る角に建っているこのホテルは、ノーサンバーランド・アームズと同じ建物だと言われることもあるが、今はパブになっており、1957年に名前をパブ・シャーロック・ホームズに変えている。〈高名な依頼人〉でホームズとワトスンがよく行くと書かれていたトルコ式風呂はこの近くだ。

トラファルガー・スクウェアの反対側はパルマルに面していて、通りに並ぶ伝統的な紳士クラブのひとつである《ディオゲネス・クラブ》にはホームズの兄マイクロフトが同じくパルマルにある下宿から毎日通っていた。クラブ

左　ハーバート・メンジーズ・マーシャル（1841〜1913）作『トラファルガー・スクウェア』カラー石版画『ロンドンの風景』（1905年）より

には会員同士は口をきいてはならないという規則があり、感情より頭脳を重んじるマイクロフトにはもってこいだ。コナン・ドイル自身は社交的でクラブを楽しむタイプだったので、1880年代にブルック・ストリートの《サヴィル・クラブ》にゲストとして招かれロンドンの社交界にデビューし、のちに《リフォーム・クラブ》、《アシニアム・クラブ》、《王立自動車クラブ》、そして言うまでもなく《マリルボーン・クリケット・クラブ》の会員にもなっている。

　パルマルから北に行くと壮麗なリージェント・ストリートが北へ向かって延びている。ピカデリー・サーカス（前述のクライテリオン・バーがある場所）を通り過ぎて優美なカーブを曲がり、周辺のカフェ・ロイヤルやランガム・ホテルを横目に進んでいく。ランガム・ホテルはランガム・プレイスにある現在のイギリス放送協会（BBC）の本社からほど近い。カフェ・ロイヤルの外では、〈高名な依頼人〉でホームズがステッキを武器にした2人組の男に襲われる。暴漢は極悪非道なグルーナー男爵に雇われたと思われる男たちで、カフェが面しているグラスハウス・ストリートへと姿を消した。カフェは2008年に閉店したが、ランガム・ホテルはBBCの別館となって休業したのちに復活し、1991年に五つ星の高級ホテルとして営業を再開した。その100年ほど前の1889年8月30日、旧ランガム・ホテルはコナン・ドイルにとって人生の転機と言うべき出来事の舞台となった。ドイルはフィラデルフィアに拠点を置く月刊誌《リピンコッツ》の編集責任者ジョゼフ・M・ストッダートと会食をするためにポーツマスからこのホテルを訪れ、同誌に執筆を依頼されて、ホームズものの第2作となる長編『四つの署名』を書いたのだ。この作品が成功を収めたことで、ドイルは南海岸の医院をたたんでロンドンに引っ越すことになるのだが、当時はまだ医師を続けることも希望しており、一般開業医でなく眼科医を目指していた。アイルランドの国会議員と並んでこの会食に同席した4人目の人物が、機知に富んだ作家のオスカー・ワイルドだ。彼も同様に執筆を依頼され、掲載された『ドリアン・グレイの肖像』はのちに単行本としても出版された。ホテルでのひとときはコナン・ドイルにとって良い思い出となったことは明らかで、〈ボヘミアの醜聞〉のボヘミア王がこのホテルに泊まったし、〈レディ・フランシス・カーファクスの失踪〉のフィリップ・グリーン閣下もロンドンを訪れた際に滞在している。

　トラファルガー・スクウェアから延びる別の道を行くと、ロイヤル・オペラ・ハウスがあるコヴェント・ガーデンに出る。ホームズはリラックスしたいときによくこの歌劇場に行っていたが、〈赤い輪団〉のときのように仕事のせいでワーグナーを第2幕からしか見られないこともあった。コヴェント・ガーデンは市場でもあり、野菜や果物などの

上　1882年のオスカー・ワイルド（1854〜1900）

23

左 グラナダTV版『四人の署名』（1987年、ジェレミー・ブレット主演）における、テムズ川での手に汗握る追跡劇

次頁上 19世紀のロンドン、アイル・オブ・ドッグズにあった西インド・ドックス

次頁下 1889年の西インド・ドックス鳥瞰図

食料品を扱っていることで有名だった。〈青いガーネット〉の便利屋（コミッショネア）ピータースンがトテナム・コート・ロードでけんかを目撃した際に拾ったガチョウも、この市場で売っていたものだ。のちにホームズの捜査によって、ガチョウは2ダースのうちの1羽で、近くのアルファ・インの常連客でつくるクリスマス用ガチョウ・クラブの会員がコヴェント・ガーデンで買ったものだと判明する。熱心な研究家たちによって、このアルファ・インはもともとドッグ・アンド・ダックと呼ばれていたパブで、今はミュージアム・タヴァーンという名で大英博物館の向かいにあることもわかっている。

ホームズは大英博物館をよく利用し（当時は有名な図書室があった）、関心のある事柄について調べている。たとえば、サリー州のエシャーとオックスショットとのあいだにあるウィステリア荘で死亡したスペイン人の謎の手がかりを得るために、ヴードゥー教について調べたりもした。大英博物館があるのはブルームズベリーの中心地で、ホームズとワトスンが学んだロンドン大学もある（ワトスンは正式に在籍）。ロンドンに出てきたばかりのホームズもブルームズベリーのモンタギュー・ストリートに住んでいた。ここからそう遠くないところにモンタギュー・プレイスがあり、眼科専門医を目指してポーツマスからロンドンにやって来たコナン・ドイルはこの場所で下宿していたが、のちにベイカー・ストリートのすぐ近くにあるアッパー・ウィンポール・ストリートの近くで医院を開業した。

首都ロンドンを流れるテムズ川は、数々のホームズ物語で中心的な役割を果たしている。〈四つの署名〉ではこの川で手に汗握る追跡劇が繰り広げられ、川での追跡劇は小説、映像作品問わず人気スリラーものの定番となっている。警察の快速艇に乗り込んだホームズとスコットランド・ヤードのアセルニー・ジョーンズは、逃走しているジョナサン・スモールの追跡をタワー・ブリッジのそばのジェイコブスン造船所から開始する。スモールの相棒は毒の吹き矢を得意とするアンダマン地元民の小男トンガで、2人はテムズ川で最速と言われる蒸気艇オーロラ号に乗っていた。川岸の風景が飛ぶように通り過ぎていく。「プールをすぎ、西インド・ドックスを左に見ながら長いデットフォード水域を南下し、アイル・オブ・ドッグズを回ったところで、また北に転じた。……グリニッジあたりでは、二百五十ヤードばかりに迫った。ブラックウォールまで来たところでは、二百ヤードと離れていなかった」。そしてついに、「一方にバーキング・レベルの平坦地、もう一方は寂しいプラムステッド湿地帯」という見晴らしのよい水域でオーロラ号に追いついた。

テムズ川と周辺の造船所はロンドンの繁栄において中心的な役割を担っており、さまざまな日用品や工業品を載せ

24　第1章　ホームズにとってのロンドン

た船が行き交うイギリスは世界経済のエンジンと言われるまでになった。テムズ川とその周辺は大勢の移民やイギリスを訪れる人々にとっての玄関口ともなり、そうしてやって来た船乗りや浮浪者がイースト・エンドのアヘン窟に行き着いてしまうこともよくあった。正典でそうした場所として最も有名なのが、アッパー・スワンダム・レインにある《金の棒》だ。〈唇のねじれた男〉でワトスン博士は店の立地をこう記している。「〔アッパー・スワンダム・レインというのは〕ロンドン橋の東側のテムズ河北岸に並んだ高い波止場の裏手にある、汚らしい路地のことである」。そこには「安物の服屋とジン酒場のあいだに、急な下りの石段があって、洞穴の口のようにぽっかりとあいた暗い入り口に通じている」。そこが目指すアヘン窟だ。アッパー・スワンダム・レインはこの界隈にある狭い裏路地スワン・レインをモデルにしていると言われている。

ホームズは〈六つのナポレオン像〉でもイースト・エンドへ偵察に赴き、胸像の製造元であるステップニーのゲルダー商会で聞き込みをした。この地区にユダヤ系の住民が多いことを考えると、ゲルダーはユダヤ系の名前に思えるが、ホームズが面会した支配人は「金髪の大柄なドイツ人」だ。道すがら、ホームズとワトスンはここでも現代的な首都の美しい風景を目にしながらロンドンの街を駆け抜けていく。「流行のロンドン、ホテルのロンドン、劇場のロンドン、文学のロンドン、商業のロンドン、そして海運のロンドン。わたしたちは次々とロンドンのいくとおりもの顔を見たあげく、安アパートがひしめき、ヨーロッパの流れ者たちのにおいが濃い、川べりの人口十万ほどの街に来た」

イースト・エンドはこのように、あまりいい描かれ方をされず、健全なウェスト・エンドに比べて正典にはあまり登場しない。貧しいうえに住環境も悪かったイースト・エンドでは、犯罪事件、それもおもに暴力事件の発生件数が多く、19世紀初めのラトクリフ街道殺人事件から世紀末にホワイトチャペルで起こった切り裂きジャック事件まで、さまざまな事件が起こっている。切り裂きジャックの惨殺事件が起こったのは1888年で、コナン・ドイルがホームズ物語を書き始めたのと、ちょうど同じころだ。

現実世界におけるよく知られた神話とも言える、切り裂きジャック事件。それに欠かせないものといえば、ロンドンのほの暗い街並みや通りに渦巻く霧である。霧はホームズ物語にも頻繁に登場しており、探偵ホームズが解き明かそうとする謎の暗示としてふさわしい。〈ブルース・パーティントン型設計書〉では、親切にも霧が出た日付まで明記されている。「一八九五年十一月の第三週、ロンドンの町には黄色っぽい霧の幕がずっしりとたれこめていた。月曜日から木曜日までのあいだ、ベイカー街のわたしたち

前頁 ジョン・アトキンスン・グリムショー（1836〜93）作『ロンドン橋の下を流れるテムズ』油彩・カンヴァス

左 「切り裂きジャック：イースト・エンドの怪物による惨殺　7件目」《ポリス・ニュース》（1888年11月17日付）より

下 『鉄道から見下ろすロンドン』ルイ・オーギュスト・ギュスターヴ・ドレ（1832〜83）によるイラスト『ロンドン巡礼』（1872年）より

上　ロンドンの地下鉄《イラストレイテッド・ロンドン・ニュース》（1862年12月27日付）より

次頁　パディントン駅『ピクトリアル・ロンドン』（1905年ごろ）より

の下宿の窓から、通りのすぐむかいにある家がぼんやりとでも見えたことが一度でもあっただろうか」

　この霧はホームズのロンドンの象徴になり、ヴィンセント・スターレットが書いた詩でも、この霧が讃えられている。スターレットはホームズ愛好家（シャーロッキアン）の有名団体《ベイカー・ストリート・イレギュラーズ》（BSI）の著名な会員であり、この詩はBSIの会合でよく読み上げられる。詩が書かれた1942年当時は、英語圏にナチス・ドイツの脅威が迫っていた時代であり、バジル・ラスボーン主演の映画版ホームズがプロパガンダの道具として利用された時代でもあった。

伝説の通りに夜のとばりが下りるとき
黄色い霧が渦巻きながら窓ガラスを流れる。
雨水を蹴散らして進む、一台の辻馬車（ハンサム）
ガス灯のかすかな光では二〇フィート先を見ることもあたわず。
世界が爆発しようとも、ここに二人の男は生きのびる
そして時はいつでも一八九五年なり。

　ホームズ物語には一貫してこうした雰囲気があり、たとえば『四つの署名』には次のような描写がある。

　九月のたそがれ時のこととて、まだ七時前だというのに気のめいりそうな天気だ。小雨のような濃い霧が、ロンドンの大都会に低くたれこめる。ストランド街に立ち並ぶ街灯の光は、ぼやけてかすかな点にしか見えず、泥だらけの舗道（ほどう）に弱々しい円形の光を投げていた。ショーウインドウのきらびやかな照明も、にぎわう大通りのじっとり湿った外気にあたるとぼんやりとした光になってうつろうのだった。いく筋もの細い光の帯の中を行きかう顔の行列が果てしなく続くさまに、亡者（もうじゃ）のような薄気味悪さが感じられる——悲しそうな顔にうれしそうな顔、やつれた顔に陽気な顔。あらゆる人生のように、その顔たちも薄闇から光へ、そしてまた薄闇へと去来していく。

　都会の悪臭はどういうわけか正典には登場せず、最もにおいが強いものと言えば煙草である。ほかの作品ではたいていロンドンは悪臭を放っていたとしているが、原因としては当時まださまざまな形で交通手段として使われていた馬の排せつ物や、ロンドン中を流れていた下水が挙げられるだろう。この状況がわずかながら改善されるきっかけとなったのは、1858年（コナン・ドイル出生の前年）の「大悪臭」である。下水のおもな排出先だったテムズ川で発生した悪臭が新しい庶民院（1834年の大火事を受けて工事中だった）に流れ込み、議員でさえ悪臭を無視できなくなった。この結果、今までよりも大規模な下水道を建設して都

市から離れたテムズ川河口まで汚水を排出するようにしたため、ロンドン市民への影響はなくなった。これに伴い川を埋め立てて堤防(エンバンクメント)を築き(チェルシー・エンバンクメント、ヴィクトリア・エンバンクメント、アルバート・エンバンクメント)、そこに新しい道路や新しい地下鉄のトンネルを建設した。この地下鉄がのちにディストリクト線とサークル線になるのだ。1870年に完成したこの工事は、当時国中で行われていた大規模な都市改造計画の好例となった。テムズ川堤防を手がけたのは偉大な土木技師サー・ジョゼフ・バザルジェットで、コナン・ドイルの友人パーシー・ブルノワが師事していたこともある。

「チューブ」と呼ばれる地下鉄のおかげで人々はロンドン中を楽に動き回れるようになり、収入を得るために郊外からシティなどに通う乗客の足として地下鉄も鉄道も活躍した(「通勤客(コミューター)」という言葉は当時アメリカに関する文章でたまに用いられる程度だった)。〈緑柱石の宝冠〉に登場する銀行家アレグザンダー・ホールダーのように、ホームズのもとを訪ねる客は地下鉄のベイカー・ストリート駅からやって来ることもある。ベイカー・ストリート駅はパディントンからファリンドンに向かう元来のメトロポリタン線にあり、開業は1863年。当時は蒸気機関車が車両を引き、トンネルは「開削式工法」でつくられていた(単純に道を掘って線路を敷設し道を埋め戻しているため、地下鉄が地表にかなり近くなる)。のちにもっと深いところにトンネルを掘り、北にあるバッキンガム州の田舎まで線路を延長した。ただ地下鉄での旅は、快適などとは言いがたいものだった。米国出身のジャーナリスト、R・D・ブルーメンフェルドは1887年にベイカー・ストリートからムーアゲートまで地下鉄に乗ったときのことを「冥界に初めて行ったかのようだった」と評し、乗客が吸う煙草の煙が「硫黄や石炭の粉、天井に付いているオイルランプから出るくさいにおいと混じりあっていた」と書いている。

ホームズは地上の通りだけでなく、地下鉄の路線についても熟知していなければならなかった。この知識のおかげで、1908年に書かれた〈ブルース・パーティントン型設計書〉では事件のカギとなる推理をすることができた。死亡したアーサー・カドガン・ウェストはオールゲート駅付近の死体発見現場で殺されたはずはなく、現場から遠いロンドン地下鉄ディストリクト線のグロースター・ロードで死体が地下鉄車両の屋根の上に乗せられたのだと突き止めた。さらに、死体が遺棄されたのはコールフィールド・ガーデンズ13番地の屋外で、そこに住んでいるのが悪名高い犯罪者ヒューゴー・オーバーシュタインであることも暴いてみせたのである(これは架空の住所で、付近にあるコーンウォール・ガーデンズを連想させる)。

下宿でホームズと共同生活を送ったあと、ワトスンは結

婚してパディントン駅付近で開業するが、〈技師の親指〉で触れられているとおり、患者には鉄道員も何人かいた。パディントンも当初からロンドンにある駅で、1838年にグレイト・ウェスタン鉄道の終着駅としてビショップス・ブリッジ・ロードに建設された。16年後に技師のイザムバード・キングダム・ブルネルによって大規模な駅に改築され、すぐ近くにある現在の位置に移設されている。この駅はロンドンの主要な出入り口となり、ホームズも新たな事件の捜査のために遠出する際によく使っている。ホームズはワトスンとこの駅で待ち合わせをして列車に乗り込み、「風光明媚（めいび）なストラウド渓谷を通り過ぎ、広々と光り輝くセヴァーン河を越えて」ロスという町に向かった。そして馬車でヘレフォード州の田舎へ向かい、ボスコム谷の謎の調査に取り掛かった。〈技師の親指〉ではパディントンからレディング近くのアイフォードに向かっているし、〈名馬シルヴァー・ブレイズ〉では架空の地名であるキングズ・パイランド（デヴォン州のタヴィストックから2マイル）に出向き、〈バスカヴィル家の犬〉では同じような田舎であるダートムアの名前のわからない町の「小さな田舎の駅」に降り立っている。〈名馬シルヴァー・ブレイズ〉ではホームズとワトスンがウィンチェスターからヴィクトリア駅に戻っているが、コナン・ドイルにしてはというべきか、それともホームズの代わりに書いているワトスンにしてはというべきか、珍しく位置関係や路線を誤っている。この路線の終点はウォータールー駅だからだ（2人の名誉のために言うと、ホームズとワトスンはクラパム・ジャンクションで列車を乗り換えてヴィクトリア駅に向かった可能性もある）。

驚異的な記憶力を持つホームズも、時には百科事典などの知識の宝庫に頼らざるをえないこともあった。百科事典と言えばまず『大英百科事典』を指し、〈プライアリ・スクール〉でホームズが「やせた長い腕を伸ばして」この事典を取っている。ロンドンの外にある場所を訪ねるときは、イギリス陸地測量部の地図を頼って情報を調べた。〈バスカヴィル家の犬〉では「とびきりの大縮尺」の地図をコヴェント・ガーデンにある地図専門店スタンフォード書店で注文している。この書店は場所を移転したが現在も健在だ。列車の出発時刻と路線図を確認したいときも、ホームズは印刷物に頼った。『ブラッドショー鉄道ガイド』だ。1839年から定期的に版を重ねていたこのガイドは、当時急速に拡大していた鉄道の時刻表を掲載していた。〈ぶな屋敷〉では、これからウィンチェスターに行こうというときにホームズがワトスンに、ブラッドショーを見てくれと言う。「『いっしょに行ってくれるかい？』ホームズが実験台からちらっと顔をあげた。『ぜひ行きたいね』『じゃあ、早く時刻表を調べてくれ』『九時半の汽車がある』わたしはブラ

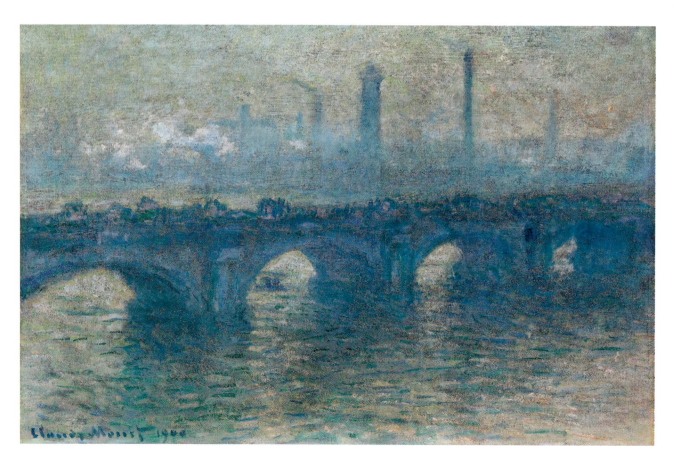

30　第1章　ホームズにとってのロンドン

ッドショーに目を走らせながら言った。『ウィンチェスターに十一時半には着く』『それがちょうどいい』」

「かつての首都」ウィンチェスターに向かう途中で、ホームズは田舎への嫌悪感を初めて口にしてワトスンを驚かせる。人々がひしめく都会よりも、田舎のほうが犯罪が起こりやすいというのだ。だが、これから何が起こるか知りたくてたまらないワトスンには、「春らしくうららかな日で、抜けるような薄青色の空のところどころに浮かぶ白い綿のような雲が、西から東へふわふわ流れている。太陽はさんさんと照っているが、空気は心地よいさわやかさで、気力がみなぎってくる」ように思えるのだった。

一方のホームズは、この田園風景をまるで違った形でとらえていた。「農家が点々と散らばる風景に、きみは美しいと感動する。でもぼくは、家と家が離れていることが気になってしかたがない。犯罪にはもってこいの舞台だとね」。驚くワトスンにホームズは答える。「こういう農家を見るとつい、一種の恐怖感を覚えるんだよ。ワトスン、経験上確信をもって言うけどね、ロンドンのどんなにいかがわしい薄汚れた裏町よりも、むしろ、のどかで美しく見える田園のほうが、はるかに恐ろしい犯罪を生み出しているんだ」。さらに、これにははっきりした理由もあるという。

「都会では世間の目というものがあって、法律の手の届かないところを補ってくれる。犯罪の巣のような裏町でも、いじめられて泣く子どもの声や、酔っぱらいが人を殴る音が聞こえたりすれば、近所の人たちの同情や憤慨というものが必ず起きるだろう。それに、正義を守る警察組織の手も、町の隅々まで行き渡っているから、ひとこと訴えさえすればたちまち活動開始、犯罪はあっという間に法廷まで引きずり出される。

ところが、あのぽつんぽつんと孤立した農家はどうだい。それぞれがみな、自分の畑に取り囲まれているし、住んでいる者にしても、法律のことなんてろくに知らないような人たちだ。ぞっとするような悪事が密かに積み重ねられていたって不思議はないくらいだ」

牧歌的な環境に対する考え方としては奇妙だし、ロンドンの外に喜んで出かけていくホームズの姿とは相反している。〈ボスコム谷の謎〉のヘレフォードのように、ホームズはたいてい喜び勇んで電車に乗り込み、田舎へ向かう。それに、公の場では仕事をしなくなったホームズが行き先として選んだのも田舎だった。〈ライオンのたてがみ〉はワトスンではなくホームズが語る2つの物語のうちのひとつで、ホームズは引退してサセックス・ダウンズの海からそれほど遠くない場所にコテージを構えたと書いており、この場所はイングランド南東部の保養都市イーストボーンの郊外にあるイースト・ディーン付近だと言われている。

前頁 クロード・モネ（1840～1926）作『ウォータールー橋、曇り』（1905年）油彩・カンヴァス

上 ウィリアム・パウエル・フリス（1819～1909）作『鉄道の駅』（1862年）油彩・カンヴァス

下 「ホームズは事件の概略を説明した」シドニー・パジットによる〈名馬シルヴァー・ブレイズ〉（短編集『シャーロック・ホームズの回想』1893年）の挿絵

31

ホームズはこの場所のおもな魅力は自然との親密さだと述べている。「〔事件がもちあがったのは〕わたしがサセックス州の家で引退生活を送りはじめてからのことだった。うっとうしいロンドンのど真ん中で暮らした長い年月にしばしば憧れていた、大自然のふところでの穏やかな生活にどっぷり浸っていたときだ」

ホームズがロンドン以外の土地の動植物について記すことは、あまりない。しかし〈ライオンのたてがみ〉は新居に近い海が舞台で、謎の死を遂げたフィッツロイ・マクファースンを殺した真犯人がサイアネア・カピラータという毒クラゲであることを突き止めた（マクファースンは職業訓練校ザ・ゲイブルズの科学教師で、学校は友人のハロルド・スタックハーストが経営している）。〈最後の挨拶〉では、ミツバチに対する情熱をとうとうと語り、『養蜂実用ハンドブック――付記：女王蜂の分封に関する若干の見解』という論文も書いているが、ワトスンには「晴耕雨読」の成果だと話す。養蜂のかたわら「ひとりで書きあげたんだよ。夜は考えにふけり、昼はというと、かつてロンドンの犯罪世界を観察していたように、せっせと働く小さな蜂どもを観察して労働にいそしんだ、その成果を見てくれ」と言うのだ。つまり、引退して田舎で生活するようになってからも、ひとつの事柄に好奇心を持って熱中するというホームズの性格は生涯変わらなかったというわけだ。

確かに、正典に登場する田舎の描写のほとんどはホームズでなくワトスンの手によるものだ。〈美しき自転車乗り〉で、サリー州ファーナムに広がるヒースを見てうっとりするのもワトスンである。ワトスンはホームズとともに現地に到着したときの様子をこう回想する。

　朝になると、ゆうべの雨がまるで嘘のように晴れあがっていた。ロンドンの陰気で単調な灰色の風景を見慣れた目に、燃えるようにハリエニシダが咲き乱れるいちめんのヒースの原の田園風景がいっそう美しく映る。ホームズとわたしは、すがすがしい朝の空気、小鳥のさえずりや若々しい春の息吹きのなか、砂まじりの広い田舎道を歩いた。

　道が登りになり、クルックスベリー・ヒルの肩のあたりに来ると、カシの老木のあいだから、不気味にそびえるチャーリントン屋敷が見えた。カシの木も相当年老いてはいたが、その木が囲む建物のほうはもっと古びている。

前頁　フレデリック・ドー・スティール（1873～1944）による〈ライオンのたてがみ〉の挿絵

下　サリー州ハインドヘッド近郊のアンダーショー屋敷。コナン・ドイルは1897年から1907年までここに住んでいた

33

左 デヴォン州ダートムアにあるハウンド・トー。コナン・ドイルはこの場所などから〈バスカヴィル家の犬〉の着想を得た

次頁 「ホームズがリヴォルヴァーの残りの五発を犬の脇腹に向けて撃ち込んだ」シドニー・パジットによる『バスカヴィル家の犬』（1901年）のカラー版挿絵

　このあたりをコナン・ドイルがよく知っているのは、近くのハインドヘッドに1897年から住んでいたからだ。妻ルイーズが結核と診断されたため、イングランド南東部にあるノース・ダウンズ丘陵の高地に移り住むことにした。ドイルはこの土地を舞台に歴史小説『ナイジェル卿の冒険』（1905～06）を執筆しているし、以前に百年戦争を題材にして書いた『白衣の騎士団』（1891）は、ハンプシャー州ポーツマスのサウスシーで開業医をしていたころによく訪れていたハンプシャー州の田園風景をほうふつとさせる。ドイルがとりわけ好んだのはハンプシャー州南部のニュー・フォレストで、2度目の結婚のあとにはニュー・フォレストのミンステッド村にカントリー・コテージを購入した。ミンステッドにある教会には、のちにドイルの墓が建てられている。

　ホームズと聞いて最もよく連想する景色といえば、〈バスカヴィル家の犬〉に登場するデヴォン州のダートムアだろう。物語では好意的に描かれているものの、ワトスンが初めてバスカヴィルの館に着いたときにそれとなく書いているように、荒れ野には何とも言えない雰囲気がある。「道の両側に波うつ牧草地がうねるように上っていき、破風造りの古い家々がこんもりと茂った緑のあいだにちらちらのぞく」と書いてから、ワトスンは続ける。「だが、穏やかな陽光あふれるこの田園風景のむこうには、夕暮れの空を背景に、黒々と陰気なムアがどこまでも弧を描き、ところどころに不吉なぎざぎざの丘が突き出しているのだった」。さらに、霧もロンドンからムアまでワトスンについて来ていた。

　白い羊毛にも似た霧がムアの半ばまでを覆い尽くし、じわじわと家に迫ってきていた。うっすらと白いものが、明かりのともった四角い窓に早くもまつわりついている。果樹園の反対側の塀が目の前からかき消され、蒸気のような白い霧の渦の中に果樹園の木のてっぺんがぽつりぽつりと残るだけになった。見る見るうちに、家の左右を這うようにして霧の渦が回り込み、やがて分厚い壁となり、建物の二階部分と屋根だけが夜の霧の海に浮かぶ幽霊船のように見えた。

　1910年に発表された〈悪魔の足〉は、さらに西のコーンウォールが舞台で、ワトスンの記述を読めばホームズが田舎に対して相反する感情を抱く理由がわかるかもしれない。2人は草が生い茂った岬にたたずむ小さな白塗りの家に滞在し、眼下に広がるのは「いにしえの船の墓場、マウンツ湾の不吉な全景」だった。「黒々とそそりたつ崖、数知れぬ水夫たちの命を奪った、波の砕け散る暗礁」が見えるという。さらに陸の側にある荒れ地のいたるところには、

「とっくにいなくなってしまった種族が残した跡」があったし、「絶滅した彼らのただひとつの記録である、不思議な石の碑や死者の灰を納めたふぞろいな塚、先史時代にも争いがあったことをうかがわせる珍しい土塁」もあった。このような光景を詳細に観察したワトスンは、「忘れられた民族の不吉な雰囲気が漂うこの土地の謎めいた魅力はホームズの想像力をかきたて、彼は荒れ地でゆっくり散歩したり、ひとりじっくりと考えごとにふけったりして過ごすのだった」と述べているのだ。ということはやはり、ホームズはその土地の物質的な魅力だけに引き付けられていたのではないのだろう。ホームズが求めていたのは、刺激や知的好奇心を満たす事柄であり、それがあればこそ、その土地の魅力が増すわけで、ホームズはつねに何かを探究していたいのである。

彼は海外にも行っているが、たいていはワトスンを同伴しないので、その記述はほとんどない。ただし、〈最後の事件〉でスイスに赴き、ライヘンバッハの滝で宿敵モリアーティ教授と対決した話は有名だ。〈レディ・フランシス・カーファクスの失踪〉でモンペリエに行ったことを除けば、ホームズの海外遠征が詳細に書かれているのはこの時だけである。予約したのはヴィクトリア駅から大陸へ行く急行列車の「前から二両めの一等車」だった。しかしモリアーティの裏をかくためにドーヴァー海峡へは行かず、カンタベリーで乗り換えてニューヘイヴンへ行き、そこから海峡を渡ってディエップへ向かった。ホームズはルクセンブルクとバーゼルを通ってスイスに行こうと言っているが、実際にはブリュッセル、ストラスブール、ジュネーヴと移動してジュネーヴではどうにか1週間の休暇を取ることができ、スイス・アルプスに源を発するローヌ川沿いを散策した。ついにたどり着いたマイリンゲンは滝の下方にあり、滝の様子はこう描写されている。

　雪解け水で膨れあがった、ものすごい勢いの流れが、巨大な深い淵にドドドッと落ちていく。まるで火事場の煙のような水しぶきが、もうもうと巻きあがっていた。流れの飛び込む先は、石炭のように黒光りする岩にぐるりと囲まれた、円錐をさかさまにした形の巨大な裂け目だ。泡だち、沸き返る、底知れぬ深さの滝つぼへ向かって、裂け目がしだいにせばまっている。ごつごつした滝つぼからは、水がこんこんと溢れ出て、流れを上へ上へと押し返している。

ホームズがコンサルティング探偵として活動した範囲は明らかにヨーロッパだけではなく、さらに遠くまで及んでいる。〈四つの署名〉で、ホームズは最近フランスの探偵であるフランソワ・ル・ヴィラールの手助けをしたとワト

前頁　サミュエル・ジャクソン（1794〜1869）作『ライヘンバッハの滝』水彩・紙

左　「シャーロック・ホームズの死」シドニー・パジットによる〈最後の事件〉の挿絵（1893年）

上 ホームズがハルトゥームで面会したカリファ・アブドゥラヒ・イブン・ムハンマド（1846～99）

次頁 研究室でのドイツの細菌学者ロベルト・コッホ（1843～1910）

スンに向かって得意げに話し、ロシアのリガで1857年に起こった事件とセントルイスで1871年に起こった事件という2つの別々の事件を教えてやったのだという。例のごとくホームズはヴィラールの探偵としての素質に疑問を呈しており、「いかにもケルト系民族らしく鋭い直感の持ち主なんだが、いかんせん広範囲にわたる正確な知識というものが足りない。探偵術を高度に展開するには欠かせないんだがね」と述べている。〈ボヘミアの醜聞〉でのワトスンの記述によると、ホームズは「トレポフ殺人事件」のためにオデッサへ招かれ、「アトキンスン兄弟の奇怪な惨劇」ではトリンコマリーまではるばる赴いたという。1887年の春には5日間ぶっ続けで毎日15時間以上働いて「オランダ領スマトラ会社にからんだモーペルテュイ男爵の大陰謀事件」の調査に当たった結果、リヨンのホテル・デュロンで病床に伏せってしまい、ワトスンが駆け付けたことが〈ライゲイトの大地主〉に書かれている。

　しかし、こうした場所を訪問して何があったのかは記載されていない。ライヘンバッハの滝で最期を迎えたかに思われたホームズだが、その後アジアに逃げ延びてヒマラヤで2年間を過ごし、そのあいだにラサにも行っている。帰路はペルシャとアラビアを経由し、探検家のリチャード・バートンと同じように、立ち入りが禁止されている都市メッカもなんとか通り抜けた。ハルトゥームではカリファに面会して会談の成果を外務省に報告した。帰国前には、フランス南部のモンペリエにある研究所で数カ月間コールタールの研究をしたが、やはり場所の詳細は書かれていない。だが、ホームズがイギリス外務省と連絡を取り合っていたことは、シャーロッキアンがたびたび唱えている説とも一致する。ホームズは大英帝国の諜報活動に密接に関わっていたのではないかというのだ。実際、ホームズの兄マイクロフトは、当時創設されたばかりのシークレット・サービスのトップではないにしろ、高官として描かれることも多い。また、ホームズがカリファと面会したということは、ホームズがいつどこを旅していたかを特定するヒントになる。カリファはマフディ〔ムハンマド・アフマド。みずからを「マフディ（救世主）」と称し、1881年にイギリスとエジプトに対するイスラム教徒の反乱を指揮した〕の死後にスーダンで専制統治を行い、1899年11月に死去した。

　一方コナン・ドイルは、自分が訪れた数々の場所についてホームズよりも率直に語っている。ドイルが初めて旅らしい旅をしたのは、エディンバラ大学の学生だった1880年に捕鯨船である575トンの汽船ホープ号に船医として搭乗し、北極圏で6カ月近く過ごしたときだ。帰国したときには凍てつく北の海に浮かぶ積氷がいかに危険かを熟知しており、数々の記事やホームズ以前に発表された印象的な作品「北極星号の船長」の中で回想している。だが、「オールド・リーキー」〔エディンバラの愛称〕やスコットラ

ンド全般は、なぜかホームズ物語に登場しない。アイルランド系としてエディンバラに生まれたコナン・ドイルは、イングランドのほうに忠誠心を持ち、最初に作家としてチャンスをつかんだロンドンを重視していたのだ。

卒業後のドイルはさらに旅を続け、もう一度船医として貿易汽船マユンバ号に乗り込み、アフリカの西海岸を航海した。この航海で彼はヨーロッパ以外の世界についての知識を蓄え（ストーニーハースト・カレッジ卒業後、オーストリアのイエズス会学校で数カ月過ごしていた）、世界的な視野で人生や作品を考えるという、生涯変わらない視点を身に付けた。

世界を見たいという持ち前の好奇心から、ドイルは写真を始めた。この趣味のためにスコットランド、アイルランド、そしてのちにはイングランドの風光明媚な場所を巡り、イングランドではカメラを手にダートムアを探検した。ドイルはこのときの体験を雑誌《英国写真ジャーナル》に寄稿している。この雑誌で初めて継続的にジャーナリズム作品を掲載することになったわけで、フィクションを書き続けようと思うきっかけになったことは間違いないだろう。ホームズものの前には《コーンヒル》や《テンプル・バー》といった雑誌にも寄稿している。

ポーツマスからロンドンへ1891年に引っ越す準備の一環として、ドイルはベルリンとウィーンを訪問した。ベルリンでは、著名な細菌学者ロベルト・コッホとの接触を試みるも失敗。ウィーンへは眼科学の知識を深めるために行き、その後に開業医が多いハーレイ・ストリートで眼科医として開業し、名声と富を得ることを目指していた。目に関心を抱いていたことからも、ドイルにとってまわりの世界を見ることがいかに重要だったかがうかがえる。

1890年代には、スキーに夢中になった。当初はノルウェーでスキーをしていたが、のちにスイスでするようになり、家族と定期的にダヴォスを訪れている。スキーに関する記事もたびたび書いているので、アルプスにスキーを紹介したのはドイルだとされることがあるが、これは誤りである。スキーは山間部の移動手段としてすでに確立されていたのだ。ただ、イギリスにおけるスポーツとしてのスキーの普及にドイルがひと役買ったのは、事実だ。ドイルが時折書いたスキーに関する記事を読むと、確固たる土地勘を持つこと、その土地を描写できることが、いかに重要かわかる。スイスの山に登ったときのことを書いているのだが、朝の4時半にフラウエンキルヒの村を出発したのだという。「すみれ色の空に青白い大きな月が輝き、熱帯かアルプスの高地でしか見られないような星がいくつもまたたいていた。5時15分に道をそれて丘の斜面を登り始めると、あたりには昨年の草が生えているところと雪が残っている斜面がまだら模様に広がっている」

1894年のアメリカ訪問や、その翌年のエジプト訪問についての記録では、訪れた場所を描く文章に磨きがかかっている。エジプト訪問がとくに重要なのは、ドイルが妻との休暇を諦めて従軍記者としてしばらく働き、スーダンの民族主義者マフディの支持者とイギリスとの紛争の様子を報告したからだ。非日常的な環境である砂漠と、異文化であるイスラムについて書くことができ、ドイルはその両方に魅力を感じた。《ウェストミンスター・ガゼット》への特電で、彼は次のように書いている。

　しかし月の姿が薄くなり、東の方が明るくなり、赤い雲が色彩のない空を漂うころになると、ほんの数分のうちに夜が明るい一日へと変わり、黄金に輝く日の光が赤褐色の砂漠を照らし出す。すると夜のうちにわれわれが抱いていた感傷は、われわれがどこまで来たのか、どこで止まればよいのかという現実的な問題に姿を変えるのだった。

　このときの経験を踏まえて、ドイルは小説『コロスコ号の悲劇』を1898年に発表した。観光客のグループがマフディ派の「デルヴィーシュ」〔神秘体験を得ることを目的としたイスラム教の修行僧〕の集団に誘拐されるという物語だ。この本はイスラム教原理主義を英文学で初めて扱った作品と言われ、のちに戯曲『運命の炎』（1909年）に翻案された。

　このころにはドイルは中年に差しかかっており、最初の妻ルイーズが1906年に他界したのちに再婚した。その後数年間で新しい妻のジーンを連れてヨーロッパ、北アフリカ、中東を旅行し、1914年には第一次世界大戦直前の北米を夫婦で訪れている。この時の様子を《コーンヒル》誌に書いた記事（「西方漫遊」として1915年に4回連載、のちに『わが思い出と冒険』にひとつの章として収録）では、前回20年前に訪れたときと比べてニューヨークがいかに様変わりしたかや、カナダ太平洋鉄道でのカナダ横断がとりわけ素晴らしかったことが、つづられている。はるばるロッキー山脈まで行った2人は、アルバータ州に完成したばかりのジャスパー国立公園でひとときを過ごした。ドイルはこの公園を気に入り、自然保護活動の手本だと書いている。

　この公園は保護地になってから数年をすごしただけにしては、野生動物はあまり多くない。ここにいたインディアンが指定留保地区へ移る前に、とれるだけのものは狩りとってしまったのだ。それでもクマがヤブの中をのっしのっしと歩き、ワシは湖の上に舞い、まだらオオカミが夜をうろつき、シカが谷に食物をあさっている。雪

線に近い高みには野生のヤギがよく姿を見せ、低いところにはロッキー羊が見られる。滞在最後の日には珍しいシナモン・クマが、部落からわずか数百ヤードの空地に、その黄いろい姿を現わした。その大きなのん気そうな頭を倒れた木の上からこっちへ向けているのを見た時、私はこれに安全な地を与えたカナダの法律に感謝した。狩りをする人間たちは、動物の目にはいかに凶悪にうつることだろう。もし超人的な悪魔がいて、私たちがキジにするように、人間を撃ち殺して楽しんだなら、私たちも狩猟というスポーツについて考えなおさなければなるまい。

ドイルは時折簡単な詩も書いたので（自分の名義で詩集を3冊出している）、アタバスカ・トレイルに寄ったときの様子を韻文で記している。アタバスカ・トレイルはエドモントンとアタバスカを結ぶ運送路としてかつて使われていた100マイル（160キロ）の道で、やはりアルバータにあった。詩を数行読んだだけでもドイルの喜びが伝わってくる。

　耳に届くは泡立つ大河の激流の音
　　鼻くすぐるは香油に満ちた未踏の地の香り
　夢の中　曲がりくねる谷間の森を進み行く
　　荷を負った人馬が歩むはアタバスカ・トレイル

しかしながら、今やドイルは大英帝国の代弁者となり、批判に耳を傾けなくなっていた。「西方漫遊」に記されているカナダ旅行は、平地を切り開いて効率的な農業や開墾を行った開拓者への賛美に満ち、高慢ではないにしろ善意が空回りしているような内容ばかりだった。ドイルの旅の資金を出したカナダ太平洋鉄道は、開拓をあと押しした立役者とされることが多い。のちに『ある心霊主義者の放浪』（1921年）でオーストラリアについて書いたときも、同じように人を見下すような論調なのだ。経済発展によって大英帝国の国策が推し進められればそれでよいと思っていたようだ。

このころになると、ドイルはエドワード朝時代の偉大な探検家たちに会っており、明らかに彼らを理想化していた。北極圏に行ったロバート・ピアリー隊長や南極圏に行ったアーネスト・シャクルトン隊長とも面会している。しかし、1910年にロンドンの《王立協会クラブ》で講演したときは、前年に北極点に到達したと主張するピアリーを、冒険の醍醐味を奪ったとして批判している。《タイムズ》紙の報道によると、ドイルは以下のように語ったという。

　かつては世界の至るところが空白で、想像力豊かな人間が自由に空想を膨らませることができる時代がありま

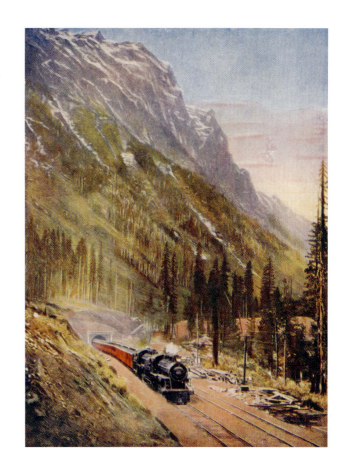

前頁　コナン・ドイルの1898年の小説『コロスコ号の悲劇』の挿絵

上　セルカーク山脈にあるカナダ太平洋鉄道のコンノート・トンネル。『今日の鉄道』（1933年ごろ）より

した。しかし、彼らのゲストや同じような考えの人々が誤った方向に注力した結果、そうした空白はみるみるうちに埋められていったのです。問題は、ぼんやりとした、境界が定まっていない地域を描きたいときに、ロマンを求める作家はどこを見ればいいのかということです。

ドイルがこうしたことを考えたのは、1912年に「やんちゃな少年たちのための本」である『失われた世界』を書いたからだ。この作品は南米大陸のジャングルをおもな舞台としている。ドイルがこの大陸を訪れたことがないにもかかわらず生き生きと描くことができたのは、コンゴでの暴虐を暴露しようという取り組みを通じて親しくなったアイルランド出身の外交官、ロジャー・ケイスメントから情報を得たからだった〔ケイスメントはイギリス政府による植民地の先住民への虐待を告発したことで知られる〕。

第一次世界大戦後もコナン・ドイルは旅を続け、インド、オーストラリア、アフリカへ行き、北米も再び訪れている。しかし心霊主義を信奉するようになっていたドイルは、今までとは違う旅を始めた──死者の魂との交信を図る旅だ。この信念を固持していたために嘲笑されることもあったが、新たなフロンティアの開拓を諦めることはなかったと言っていいだろう。ホームズと同じように晩年のドイルはサセックスで過ごし、ここでも作者と創作物が極めて似た道をたどっている。

下 カナダのアルバータ州にあるジャスパー国立公園でピクニックをするコナン・ドイルと家族（1923年）

第2章
当時の政治と経済

ワトスン博士は〈緋色の研究〉の序盤で、出会ったばかりのホームズは政治に関する知識が皆無（または薄弱）だと書いたが、これはワトスンが不誠実で無知だったか、もしくはわざと誤解を招くことを書いていたと考えられる。

確かにホームズは特定の政党を支持していないが、全体的な思想の傾向については疑いの余地がない。ホームズはリベラルな帝国主義者であり、生みの親であるコナン・ドイルも同じ思想の持ち主だった。この場合のリベラルは急進的という意味ではない。フェアで心が広く、搾取や圧政に反対するが、総じて保守的な世界観を持つ人を言う。実際——ベイカー・ストリートの下宿の壁に弾丸を撃ち込んでV.R.という文字をつくって当時のヴィクトリア女王を讃えたことからもわかるように——ホームズは熱心な君主制主義者なのだ。

19世紀の終わりまであと20年ほどという当時、イギリスにはおもな政治勢力が2つあった。保守党と自由党という二大政党で、保守党はベンジャミン・ディズレーリ（1876年からはビーコンズフィールド伯爵）が長きにわたって党首を務め、自由党はウィリアム・グラッドストンが率いた。加えて、かなりの数のアイルランド人議員の残党がアイルランド議会党を名乗って闘争をしており、1880年代の終わりには労働者階級の声が社会民主連盟、社会主義者同盟、そして1895年からは独立労働党を通して届くようになった。さらにややこしいことに、アイルランドに自治を認めようというグラッドストンの提案をめぐって自由党が1886年に分裂。支持者の多く（議員もいたが、コナン・ドイルのような民間人もいた）が自由党を見限り、保守党（トーリー党）の支持に回ったのだった。

コナン・ドイルはエディンバラで医学を学んでいたころは政治にあまり関心を持っていなかった。しかし、1882年に開業医としてポーツマスに移り住んだころから徐々に地元の問題に関わり、その延長でさらに広く政治の世界に関わるようになった。

ドイルが初めて公に立場を表明した問題が、アイルランド自治法だ。彼自身がアイルランドにルーツを持つことも関係しているだろう。母方のフォーリー家は心身ともに頑強な家系で、おもにプロテスタントの自由農民としてウェクスフォード州リズモア一帯に広大な土地を所有しており、ドイルの曽祖父であるトマス・フォーリーはデヴォンシャー公爵の所領管理人であった。それゆえに、フォーリー家はイギリス系アイルランド人の支配層と結びつき、「ブラック・トム」・フォーリーの功績に誇りを持っていた。トマスの息子パトリックが白衣党（ホワイトボーイズ）（18世紀後半に活動した農民の秘密結社）の党員を殺害したことも、一家の誇りだった。一方、コナン・ドイルの父方の家は敬虔なカトリック教徒で、祖先はダブリンで仕立屋をしていた。

左 アイルランド、ウォーターフォード州のリズモア城。『アイルランドの風景と遺跡』(1841年)より

次頁上 ウィリアム・ユーアート・ロックハート(1846～1900)作『ヴィクトリア女王在位50周年記念(ゴールデン・ジュビリー)式典のウェストミンスター寺院記念礼拝　1887年6月21日』油彩・カンヴァス

次頁下 ジョン・エヴァレット・ミレー(1829～96)による、ウィリアム・ユーアート・グラッドストン(左)とベンジャミン・ディズレーリ(右)

　コナン・ドイルの養育はおもに母親が担っていたので、エディンバラで過ごした子供時代のドイルはアイルランドの民族主義、すなわちフィニアン主義の表明には断固反対するという母親の保守的な価値観の影響を多大に受けていた。7歳のころ、ドイルはその後の人生に大きな影響を与えるような経験をしている。母親に連れられて親戚を訪ねた際、フィニアン主義者の暴徒による襲撃から逃れるために屋根裏部屋に身を隠したのだ。これはフィニアン主義者が仲間を脱獄させるためにロンドンのクラーケンウェルで爆破事件を起こした1867年のことだったのかもしれない。爆破事件では12人が死亡、120人が負傷し、《タイムズ》紙は「ほかに例を見ない残虐事件」と報じた。のちの作品からも明らかなように、ドイルはフィニアン主義者に対して強い嫌悪感を持ち続けていた。〈恐怖の谷〉でのモリー・マグワイアーズ〔アイルランド系アメリカ人の秘密結社で、同作品に登場する秘密結社「スコウラーズ」のモデルとされる〕の描き方はその好例だ。こうした活動家は社会の良識を乱すとドイルは考えており、法と秩序による確固たる分別を支持していた。

　1881年から85年にかけてイギリスでフィニアン主義者による爆破事件が再発すると、首相のウィリアム・グラッドストンはイギリスと隣国アイルランドとの関係をめぐる込み入った論争に終止符を打つために、ある法案を1886年4月に発表した。これは、ちょうどコナン・ドイルが〈緋色の研究〉の仕上げに取りかかっていたころだ。ところが、第一次アイルランド自治法案として知られることになるこの法案は、庶民院で議論されたのち6月8日に否決され、7月に総選挙が前倒しで実施されてしまう。この件で自由党には深刻な分断が生じ、自治法に反対する勢力は離反して自由統一党を新たに結成した。自由統一党は保守党と足並みをそろえ、保守党は強力なうしろ盾を得たことで当然ながら選挙に勝利する。

　作品を完成させたコナン・ドイルは、この問題について新党への支持を表明する。ドイルはポーツマスの《イヴニング・ニュース》紙に投書し、自分は「今日の主要な問題のほとんどについて自由主義的な意見を持っている」ものの、自由統一党に投票するつもりだと述べた。おもな理由としてドイルは、1881年以来アイルランドは「人命と財産に対する犯罪が長くにわたって相次ぎ」、混乱に陥っているからだと書いている。しかし「こうした殺人事件や傷害事件」を国会に議席を持つアイルランドの政党は糾弾していないので、ドイルが大切にしている政治的目標が損なわれるのではないかと危惧しているという。その目標とはウェストミンスターを中心とする「大英帝国連邦の大きな枠組み」の樹立だ。「アイルランドに関して提案されたような例外的な法案によって、この正当かつ均整の取れた計

上 クラーケンウェル爆破事件の直後の様子を描いた《イラストレイテッド・ロンドン・ニュース》の挿絵（1867年）

次頁 1887年にベルファストで、アイルランド自治法案に対する抗議集会で演説するアイルランド担当大臣のアーサー・バルフォア

画が妨害されるのではないか」とドイルは書いている。

地元の自由統一党の副議長に選ばれたドイルは、3000人の聴衆を前に演説するはめになった。メイン・スピーカーである党の新人候補サー・ウィリアム・クロスマン将軍が遅刻したためだ。彼はのちにこう回想している。「私の生涯でも緊張した場面だった。何をいったかわれながら少しも知らないが、私のうちのアイルランド系の血に助けられ奔流のように何かをしゃべったけれど、つじつまが合うやら合わないやら、聴衆はわきたった。あとで速記録を読んでみると、政治演説どころかまるでこっけい漫談だった」〔『わが思い出と冒険』より〕

コナン・ドイルが再び活躍するのは、保守系の自由統一党員であり新党首ソールズベリー卿の甥でもあるアーサー・バルフォアが、ポーツマスに来てグラッドストンを批判する演説をしたときだ。バルフォアにやじを飛ばそうとする者がいたので、ドイルは制止しようと割り込むが、ステッキで頭をなぐられてしまうのだ。クロスマンと保守党の公認候補サー・サミュエル・ウィルソンはこのときに議員に選出されたが、全国的に見ると選挙の勝敗ははっきりせず、議会で少数派の保守党が政権を取ったものの自由統一党の力を借りてどうにか政権を運営できる状態だった。こうした思わしくない状況が変わったのは翌年に再び選挙が実施され、ソールズベリーの下で議会の多数派を占める

保守党政権が誕生したときだ。この政権はそれから19世紀末までのあいだに政治の方向性を決めることになった。外交においては露骨に帝国主義的で、内政では中道改革派であり、台頭しつつある労働党の存在さえ意識していた。これが公の場でのコナン・ドイルの姿勢の枠組みとなった。

シャーロック・ホームズも、そうそう変わりはないようだ。彼のことをそれらしく表現するとしたら、社会的な自由を重んじ、世の中は次第に進歩すると信じている者であり、その点は作者のドイルと同じということになる。1893年発表の〈海軍条約文書〉では、ホームズが列車から公立小学校を眺めて感慨にふけり、ワトスンに熱意を込めて語る場面がある。公立小学校は自由党政権時に1870年の初等教育法によって導入され、5歳から12歳までの子供が無料で教育を受けられるようになった。ホームズはワトスンにこう言う。「いや、きみ、まさに灯台だよ！ 未来を照らす明かりだ！ ひとつひとつが何百という光り輝く小さな種子を包みこんだ莢だ。あの莢がはじけて、より賢明で、よりすばらしい未来の英国が生まれ出づるってわけさ」

一方、〈ウィステリア荘〉で依頼人のスコット・エクルズについて述べていることが本心だとすれば、ホームズは一般的な保守主義を政治信条とする気はあまりないことになる。「その一代記が、真面目くさった顔つきともったいぶった態度に書いてあるようなものだ。足のスパッツから金縁の眼鏡に至るまで、どこをとっても保守党支持者で英国国教会信徒で、伝統としきたりを守り抜くよき市民だった」

ただ、ホームズ物語には当時の議会で討論されていた事柄はほとんど反映されていない。政治色があるとすれば、既存の社会階層をかたくなに踏襲して支持している点ぐらいだ。名探偵ホームズは特権階級の人々のために動き、イギリス社会の階級制度に疑問を抱いていないのである。地方を訪れるときは、とくにそうだった。下層階級の人々も時折登場するが、そうした人の政治参加にはほとんど賛同の意を示さない。

それでも、政治が絡むとホームズはつねに中立を保とうとしている。この姿勢は〈緋色の研究〉の中盤で、「ブリクストン通りの怪事件」と称してイーノック・ドレッバー殺害を報じる新聞記事に対するホームズの反応からも明らかだ。物語では新聞報道は概して外国人差別的な論調で、この凶悪事件の犯人は外国人だとにおわせている。《デイリー・テレグラフ》は「被害者の名前はドイツ系、ただ殺す以外に犯人の動機は見あたらない、そして壁に残された不気味な文字。これらから考えるに、政治的亡命者か革命家のしわざにちがいない」と書きたてた。しかしホームズは偏らないようにするために、異なる見解を書いている新

聞をさらに2紙見つけて記録する。《スタンダード》が「こういった無法行為はつねに自由党政権下で起きているという事実を指摘、人心が動揺するにともなってあらゆる権威が弱体化したことがその原因だ」と述べる一方、《デイリー・ニューズ》はこの犯罪に政治的動機があることは間違いないとしたうえで、「大陸諸国では、専制主義と自由主義嫌悪の風潮が強まっているため、あの暗い過去さえなければ故国で善良な市民として暮らせたはずの人々が多数わが国に入り込んでいる」と報じていた。この2紙の見解を読むと、ひとつの事柄を二つの側面から描いているとわかる——前者は無法状態は自由党政権のせいだとし、後者は自由主義は魅力的な思想であり、専制主義者に憎悪されているのではないかと示唆しているわけだ。

特定の党派に偏らないことは、ホームズにとって重要だった。ホームズ物語という枠組みの中では、政治家の党派は描かれない。たとえば〈第二のしみ〉で珍しくベイカー・ストリートのホームズのもとを訪れたのは、首相のベリンジャー卿（鼻が高く、目がワシのように鋭く、相手を圧倒するような威厳たっぷりの人物）と、ヨーロッパ問題担当大臣のトリローニー・ホープ氏だったが、所属政党への言及はない。ただ、ベリンジャーのモデルは事件が発生したと思われる1886年当時の首相ソールズベリー卿だと言われることが多い。

明確な支持政党を持たないホームズは、権威主義やあからさまな不正におもねることのない立派な人物だとみなされることが多い。政治色があるとすれば、若干無政府主義的なところがあり、不法行為をした人物を見逃すためにみずからの手で法を執行することも辞さないことだろうか。〈アビィ屋敷〉で船乗りのクローカー船長を警察に引き渡すことを拒否する場面は、この一例である。ホームズはケント州チズルハーストの館に呼ばれる。高齢で暴力的なサー・ユースタス・ブラックンストールが、屋敷に侵入した強盗に殺害されたらしいのだ。犯人はおそらくレディ・ブラックンストールの愛人であるクローカーだ、とホームズは突き止めるが、クローカーはレディと一緒にいるところをブラックンストールに見られ、犯行は正当防衛だったことがメイドの話で判明する。ホームズはレディに対するクローカーのいちずな愛情に感銘を受け、地元の警察にはこの件を話さないことにするのだった。ホームズはクローカーにこう語りかける。

だれだって我慢ならないような状態だったことは、喜んで認めます。しかし、ことは重大です。自分の身を守るための行動として合法とされるものかどうか、何とも言えません。いずれにせよ、決めるのは陪審員たちだ。ところで、ぼくはあなたに同情せずにはいられない。だ

から、二十四時間以内に姿をくらますということなら、だれにも邪魔されることのないようにしてさしあげますが。

同じように〈青いガーネット〉でも、ホームズは表題の宝石を盗んだジェイムズ・ライダーに対して措置を講じようとはしない。人を許すクリスマスという季節だったこともあるが、「ぼくは警察の欠陥を補うために連中に雇われているわけじゃないんだ」ときっぱり言い放つ。重罪犯人を減刑したようなものだが、これでひとつの魂を救ったことにもなるというのだ。「あの怯えようからいって、ライダーはもう二度と悪事に手を出さないだろう。いま彼を刑務所に送ったら、また犯罪をくりかえして常習犯になってしまう」と。法制度の改革を訴える現代人から見ても、これ以上のやり方はないだろう。

ホームズがみずから神の役割を果たして法律の文言を無視する例を、ほかに二つ挙げよう。〈悪魔の足〉と〈恐喝王ミルヴァートン〉だ。〈悪魔の足〉でホームズがレオン・スターンデールを見逃すのは、殺害されたブレンダ・トリジェニスに対してスターンデールが抱く愛の強さに感服したからという、珍しい理由からだった。〈ミルヴァートン〉の場合はもっと複雑で、ホームズは——ワトスンはぎょっとするのだが——ミルヴァートンのメイドと偽の婚約をして屋敷に潜り込み、恐喝のネタとなる書類を燃やす。捕まりそうになりながらも逃げおおせたホームズだが、後日レストレード警部に事件に関して協力を求められると、犯人たちに「共感している」からと言って断るのだ（もちろん、「犯人たち」とはホームズとワトスンのことだ）。アメリカのホームズ研究家ロバート・キース・レヴィットによれば、正典の60作品のうち37作品でホームズは重罪の犯人を知っており、このうち14作品で、みずからが法の執行者となって犯人を見逃しているという。

ホームズ独自の正義感は、生みの親が抱く改革への思いをはっきりと反映していた。コナン・ドイルはポーツマス時代から地元紙の《イヴニング・ニュース》と《ハンプシャー・カウンティ》に投書し、国民健康協会の刊行物を参照資料として示しながら天然痘のワクチン普及を訴えている。国民健康協会はアングロサクソン系アメリカ人の社会活動家エリザベス・ブラックウェルが、医療職の女性を増やす目的で設立した。医療職の女性を増やすということはコナン・ドイルにとっても大切な大義であった。（おもに）医療にまつわる話を集めた1894年の短編集『赤い灯のまわりで』に収録された「ホイランドのお医者さん達」には、近隣の村にやって来た新しい医師が女性だと知った偏屈な医師が、女性医師への態度を嫌悪から称賛へと変え、さらには愛するようになるまでが描かれている。これとは別に

前頁 グラナダTV版『シャーロック・ホームズの冒険第3シリーズ』の「第二の血痕」（1986年）で、首相（ベリンジャー卿）とヨーロッパ問題担当大臣（トリローニー・ホープ氏）に面会するホームズとワトスン

上 「『お許しを！』ライダーは金切り声をあげた」シドニー・パジットによる〈青いガーネット〉の挿絵（1892年）

1898年に《ストランド》誌に発表した「色黒医師」は、非白人の開業医がランカシャーの村で受け入れられるまでの物語だ。この医師はスペインの旧家出身のアルゼンチン人なのだが、外見から異邦人とわかる人物を地域社会でどう受け入れるかに、物語の主眼が置かれている。

誰もが知る著名作家となってからのドイルは、しだいに自身の知名度を生かして社会問題に関わる改革を推し進めるようになった。1911年には《離婚法改革同盟》の会長に就任している。彼には、ジーン・レッキーという女性と恋に落ちているのに最初の妻ルイーズと別れられなかったという経験があるので、離婚法改正は自身にとっても身近なテーマだった。また1909年には『コンゴの犯罪』を発表し、《コンゴ改革協会》に対する熱烈な支持を表明。同協会はコンゴにあるゴムのプランテーションで行われている暴政を糾弾するために組織されたロビー団体で、プランテーションの所有者はベルギー王レオポルド2世だった。さらにドイルは、しばしば探偵役を買って出て明らかな不正を正そうとすることもあった。1903年にはその一例として、スタッフォードシャーで家畜の馬を傷つけたとして有罪判決を受けたインド系の事務弁護士、ジョージ・エイダルジの嫌疑を晴らした。1909年に宝石商のオスカー・スレイターがグラスゴーで83歳の独身女性を殺害したとして告訴された強盗殺人事件でも、ドイルは自身の影響力を利用してこの事件を世に広めている。

コンゴに関心を寄せていたことからは、ドイルがイングランド以外の地域にも政治的な関心を抱いていたことがわかる。これはホームズについても同様で、ホームズの功績には生みの親の関心事が反映されていることが多い。これについては、アイルランド、アメリカ、大英帝国、それにヨーロッパという4つの地域について考察してみるといいだろう。

アイルランドにはすでに触れた。アイルランドはコナン・ドイルが作品を通して描き続けたテーマである。1880年代に自由統一党支持者としての立ち位置を確立したドイルは、その後保守党政権がソールズベリー卿の下で何十年も黄金期を築いた時代も、みずからの信条を堅持した。1897年6月にロンドンのリージェント・ストリートにあるカフェ・モニコで行われた《アイルランド文芸協会》のディナーに出席した際も、君主に対して乾杯すべきだと主張して、出席者の多くから顰蹙を買った。自由統一党候補として選挙に2回出馬したこともある。1回目は1900年10月に「カーキ色の」、つまり戦時中の選挙で地元エディンバラ中央から出馬し、2回目は1906年にスコットランドのホウィック地区から出馬したが、2回とも落選した。

新世紀に入って最初の10年となるこのころには、ボー

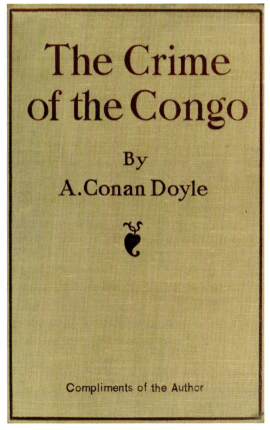

前頁 イングランドの医師が子供に天然痘のワクチンを接種する様子を描いた挿絵 《ハーパーズ・ウィークリー》誌（1871年）より

上 ウェストミンスター・ホールで行われた離婚および婚姻事件裁判所の様子を描いた挿絵《イラストレイテッド・ロンドン・ニュース》（1858年）より

左 コナン・ドイル著『コンゴの犯罪』の新刊見本（1909年）

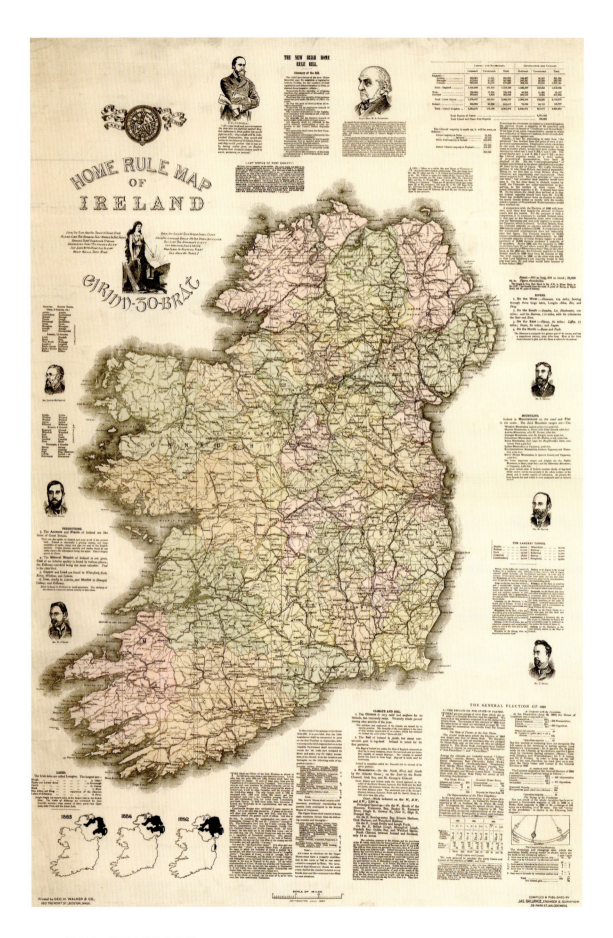

ア戦争と保守主義に対する反発が高まっていた。この結果として、ヘンリー・キャンベル＝バナーマンとハーバート・アスキスの下で10年にわたる自由党政権が誕生する。自由党政権下では貴族院改革や1909〜10年の人民予算導入が行われ、国民保険や失業手当の給付という急進的な政策が進められた。それでも飽き足らず、自由党は1913年にグラッドストンの政策であるアイルランド自治法を導入しようと再び試みる。しかし法律を施行した結果は惨憺たるもので、北アイルランドのアルスター地方に住む人々はカラッハ駐屯地に駐留するイギリス軍に参加するのを拒否し、1914年に反乱を起こした。第一次世界大戦の直前のことである。これに続いて分離独立派が1916年にアイルランドで起こしたイースター蜂起は失敗に終わったが、以降イギリスはさまざまな問題を起こす抑圧的な存在になり、1922年のアイルランド自由国成立へとつながっていく。

特筆すべきは、コナン・ドイルが第一次世界大戦前夜にアイルランド問題に対する姿勢を変化させたことだ。ロジャー・ケイスメント（42頁参照。このころは元イギリス外交官で、アイルランド独立の活動家となっていた）と親しくなったこともあり、遅まきながらアイルランド自治政策を支持するようになったのである。しかし目下の問題の解決方法については、闘争によるアイルランドの完全独立を望み、その覚悟もあるケイスメントとは、違った見方をしていた。ドイルはアイルランドが新たな連合王国〔イギリスは1922年に「グレイトブリテン及び北アイルランド連合王国」へ改称〕の一員としてとどまり、英国君主に忠誠を誓うことを望んでいたのだ。このような考えを持ちつつも、ケイスメントが1916年の蜂起で反乱軍を積極的に支援したとして死刑判決を受けると、減刑を求めるロビー活動を展開した。

自治に対しては態度を軟化させたドイルだが、アイルランド共和主義の暴力的な側面といえるフィニアン主義への反感を捨て去ることはなかった。この根強い反感は、1915年に出版された〈恐怖の谷〉にも現れている。〈緋色の研究〉と同様、この作品は殺人事件の捜査と、それより前にアメリカで起こった陰惨な事件との2部構成になっている。秘密結社《スコウラーズ》の一員がアメリカからイングランドへ渡り、かつて自分たちの組織に潜入して内情を暴いたピンカートン探偵社の元探偵を殺害する。《スコウラーズ》のモデルとなった《モリー・マグワイアーズ》は、フィニアン主義者とのつながりがある活動家が結成した秘密組織だ。アイルランド系が牛耳っていたペンシルヴェニア州の石炭業界で、鉱山経営者に対してたびたび暴力行為を行っていたのである。

おそらくこのような偏見を昔から持っていたからこそ、コナン・ドイルはホームズの宿敵でアイルランド人であるジェイムズ・モリアーティ教授を生み出したのだろう。モリアーティの姓はストーニーハースト・カレッジでドイル

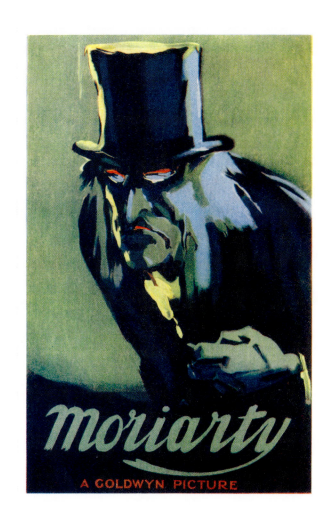

前頁 この『アイルランド自治区地図』（1893年）には第一次アイルランド自治法案の全文と1892年の総選挙の分析が書かれていた

上 1922年のアメリカ映画『シャーロック・ホームズ』は、イギリスでは『モリアーティ』として公開された

上 コナン・ドイルが1881年に出会ったヘンリー・ハイランド・ガーネット（1815〜82）は、アフリカ系のアメリカ公使で奴隷制廃止論者でもあった

次頁 コナン・ドイルが生んだ探偵の名の由来となったと言われるオリヴァー・ウェンデル・ホームズ（1809〜94）

と同期だったアイルランド人の兄弟2人から取られている。ストーニーハーストはローマ・カトリック系の学校で、アイリッシュ海に近く、アイルランド人の生徒が多かった。その中にはドイルと同じ学期に入学したパトリック・シャーロックという生徒もいた。

こうしたことから、ドイルは物語の中でアイルランドやアイルランド人を共感を持って描いていることも多い。ホームズものではない初期の作品「あの四角い小箱」（1881年12月に《ロンドン・ソサイエティ》誌に発表）では、アイルランド人をテロリズムと結び付けるという短絡的な考えを皮肉っている（この場合は、ダイナマイトが入っていると思われた箱が実はレース用のハトを輸送する箱だったという話だ）。「緑色の旗」（10年以上あとの1893年6月に《パルマル》誌に発表）は、フィニアン主義に侵された連隊のアイルランド人兵士たちがスーダンでデルヴィーシュの集団に遭遇し、忌み嫌う大英帝国の大義のために立ち上がるという話である。

アメリカに対するコナン・ドイルの個人的な考え方は、そこまで家族の絆に影響されてはいないので、アイルランドよりも率直に表現されている。ドイルがアメリカを好きになったのは、幼いころに開拓時代のアメリカ西部を舞台にした心躍る冒険小説を読みあさってからだ。のちにドイルはアメリカの歴史家フランシス・パークマンを熱心に支持するようになり、全7巻から成るパークマンの著作『北アメリカにおけるフランスとイギリス』（1865〜92年）をもとにして歴史小説『亡命者　二大陸の物語』を1893年に書いている。ユグノー派のプロテスタント教徒がカトリック国であるフランスからの逃亡を余儀なくされ、アメリカに亡命するという物語だ。

コナン・ドイルが北米に対する憧れの念を新たにしたのは、エディンバラ大学を卒業した直後の1881年に臨時の船医として働いていた汽船マユンバ号で、黒人であるアメリカの外交官ヘンリー・ハイランド・ガーネットに出会ったときだ。ガーネットは威厳ある人物で奴隷廃止運動の活動家でもあり、アメリカ領事としてリベリアに赴任する途中だった。医学部を卒業したばかりで熱意に満ちていたドイル青年は、その学識の広さに感化されたという。ガーネットはボストン在住の著名な医師でエッセイストでもある、オリヴァー・ウェンデル・ホームズとも親しく、コナン・ドイルが創作した探偵はこの医師から名前を取っているとも言われる。

ただ、ドイルがアメリカに強い憧れを抱いていたからといって、さまざまな事態が断続的に起こって英米関係が悪化することに無頓着だったわけではない。南北アメリカの支配権はワシントンにあると宣言した1823年のモンロー主義は、イギリス政府関係者の多くを敵に回したし、凄惨な南北戦争（1861〜65年）をめぐっては南北どちらを支

援するかでイギリスも二分され、その影響が尾を引いていた。

　アメリカの歴史には暴力的で予測不能な面があることも、コナン・ドイルは十分認識しており、作家としてはこの側面を利用してホームズ物語に緊張感をつくり出している。これは第1作の〈緋色の研究〉ですでに見られ、ロンドンで活動するホームズの探偵としての能力を紹介しつつ、物語の舞台は1847年のアメリカへとさかのぼる。登場するのはジョン・フェリアとルーシー・フェリアの父娘で、西部ユタ州の砂漠をさまよっているところを末日聖徒教会、すなわちモルモン教の信徒に救われる。モルモン教徒たちはニューヨークからアメリカ大陸を横断する過酷な旅路を経て、ちょうどこの年にソルトレーク・シティ（のちのユタ州の州都）に定住したのだった。フェリアはモルモン教に従うことに同意するものの、複婚の慣行には難色を示し、やがてこれが火種となる。ルーシーは非モルモン教徒のジェファースン・ホープと恋に落ちるが、信徒同士で結婚するように命じられ、指導権を握る四大長老会議のメンバーの息子であるイーノック・ドレッバーかジョゼフ・スタンガスンのどちらかを夫にするよう迫られる。父娘は逃げようとするが、父親は殺され、ドレッバーとの結婚を強要されたルーシーもその直後にこの世を去ってしまう。ルーシーの死に対する復讐を誓うホープは、ドレッバーとスタンガスンを追ってロンドンへ向かう。モルモン教会内で対立が生じ、ドレッバーとスタンガスンの2人もソルトレーク・シティをあとにしていたのだ。ホープはついに2人を見つけ出して復讐を遂げるが、ホームズが探偵としての能力を発揮して事件を解決するのである。

　この物語で明確に描かれているのは、アメリカは必ずしも物理的に暮らしやすい環境でもなければ、そこに住んでいる人々も善良とは限らないということだ。野性味あふれる国であり、危険に満ち、政府による統治が行き届いているイギリスとは違って、気分しだいで無法地帯にもなり、モルモン教のような規制を逃れたカルトが台頭することもある。ジョン・ガリデブのような根っからの犯罪者もまたしかりだ。〈三人のガリデブ〉のジェイムズ・ウィンター（ジョン・ガリデブ、モアクロフト、殺し屋エヴァンズという3つの偽名を持つ）が1893年に大西洋を渡った直後に殺すのは、シカゴの有名なにせ金づくり、ロジャー・プレスコットだ。ホームズが調べを進めると、ウィンターはアメリカで3人を殺害したが服役を免れたことがわかった。

　大西洋をまたいだ復讐の物語としてはほかに、〈オレンジの種五つ〉がある。この物語ではジョン・オープンショーの伯父イライアスがフロリダ州で農場主として成功したあと、南北戦争で南軍に入隊し、大佐にまで昇進したと語られる。イライアスはのちに南北戦争後に結成されたばか

りの人種差別的な《クー・クラックス・クラン》に加入するのだが、当時のクー・クラックス・クランはアメリカ南部でテロ組織として活動していた。物語によると、「1869年か70年のころ、〔イライアスは〕ヨーロッパにもどってくると、サセックス州ホーシャムの近くにささやかな屋敷をかまえ」、人づきあいを避けて酒を浴びるほど飲むこともよくあったという。しかしイライアスはクランと対立し、その後追ってきた一味に暗殺されてしまう。ホームズはその顛末を鮮やかに解明するのだった。

〈オレンジの種五つ〉には、ホームズ物語の定番テーマが描かれていると言っていいだろう。アメリカで何かを成し遂げた、とくにひと財産を築いた人物が、イギリスに戻って田舎で新しい暮らしを始める。〈恐怖の谷〉のジョン・ダグラスもその一例で、アメリカで財を成したあとに静かな暮らしを求めてサセックス州のバールストンにやって来るが、現実はそうはいかない。少し異なるが〈踊る人形〉のエルシー・パトリックも状況は似ていて、犯罪組織のボスである父親から逃れてヒルトン・キュービットと結婚し、ノーフォーク州のリドリング・ソープ・マナーで暮らしていた。キュービットが言うように、一族は「リドリング・ソープにかれこれ五世紀も暮らしていて、ノーフォーク州ではいちばんの旧家」なのだ。〈独身の貴族〉では、セント・サイモン卿（元外務大臣の息子で、プランタジネット王

前頁　ホームズ物語の第1作〈緋色の研究〉で回想シーンに登場する、西部ユタ州の砂漠

下　「わたしはこれで失礼させていただく」シドニー・パジットによる〈独身の貴族〉の挿絵（1892年）

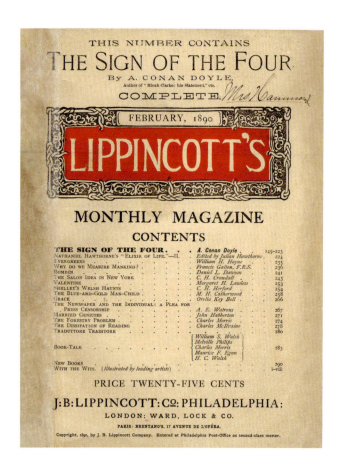

上 〈四つの署名〉を掲載した《リピンコッツ》アメリカ版（1890年）

次頁 ジョン・アトキンスン・グリムショー（1836〜93）作『ウォータールー橋、東向き』油彩・カンヴァス

家とテューダー王家の血を引く）とハティ・ドーラン嬢（「カリフォルニア州の美貌の富豪令嬢」）との結婚が、ドーラン嬢が引きずる過去によって突然妨げられる。事件に発展しない例としては、〈ボヘミアの醜聞〉でボヘミア王を恐喝すると迫ったアイリーン・アドラーもニュージャージー州出身で、オペラ歌手としてワルシャワなどでキャリアを積んだ女性だ。

　ホームズ物語のうち15作（うち3作は長編）に、アメリカ人が登場する。このようにアメリカ人が多いのは、コナン・ドイルがアメリカに対して個人的にずっと好感を持っていたことの表れだろう。フィラデルフィアに拠点を置く出版社の役員J・M・ストッダートが〈四つの署名〉の執筆を依頼してくれたことに、恩義も感じていたはずだ。大西洋の向こうにいるアメリカの読者は、のちにドイル作品にとって最大ではないにしろ大切なマーケットとなった。ドイルは2年後に『白衣の騎士団』の巻頭に記した題辞で、このような姿勢を取る理由についてこう書いている。

　　未来の希望
　　すなわち英語を話す諸民族の再統合のために
　　われらの共通の祖先に対するこのささやかな物語を記すものである

　翌1892年の4月に発表された〈独身の貴族〉に登場するフランシス・ヘイ・モールトンに対するホームズの言葉にも、ドイルのこうした姿勢がよく表れている。モールトンはかつて金を採掘していた男で、「独身の貴族」のこれからの幸せな結婚生活を脅かす存在だ。この言葉には次のような、今でも色あせない一節がある。

　　アメリカのかたにお会いするのは、いつもたいへん楽しみなのです。遠い昔に、ある国王と大臣が愚かな過ちを犯しましたが、われわれの子孫はそんなことにめげることなく、いつの日か必ず、英国旗と星条旗とを四半分ずつ組み合わせた旗のもとに手を結んで、世界的な一大国家をつくりあげるだろう――わたしもそう信ずる者のひとりだからです。

　このころになると、世界におけるイギリスの立場や、イギリスとアメリカが協力して英語話者の連邦国家を樹立するにはどうすればよいかを、コナン・ドイルは真剣に考えるようになっていた。1892年12月には《タイムズ》紙に投書し、《リフォーム・クラブ》というそのものずばりの名のクラブの会員として、新たな提案をしている。ドイツがシカゴ万博で軍楽隊に演奏させることを拒否したことを受けて、イギリスの軍楽隊が代わりに演奏すべきだというのだ。「私が思うに……このようなまたとない機会を捉え

て国際親善を深めるべきなのではないでしょうか。この機会を逸するのはあまりにもったいないと思います」。翌年3月に《デイリー・クロニクル》紙に出した手紙でも、ドイルは自身の考えを強く主張している。

　われわれの民族がアメリカを排除した未来を思い描くのであれば、それは要石(かなめいし)を持たないアーチを設計するのと同じくらいむなしいことです。政府や風習は違っても、世界にはイギリス・アイルランド系の子孫が大西洋を挟んで大勢存在することに変わりはありません。したがって、将来もしわれわれが今よりも同質な民族になる運命にあるとすれば（わたしは固くそう信じているのですが）、われわれという大きな集団は問題の原因として捉えられるというだけではなく、その願いが問題の解決につながるであろうことも確信を持って言えるのです。

　ドイルはさらに従来の主張を繰り返す形で、英語を母語とする人々についてこう続ける。「英連邦の一部に組み込まれるべきですが、それは意図的に結んだ条約ではなく、共通の血という永遠の礎の上に、共通の文化という核心があってこそ成り立つものなのです」
　アメリカに対する思いが一層深まるのは、初訪米の1894年、講演のためにアメリカ各地を回ったときだ。英語話者の連邦国家を実現させるためにはアメリカの支持が欠かせないとの思いをドイルは今まで以上に強く持つようになる。そしてこの使命感を、彼は公然と語っていた。翌年ドイルが再度渡米を考えた際、友人の作家であるラドヤード・キプリングは（ドイルはヴァーモント州にあった当時の彼の家を訪ねている）、別の友人に宛てた手紙の中でドイルについてこう書いている。「彼はアメリカとイギリスを結び付けることに対して強い思いを持っています」
　ただ、ドイルが1895年に再度アメリカを訪れることはなかった。妻が結核と診断されたため、エジプトに連れていって冬の太陽の下で療養させる必要があったのだ。だが、世界規模のアングロサクソン協定をドイルは政治目標としてしっかりと掲げていた。これに弾みを付けたのが鉱山王のセシル・ローズで、イギリスがアフリカを支配するというその野望がたびたびボーア人の共和国を刺激して、1899年の南アフリカ戦争（ボーア戦争）に発展したのだった。ドイルは遠い地で行われているこの戦争に参戦したいと思っていたものの、年齢のためにかなわず、かつての職業である医師として病院で短期間勤務するにとどめざるをえなかった。ドイルはその後、この戦争の経緯をまとめてイギリスを声高に弁護する『南アフリカ戦争──原因と行い』を1902年に出版し、ナイトの称号を授与された。
　そのころには、世界の課題で英米が協力すべきだという

上 ジェイムズ・エドウィン・マコーネル（1903〜95）作『ボーア戦争での小競り合い』ガッシュ絵の具・紙

次頁上 ライヘンバッハの滝におけるシャーロック・ホームズ《コリアーズ》誌1903年9月26日号の表紙

次頁下 ウィリアム・ジレット主演による初のホームズ劇ニューヨーク公演のポスター（1900年ごろ）

コナン・ドイルの熱い思いも、しぼんでいた。それよりもヨーロッパにおけるドイツの拡張主義を脅威に感じるようになっていたのだ。そのうえ、アメリカに関心を向ける理由といえば、世界規模の壮大な構想というよりも銀行口座の残高であった。アメリカは今や、ドイル作品にとって最も稼げる市場になっていたのだ。実際、スイスの山中で死んだと思われていたホームズをドイルが10年の空白期間を経て1903年10月に〈空き家の冒険〉で復活させる気になったのは、ニューヨークの雑誌《コリアーズ》から破格の報酬を提示されたからだった。1899年の後半には、アメリカの俳優ウィリアム・ジレットが、ホームズの活躍を描いた舞台劇をバッファローとニューヨークで上演し、ホームズ人気に火をつけた。このジレットの手によるホームズ劇は大変な成功を収め、ホームズ物語の映画もつくられ始める。ドイルが久々にアメリカを訪れたのは1914年で、おもに観光客として新しい妻ジーンにアメリカを案内して回った。1922年と1923年の訪米も似たようなものだが、このときは新たな関心事である心霊主義のメッセージを広めることがおもな目的だった。

　コナン・ドイルのアメリカに対する政治的関心が薄れた理由として、ボーア戦争後のドイルが大英帝国の未来という狭い視野に世界観を支配されていたことも挙げられる。アングロサクソン主義から派生した思想を背景にして生ま

れたのが保護主義という新たな経済政策であり、1890年代後半に保守党（もともとは急進派）の政治家ジョゼフ・チェンバレンがこれを主張していたのだが、ドイルは帝国が優遇されるような制度を望み、イギリスの領地と植民地のみを対象とする特恵関税を推奨していた。アメリカはそこに含まれていなかったのだ。

コナン・ドイルが保護主義に対して当初煮え切らない態度を取っていたことは、〈バスカヴィル家の犬〉（1901年執筆、翌年出版）でのホームズの態度からもうかがえるだろう。作中でホームズは架空の新聞記事をワトスンに読んで聞かせる。

> 保護関税を尊重することで、自国の特産品貿易、あるいは自国の産業の振興につながるという、絵に描いた餅にだまされていないだろうか。しかし、理性を失わずに考えるなら、保護関税の制定を長い目で見ると、この国が繁栄に近づかないこと、輸入品の価値を下げること、この島国に生きる人々の生活水準が全体として落ちることにつながる。

そして、「気分上々という声を上げ、満足そうに両手をこすり合わせながら」ワトスンに意見を求めるのだ。「どうだい、ワトスン？　けっこうなご意見だと思わないかい？」

だが1906年にスコットランドのホウウィック地区で自由統一党の候補として出馬するころには、ドイルは明らかに考えを変えていた。自伝『わが思い出と冒険』に記されているように、選挙区を構成する小さな町（ホウウィック、ガラシールズ、セルカーク）ではみんなが羊毛産業に従事し、ドイツの競合によって大打撃を受けているため、保護主義への支持が集まると踏んだのだ。しかしこの見込みは外れ、ドイルは2度目の敗北を味わうことになる。

同じころ、大英帝国に対するドイルの考え方も変化していた。というより、コンセプトそのものが変わっていた。1882年に彼がサウスシーで仕事を始めたころ人々が話題にしていたのは、大英帝国というより、植民地のことであった。サウスシーで引退生活を送っていた元軍人や行政官らは、海外の赴任地を大英帝国の一部でなく植民地として見ていたのだ。南海岸のリゾート地であるサウスシーでドイルは大勢の退役軍人と付き合っており、〈緋色の研究〉の冒頭で登場するワトスン博士がそのひとりだったとしても、おかしくはないだろう。〈入院患者〉の冒頭部分〔版によっては〈ボール箱〉の冒頭〕で、ロンドンにいるワトスンが10月のあるうっとうしい雨の日に、サウスシーの浜辺か近くのニュー・フォレストあたりの森へでも出かけたいと言っていることから、彼はサウスシーに住んだことがあるかもしれないという考えが浮かぶ。いまだに結論は出て

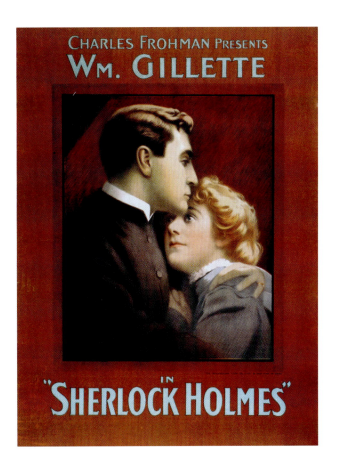

61

いないが、コナン・ドイルはサウスシーのジェイムズ・ワトスンという医師の名を取って探偵の相棒の名にしたとも言われているのだ。ホームズに出会う前、ワトスンはイギリス陸軍に従軍してアフガニスタンに赴き、おもにイギリスにとっての要であるインド領を保全するための作戦に参加した。そして1880年にマイワンドの戦いで負傷し、ロンドンに帰ってからは、医師として再出発する道を模索していたのだった。

　ワトスンをはじめとして、ホームズ物語の登場人物には、遠方にある大英帝国の植民地からはるばるやってきて再出発しようとする者が多いが、時にはイギリスに取り憑いた存在のようになってしまうこともある。〈緋色の研究〉発表の3カ月後にドイルが発表したホームズものではない中編小説『クルンバーの謎』では、3人のバラモン僧がインドからスコットランドにやってきて、第一次アフガン戦争（1838～42年）中にヒンドゥークシュ山脈での虐殺で殺された年配の僧のために復讐を果たそうとする。虐殺を許可したイギリスの将軍を心理戦で恐怖に陥れ、スコットランドまで追い詰めて殺害する。バラモン僧のうち2人にヒンドゥーではない名前を付けているところに、コナン・ドイルのインドに対する理解不足が表れているが、彼のアプローチには植民地に対するイギリスの初期の姿勢が反映されているのだ。当時のイギリスの学者たちは、まっ

たくの善意から、自分たちが支配している人々の文化を理解しようと試みた。物語の語り手ジョン・フォザギル・ウェストの父親は東洋学者で、事務弁護士として働いたのちに引退し、貧しい暮らしをしながらも、上流階級を気取って「フィルドゥシーやオマル・ハイヤームといった自分が愛してやまない東洋人の金言や教え」を「慰めとしていた」のである。

　『クルンバーの謎』からもわかるように、1880年代後半になると、大英帝国は積極的に植民地に関与するようになった。植民地から「母国」に、小麦、茶、砂糖などの食物や綿、ジュート、香辛料などの原材料が送られるようになると、イギリスの人々の生活様式が変化し、富を手にする者も現れた。変化はそうした目に見えるものばかりではなく、ワトスン博士のような専門職が専門知識を習得できるようになったり、絹製品、タペストリーといった工芸品を遠方の人が手にできるようになったりしたほか、個人の感情にも変化が生じた。この物語の中でヴィクトリア十字勲章を持つ最上位の軍人を殺した人物のような、恨みを抱く者も生まれたのだ。1880年代にヨーロッパ各国が必死にアフリカを奪い合う中で、こうした変化は増幅され、「帝国（エンパイア）」はもはや禁句ではなくなったのである。

　〈緋色の研究〉に続いて発表された第2作〈四つの署名〉では、ホームズが植民地の核心に触れる謎を解くことにな

上 オーストラリア、ヴィクトリア州のブラック・ヒルにある金鉱から見たバララットを描いた版画（1880年ごろ）

り合うことで強化されるのであり、ドイルはこれを良いもの、つまり「いたるところで種子を混ぜる神の大きな御手」〔『シャーロック・ホームズの読書談義』〕の証しと、漠然と捉えていたのかもしれない。

植民地から穏やかな日々と社会的地位を求めてイギリスに帰国してくる者もいた。ショルトーの父親と並ぶ典型的な例としては、〈ボスコム谷の謎〉でホームズがチャールズ・マッカーシー殺害の真犯人だと突き止めた、ジョン・ターナーが挙げられる。ターナーはオーストラリアで財産をつくったあとにイギリスへ戻り、ヘレフォード州の田舎で暮らしていた。物語では「近所のイギリス人家庭とのつきあいは避けて、ひっそりと暮らしていたらしい」と書かれている。ホームズはいつもの能力を発揮して、ターナーがマッカーシーを殺したことを突き止める。ターナーはかつてバララット・ギャングの一味であり、1860年代にメルボルンへ向かう金塊輸送隊を襲ったことを告白するのだ。同じような背景を持つ登場人物に、〈グロリア・スコット号〉のジェイムズ・アーミティジがいる。アーミティジは横領の罪で有罪判決を受けてオーストラリアに移送されるが、波瀾万丈の脱走劇の末にオーストラリアで財産を築いたのだった。イングランドに戻ると、トレヴァーという姓を名乗り、ノーフォーク州の田舎で治安判事として品行方正な生活を送った。その息子が、ホームズの学友ヴィクター・トレヴァーである。

故国に戻ってきた者には、元軍人も多い。たとえば、〈背中の曲がった男〉のバークリ大佐は有名なアイルランド連隊であるロイヤル・マロウズ連隊の士官で、帰国後はオルダーショットの兵舎の近くに住んでいた。〈白面の兵士〉ではボーア戦争の退役軍人ジェイムズ・ドッドが、ミドルセックス連隊でともに戦った戦友ゴドフリー・エムズワースの失踪についてホームズに相談する。ゴドフリーの父エムズワース大佐はクリミア戦争でヴィクトリア十字勲章を受けた人物だ。ゴドフリーは植民地で、当時は難病とされた重いレプラに感染したと思われ、家族の手でタクスベリー・オールド・パークにかくまわれていた。しかしホームズの相談を受けた博識な医師が彼の症状を魚鱗癬、つまり皮膚が鱗のようになる疑似レプラによるものと診断し、実際には治療できることがわかる。

〈悪魔の足〉のレオン・スタンデール博士は卓越した能力の持ち主で、海外で過ごした時期を思い起こす品として一風変わったものを持ち帰る。「ライオンを追う偉大なる探検家」として知られる彼は、「悪魔の足の根」と呼ばれる珍しい毒を使って、悪党モーティマー・トリジェニスを殺すのだ。悪魔の足の根は「ウバンギ川のあたり」（現在のコンゴ共和国）で呪術師が罪のあるなしを試すために使う毒だった。ホームズはこの殺人を愛ゆえの犯罪とみなして見逃し、中央アフリカへ戻って仕事を続けるようスタンデ

る。殺人事件に関わっていたのはジョナサン・スモールというイギリス人の元囚人で、悪名高きインドの流刑地アンダマン諸島で看守と分け合った財宝を取り戻すのがその目的だった。財宝を探すスモールはアンダマン諸島の小柄な先住民トンガを仲間にする。トンガの特技は毒が付いた吹き矢で人を殺すことだった。物語はセポイの反乱の時代のアグラからアンダマン諸島の流刑地に舞台を移しながら、こうした植民地という背景にたびたび言及する。ホームズとワトスンがサウス・ロンドンにあるサディアス・ショルトー（看守の息子のひとり）の家を訪ねると、黄色いターバンを巻きだぶだぶの白い服に黄色い帯という、インドの伝統衣装を身にまとったキトマトガー、つまり使用人に、迎え入れられる。家はまるで東洋の夢から出てきたかのようなしつらえになっていた。

とびきり豪華で華やかなカーテンやタペストリーがたっぷりと壁を飾り、ところどころ紐でゆわえてあるあいだから、りっぱな額をあしらった絵画や東洋の花器などが見えた。琥珀色に黒の模様がはいった厚い絨毯はふかふかで、心地よく足が沈む。部屋のまん中に敷かれた二枚の大きな虎の皮が、片隅の敷き物に置かれた大きな水ギセルとともに、東洋ふうの贅沢感を増していた。部屋の中央には、鳩の形をした銀のランプが、ほとんど見

えないくらい細い金色の針金で吊るされている。ランプをともすと、えもいわれぬ芳香が部屋いっぱいに広がった。

アンダマン諸島先住民の小男トンガは、これに比べるとあまり好意的な言葉で表現されていない。彼は「ちびっ子悪魔のトンガの野郎」と言われ、アンダマン先住民自体は以下のように描写されている。

　生来、頭部が異様に大きく、ゆがんだような顔だちに、目は小さくて険しい。ただ、手足は驚くほど小さい。攻撃的なところがあってきわめてつきあいにくい民族であり、英国政府の努力にもかかわらず、友好的な関係をつくることができずにいる。難破船の生存者らは例外なく、先端に石のついた棒や毒矢で彼らに攻撃されることを恐れる。襲撃の死者は最後に必ず人食い祭のいけにえとなる。

こうした描写は、当時一般的だった文化的優越感と人種差別的な思想の表れであり、帝国主義のイデオロギーには潜在的にそのような一面があった。これはアングロサクソンの連邦国家を考える際にも引き継がれている。この同盟は共通の言語に根ざしたうえで、遺伝子がさまざまに混ざ

前頁　ジョン・ワトスンは第二次アフガン戦争さなかの1880年7月27日に起こったマイワンドの戦いで負傷した

左　1888年にウォード・アンド・ダウニー社から刊行された『クルンバーの謎』初版

ールに言うのだった。

外の世界とのホームズの関わりを示すものとして最後に挙げられるのが、ヨーロッパに対するホームズの態度である。ゲーテや、さほど有名ではないロマン派のドイツ人作家ジャン・パウルの作品に精通し、マイヤベーアやワーグナーのオペラに親しみ、ヨーロッパの国の数々の首都で快適に暮らすホームズが、根っからのヨーロッパ人であることは確かだろう。〈ボヘミアの醜聞〉の冒頭でボヘミア王がホームズに言うように、「貴殿が最近、ヨーロッパのさる王室に対してなされたご尽力は、いかなる重要事件をも信頼して託せるということを示すもの」なのだ。

このころには鉄道が大陸でも広く開通しており、娯楽のためだけでなく犯罪にも利用されていた。〈緋色の研究〉では、ジェファースン・ホープが恋人を死に至らしめたモルモン教徒ドレッバーとスタンガスンを追って、ヨーロッパ中を移動する。

ペテルブルクに到着してみると敵はパリに発ったあとで、パリにたどりついたかと思うと敵はコペンハーゲンへ逃げ去っていた。デンマークの首都についたときにも、やはり数日の差でロンドンへ敵を逃してしまった。しかし、そのロンドンで、ついに敵を追い詰めた。

犯罪者が活動を開始すると、ホームズはつねにその動向を追跡する。〈高名な依頼人〉でグルーナー男爵の名前が出ると、ホームズはすかさず「オーストリア人の人殺し」のことだと気付き、どうしてその結論に達したのかを問われると、こう答える。

大陸で起こった犯罪をくわしく追うのもぼくの仕事のうちですから。プラハで起きたことを調べて、それでもあの男に罪があると言わないほうがおかしいですよ。あの男が罪を逃れたのは、証人がなんとも不可解な死を遂げたからでした。シュプリューゲン峠でのことは「事故」とされていますが、ほんとうはあの男が自分の妻を殺したのです。

ヨーロッパは重要な外交活動の中心でもある。〈海軍条約文書〉（初出は1893年）のテーマは、きわめて政治的だ。というのも、当時はドイツ、オーストリア＝ハンガリー、イタリアの3カ国が三国同盟を結んでいて、フランスとロシアが自衛のために秘密協定を締結しようとしていたからだ。この話でホームズに助けを求めるのは、ワトスンの古い学友であるパーシー・フェルプスだ。フェルプスは役所に勤めており、イギリスとイタリアとの重要な海軍条約文書を書き写すという大仕事を伯父である外務大臣から託

左「客は顔から覆面をむしり取った」シドニー・パジットによる〈ボヘミアの醜聞〉の挿絵（1891年）

されるものの、文書を紛失し窮地に陥る。ホームズなら力になってくれるとフェルプスをなだめながら、ワトスンはこう言うのだ。「これははっきり覚えていることだけれど、彼は、ヨーロッパの三つの王室の存否にかかわる重大問題を解決したことだってあるんだ」

それから10年ほどたつとイギリスはドイツの拡張主義を警戒するようになり、ヨーロッパとの関係は一層複雑になる。〈第二のしみ〉（初出は1904年）の事件が発生した日付ははっきりしない。ワトスンがこの事件について執筆したころ、ホームズはすでに引退し、サセックスの田舎に移り住んで養蜂を始めていた。ワトスンはこの事件について、「年代についても、一の位はもちろん十の位まで伏せておかざるをえない」という。だが一般的に、これは1886年のことだと考えられている。前述のように、首相のベリンジャー卿（ソールズベリー卿がモデルとされることが多い）がホームズのもとを訪れ、ヨーロッパ問題担当大臣の金庫から重要な手紙が消えたので見つけてほしいと依頼するのだから（ヨーロッパ問題担当大臣という名称はいかにも古くさい）、国家の存亡がかかっていることは明白だ。ホームズの質問に答えて、ベリンジャーは次のように説明する。

　　その点になると、ホームズさん、たいへんこみいった国際政治の領域になってきます。しかし、いまのヨーロッパの状態を考えてみれば、動機を理解することはかんたんでしょう。いまヨーロッパ全体は、いわばひとつの武装陣地と言えます。二つの同盟があって軍事力はほぼ均衡し、大英帝国は中立を守っています。もし英国がどちらかの同盟に対して開戦を余儀なくされれば、もうひとつの同盟は、参戦するかどうかにかかわらず確実に優位に立てることになる。おわかりでしょうか？

これに対して、ホームズは「よくわかります」と答える。このときのホームズが思い浮かべている国際関係とは、イギリスの海岸と大英帝国に対する脅威はおもにヨーロッパから来るのだと、イギリスが理解するようになったころのものだ。脅威はドイツが海軍の増強を始めた1887年から高まっていた。イギリスはこれを受けて、蒸気タービンで推進力を得る強力な戦艦の艦級を創設し、その第1号としてドレッドノートを1906年に進水させた。これを皮切りに海軍増強競争が延々と続き、財政的な理由から1912年ごろには沈静化したものの、敵対関係が悪化して2年後の第一次世界大戦へとつながるのだ。

帝国主義者であるとともに熱心な愛国主義者でもあったコナン・ドイルは、ドイツの脅威に対抗して陸軍や海軍の増強を進めるイギリスの取り組みをそのつど支持した。再

右 ドイツ、オーストリア゠ハンガリー、イタリアによる1882年の三国同盟を記念するレリーフ

次頁 「貴族」シドニー・パジットによる〈海軍条約文書〉の挿絵（1893年）

"A NOBLEMAN."

軍備を求めてロビー活動をし、英仏海峡トンネルについてもイギリスが海上封鎖をする際に要となるとして建設開始を訴えた。「もしケント州沖に二十五の、さらにアイルランド海峡に二十五の敵潜水艦がいるとすれば、わが国の食糧補給はどうなるであろうか？」とドイルは自伝『わが思い出と冒険』に当時の思いをつづっている。

1914年にイギリスが第一次世界大戦に参戦すると、ドイルは『戦闘準備！』という小冊子を発行して兵役に就くよう国内に呼びかけるとともに、ともすると懐疑的な海外の国々にイギリスの戦争目的を説明した。少し前の8月には、〈最後の挨拶〉で明かされているように（作品そのものの初出は1917年4月）、引退していたホームズが再び活躍し、ドイツ人スパイのフォン・ボルクが海軍暗号に関する重要な書類を盗もうとするのを阻止する。この作品が収められている『シャーロック・ホームズ最後の挨拶』に寄せたまえがきで、ワトスンは「とはいえ、ドイツとの戦争が現実のものとして間近に迫ってくると、さすがのホームズもじっとしてはいられなかった。その知性と行動力を兼ねそなえたすばらしい能力を、国のために惜しげもなく捧げ、めざましい成果をあげたのだ。その顚末は、本書の表題作〈最後の挨拶〉に、詳しく記録してある」と書いている。サセックスで首相と外務大臣の訪問を受けた名探偵ホームズは、生みの親と同じく、養蜂をあと回しにして外の世界で起こっている問題に果敢に挑むという、何よりも愛する仕事へと戻っていったのだった。

下 ヘンリー・J・モーガン（1839〜1917）作『ポーツマスのドレッドノート号とヴィクトリー号』油彩・カンヴァス

第3章
科学の発達とその反動

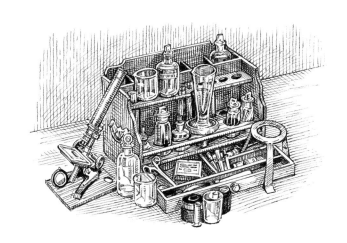

　アーサー・コナン・ドイルが生まれた1859年5月の半年後に、奇しくも科学史を塗り替えるような大事件が起きた。チャールズ・ダーウィンによる画期的な著書『種の起源』が出版されたのだ。つまり、シャーロック・ホームズの著者が生まれ育った時代は既存の文化的な枠組みが変化したばかりのころだったと言える。それも急激な変化だ。世界を支配するのはもはや神ではなく、人間とその好奇心が支配権をつかみ取ったのだった。

　自然淘汰という考えは以前から科学界に流布していたが、ダーウィンは長年にわたって丹念に集めたデータを駆使してその説をまとめ上げ、学説として確立させた。以降、人間が無作為な突然変異を繰り返して進化したという説は受け入れられ、人の先祖は天使ではなく猿だという考え方が一般的になった。伝統的な宗教の信頼性が大きく損なわれる一方で、科学は確固たる地位を確立し、現実世界を見て理解する手段として受け入れられた。そうでなければ、コナン・ドイルの人生も、彼が生み出した架空の名探偵の人生も、違ったものになっていただろう。

　もちろん、科学は1859年に突然現れたわけではなく、科学の大転換が偶然コナン・ドイルの生まれた年に起こったというだけである。ホームズは物語中の記述から数年前の1854年1月6日に生まれたとされているので、その生涯は近代科学の時代と重なることになる。科学の実践は、時代とともに発達してきた。その起源は4000年前のエジプトやメソポタミアまでさかのぼり、古代ギリシャで黄金時代を迎える。中世のアラブで発展し、17〜18世紀の西欧で実用化されたのち、数学、天文学、工学、化学が進歩して産業革命へとつながった。懐疑主義、合理性、経験主義に重きを置く啓蒙思想家の知見を基盤とし、科学による実験と探求の精神は、ヴィクトリア時代のイギリス社会に広く浸透していたのだった。この精神こそが、シャーロック・ホームズの着想のもとになっている。

　この過程で、科学者は専門職となった。科学は形而上学の一分野である自然科学から生まれ、経験に基づく知識を体系的にまとめたものとして発展した。〈緋色の研究〉の第2章でホームズは、スコットランド生まれの知の巨人トマス・カーライルのことを知らないと言うが、あれはワトスン博士をからかっていたに違いない。ホームズはのちに〈四つの署名〉でもカーライルに触れているが、このときはむしろ非難がましく、カーライルはドイツのロマン派哲学者ヨハン・パウル・リヒター（師のルソーに敬意を表したジャン・パウルという名で知られる）の後塵を拝しているという意味のことを言っている。それでも、カーライルは早くも1829年にこうした知的活動の潮流をつかみ、《エディンバラ・レビュー》に「形而上学や道徳科学（モラルサイエンス）が廃れる一方、自然科学が日に日に尊敬と注目を集めている」のは、

上　「発見した！　発見したぞ！」ジョージ・ハッチンスン（1852〜1942）による『緋色の研究』の挿絵（1891年）

次頁上　「けんかっ早いわけではない」1869年に《ヴァニティ・フェア》に掲載されたオックスフォード司教サミュエル・ウィルバーフォースの風刺画

次頁下　チャールズ・ダーウィン著『種の起源』1906年版のタイトルページ

「無意識に研究や理解ができないものは研究も理解もできないからである」と書いているのだ。この機械的な認識または経験に基づいた知識の体系は、ホームズの誕生より少し前の1851年に開催された大博覧会で、注目の的となる。

ヴィクトリア時代初期における一流の産業や工業が結集したこの博覧会は、正式名称を「ロンドン万国博覧会」といい、科学が工学、地質学、冶金学、化学、電気学などの分野へと広がって現代に貢献していることを世に知らしめた。後援者はヴィクトリア女王の夫であるアルバート公だ。アルバート公はのちに《英国科学振興協会》（BAAS）の会長に就任し、1859年の就任演説で「科学の徒は観察対象を意図的に観察し、なぜ観察するかも心得ている」と述べたが、この手法はホームズに通じるものがある。〈名馬シルヴァー・ブレイズ〉で、犯行現場で蠟軸マッチを見つけたホームズは、どうしてそんなものを見落としたのかと困惑するグレゴリー警部に向かって「泥に埋まっていたんでしょう。ぼくはこいつを探していたからこそ、見つけたんです」と言う。翌年（1860年）にオックスフォードで開かれたBAASの年次総会では、出版されて間もない『種の起源』が議論の的となり、英国国教会の司教サミュエル・ウィルバーフォースが「ダーウィンのブルドッグ」と呼ばれるトマス・ハクスリーに向かって、自分の祖父母につながる先祖は猿だと言えるのかと問うた。ハクスリーはそんなことは気にしないが、恥ずかしいのはすばらしい才能を使って真実を曇らせるような人と同列に扱われることだと述べたという。

それから30年近くのち、コナン・ドイルは長編小説〈緋色の研究〉で、ロンドンにあるセント・バーソロミュー病院（バーツ）の化学実験室で研究にいそしむホームズを登場させることになる。今やっている実験は「近年まれに見る実用的な法医学上の発見」につながるのだと、ホームズは言う。彼はアマチュアながらにきちんとした科学者並みの設備を取りそろえているようで、実験室は「かなり天井が高くなっていて、室内に無数の瓶類が、あるものはきちんと並べられ、またあるものはごたごたと置いてある。だだっ広い実験台があちこちにあって、ピペットや試験管、青白い炎が揺らめくブンゼン灯などがびっしり載っている」のだった。ホームズが夢中になってまくし立てているのは、いつどんなしみが付着したかを調べる新しい試験法で、おもに衣服に対して用いるものだ。それまで、付着したしみを調べるには、ホームズが「手間ばかりかかるくせに、ちっともあてになりゃしない」と言う、グアヤック・チンキ法に頼るしかなかった。「でも、もうだいじょうぶ。このシャーロック・ホームズ検査法が発見されたからには」しみが血痕なのか、泥やさびが付着したものなのかを何の問題もなく見分けられるのだと、ホームズは高らかに宣言したのだった。

こうしたアプローチをするのは、自分で実験を繰り返して独自の手法を開発しつつ、つねに時代の最先端技術に通じている、熱心な研究者だ。しかしワトスンがホームズと知り合って（ベイカー・ストリートで共同生活を始めて）みると、ホームズが崇高な科学者として信頼できるかどうかは怪しくなる。新しい友人の学術的能力についてワトスンがつくったリスト（これも〈緋色の研究〉に登場）によると、ホームズが真に才能を感じさせる分野は化学だけであり、その知識は「深遠」という評価になっている。その他の分野の科学については注目に値するほどでなく、植物学の知識は「ばらつきあり。ベラドンナ、アヘン、その他有毒植物一般にはくわしいが、園芸についてはまったく無知」だという。一方地質学に関しては「限られてはいるが、非常に実用的」、解剖学の知識でさえ「正確だが体系的ではない」とある。天文学に至っては、コナン・ドイル自身は重要だと考えていたはずだが、ホームズの知識は「ゼロ」と判定されている。

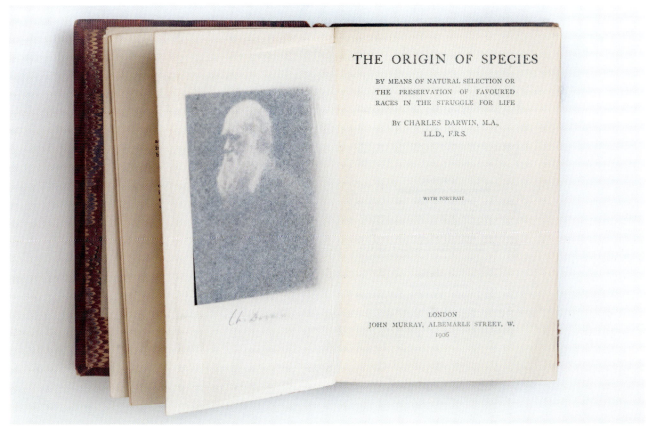

ホームズは明らかに、みずからの専門分野における異端者だ。2人の共通の友人であり、かつてバーツでワトスンの手術助手であったスタンフォードも、初めはホームズのことを異端者としてワトスンに話した。「考えることがちょっと変わってましてね。つまりその、何やら、ある種の科学に熱中してるんです」。医学生なのかとワトスンが聞くと、スタンフォードは違うと言う。ホームズは「解剖学にとてもくわしい」し、「化学者としても一流」だが、「研究のほうはなんとも気まぐれでとっぴな」のに、「教授たちをあっと驚かすような珍しい知識をふんだんにもっている」のだそうだ。確かに、さまざまなことを行き当たりばったりだが幅広く研究している人物像が浮かび上がる。ただし、この人物像はワトスンがホームズのことを知るにつれて修正されていく。

　〔ホームズは〕何か別の科学の分野で学位でも取得して学者の道を進もうとしているわけでもなさそうだった。しかし、ある種の研究については並々ならぬ熱意をもっていて、奇妙に限られた範囲ではわたしが舌を巻くほど豊富で正確な知識がある。

　いったいどういうことかと言いたくもなるが、こうしたあいまいさがあるからこそ、ホームズは長きにわたって愛されるキャラクターになったのだ。「教授たちをあっと驚かすような」という記述から、ホームズが大学に在籍していたことはわかるものの、科学の学位を取るのに必要な勉強をしたわけではなかった。ホームズが実際に大学に行っていたことは、のちの作品〈マスグレイヴ家の儀式書〉で、ようやくホームズ自身の口から語られる。

　ロンドンに出てきた最初のころ、ぼくはモンタギュー街に下宿していた。大英博物館からすぐの角を曲がったところだ。あり余るほどの暇な時間を使って、将来自分の仕事に役に立ちそうなさまざまな勉強をしながら、チャンスを待っていた。ときどきは事件がもちこまれたが、いずれも学生時代の友人たちの紹介によるものだった。大学生活の最後のころには、ぼくの推理法のことがみんなの話題にのぼるようになっていたからだ。

　熱心なシャーロッキアンたちのあいだでは、ホームズの母校はオックスフォードなのかケンブリッジなのかという議論が行われてきたが、どちらの大学で学んだにしても、ホームズの流儀は伝統的な学問ではなかったわけだ。

　新しい友人の知的能力に対するワトスンの評価が高まったのは、ベイカー・ストリートで共同生活を始めたばかりのころに起こった出来事がきっかけだった。ホームズが朝

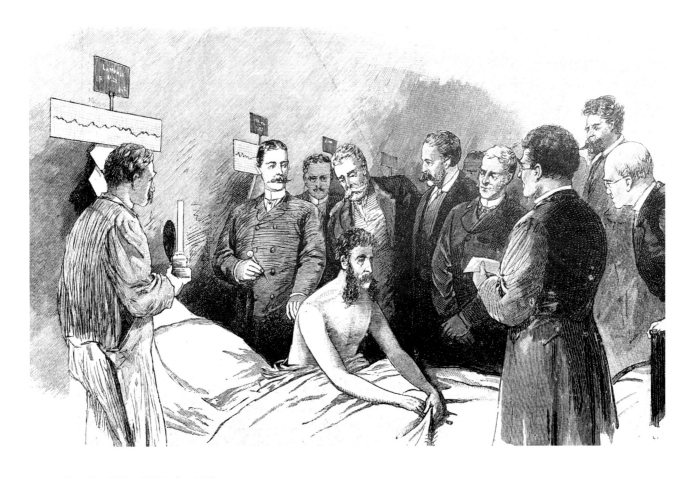

72　第3章　科学の発達とその反動

食を終えるのを待っているあいだに、ワトスンは「人生の書」と題された雑誌記事を偶然目にする。その記事では哲学と科学の両面を扱っており、「理論家は、たとえば一滴の水を見ることによって、自分の見たことも聞いたこともない大西洋やナイアガラの滝の存在を推理できる。同様に、人生もまた一本の大きな鎖であり、その本質はたった一個の環から知りうる」と書かれていた。導き出せる結論は「ユークリッド幾何学の定理並みに絶対まちがいがない」として、記事の筆者は「顔の筋肉や視線のちょっとした動きから人の心の奥底までも見抜くことができる」とも書いていた。ワトスンは反射的にそんなことあり得ないと声を荒らげ、こんな考えは実用的ではないと言い放つが、ホームズは記事を書いたのは自分だと明かす。さらに続けて、この結論は至極実用的であり、自分はこの考え方を利用して世界で唯一の「コンサルティング（諮問）探偵」として生計を立てているというのだ。

　この箇所を読むと、ホームズが従来の科学を理解していることが明確になる。一滴の水から大海を推理できるという彼の言葉が踏まえているのは、フランスの博物学者であり地質学者でもあるジョルジュ・キュヴィエだ。ホームズはのちの作品〈オレンジの種五つ〉でもこの考え方を取り上げ、探偵としての自身のアプローチをキュヴィエと比較している。「キュヴィエが一本の骨を観察しただけでその動物の全体像を描けたように、一連のできごとのなかのひとつの環を理解した観察者は、その前後につながるすべての環を正確に説明できるはずだ」

「古生物学の父」と言われるキュヴィエは、ホームズが名前を挙げて言及する唯一の著名科学者だが、一方、コナン・ドイルが執筆していたころには現代的とは言いがたい存在になっていた。イギリスの外科医ジョゼフ・リスターやドイツの細菌学者ロベルト・コッホといった19世紀後半を代表するような科学界の巨人に、ホームズは一切触れていない。ダーウィンでさえ、正典では遠回しに言及されるだけだ。あるとき、ホームズの問いかけをきっかけにしてこんなやりとりをしたと、ワトスンは〈緋色の研究〉で書いている（第5章）。

「ダーウィンが音楽について言ったことを覚えているかい？　音楽を生みだしたり鑑賞したりする能力は、言語能力よりもはるかに昔から人間に備わっていたそうだね。音楽から言葉にできないほどの感動を受けるのも、おそらくそのためなんだな。われわれの心には、はるかな原始時代のおぼろげな記憶が残っているんだろう」
「そいつはまた、壮大な説だね」
「自然を解釈しようと思ったら、自然並みに壮大な考え方をしなくちゃいかんよ」

前頁　医師たちの前でワクチン接種の実演をする細菌学者のロベルト・コッホ（1843〜1910）

上　テオバルド・シャルトラン（1849〜1907）による、化石の骨に関する研究の書類をまとめるジョルジュ・キュヴィエ男爵（1769〜1832）のフレスコ画

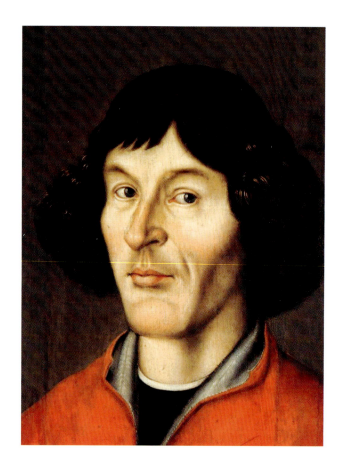

上 ニコラウス・コペルニクスの肖像（1580年ごろ）。コペルニクスが提唱した太陽中心説は、ホームズが天空について理解するうえでは無意味だったようだ

次頁左 「〔ホームズは〕最後に壁の文字を拡大鏡で念入りに調べた」フレデリック・ドー・スティール（1873～1944）による〈緋色の研究〉の挿絵（1904年）

次頁右 1954年版『四つの署名』の表紙には、逆行推理（アブダクション）の能力を発揮するホームズが描かれている

この発言にも、知識の蓄積に対するホームズ独自の考え方が強く表れている。同じ〈緋色の研究〉の第2章では、ホームズがコペルニクス的転回、つまり地球が太陽のまわりを公転しているという発見を知らないことが明らかになる。地動説は現代的な世界観の中核を成しているが、ホームズは動じない（こうしてワトスンはホームズに天文学の知識がないという確信を深めていく）。地球が太陽のまわりを回っていようが、月のまわりを回っていようが、自分には何の影響もないと言うのだ（トマス・カーライルが実際に何を書いたり言ったりしたかも、関係ないわけである）。とにかくホームズは、自分にとって無駄な知識を頭に詰め込みたくないのだ。ホームズによれば、頭は空っぽの屋根裏部屋のようなものであり、あとで必要になる知識をしまっておくためのもので、ごちゃごちゃと余計なものを詰め込んではいけないのだそうだ。

ホームズの仕事（この時点ではもう「コンサルティング探偵」だと明かされている）の基盤は余計な知識でなく、物事を観察し、見たものから推理するという基本的な技術だ。科学的に立証されたこの手法を使って、ホームズはスタンフォードが言っていたように珍しい知識をふんだんに身に付け、さらには（ホームズ自身の発言からすると）適切なタイミングで捨てていたのだろう。犯罪学や法医学（この二つの分野については次章で別途取り上げる）に関する知識となると、とくにそうだ。ホームズは論文も何本か書いており、〈四つの署名〉のワトスンの記述によると、「いくつか拙作の小論がある」と言っている。そのひとつは「各種煙草の灰の識別について」という表題で、煙草の灰140種類を分析したものだ。別の論文では職業が手の形にどう影響するかを扱い、スレート職人、船員、コルク切り職人、植字工、織物工の手にどのような違いがあるかを示した。科学的な手法が用いられているものの、実のところこうした研究はコンサルティング探偵という仕事をするうえで役に立つ道具にすぎない。

最初の2作である〈緋色の研究〉と〈四つの署名〉の別々の章に「推理の科学」という同じタイトルを付けていることからも明らかなように、コナン・ドイルはホームズの手法を科学的だと考えていた。ホームズの手法は実際のところ演繹（ディダクション）（一般的・普遍的な前提から、より個別的・特殊的な結論を得ること）でも帰納（インダクション）（個別的・特殊的な事例から一般的・普遍的な規則・法則を推論すること）でもなく、逆行推理（アブダクション）（何が起こったかを説明しうる仮説を立て、実際に起こったことの説明として最も可能性が高くバランスの取れた結論にたどり着くこと）だと言う評論家もいる。

ところが、実はこれこそが独創的な探偵（または科学者）の流儀なのだ。面白いことに、ちょうどシャーロック・ホームズが誕生したころ、数学者であり哲学者であるチャールズ・S・パースがアメリカの学術界で「アブダクショ

ン」という概念に新たな命を吹き込もうとしていた。おそらくコナン・ドイルも、敬愛する思想家ラルフ・ウォルドー・エマーソンやオリヴァー・ウェンデル・ホームズとともに、パースのことも耳にしたのだろう。パースはアブダクションとその関連分野で功績を残したことから、記号論（社会的な文脈における記号の研究）の父とよく言われる。イタリアの批評家ウンベルト・エーコが指摘しているように、まさにこれこそがホームズの手法だと言えるだろう。

英国サイエンス・カウンシルは現在、科学者を「研究と証拠を体系的に積み重ねて利用し、仮説を立てて検証したうえで、得られた知見や知識を広く伝える者」としているが、ホームズはまさにこの定義に当てはまると言えよう。ホームズ自身は〈四つの署名〉の中で「探偵という仕事は、本来ひとつの精密な科学であり、そうあるべきなんだ。冷静に、しかも客観的に扱われなくてはならない」と述べ、科学こそが自分の天職だと言っている。人間らしさがほとんどないと言われるのをむしろ喜び、「機械」のごとく「人の情愛」を排して「かつてこの世に存在したなかでも最も完璧な観察と推理の機械」〔〈ボヘミアの醜聞〉〕になりきるのだ。

しかも一種へそ曲がりのホームズは、仕事や研究をするうえでほかの科学者にあまり関心を向けない。すでに指摘したように、この分野における先人でホームズが認めている者はほぼ皆無であり、コンサルティング探偵というホームズの仕事に関係がある科学者は、まずいない。『私の科学的手法』に収録された「正典における科学：調査報告——決定的なものはないが、示唆する何かはある」というエッセイの中で、アメリカのシャーロッキアンであるマーシャル・S・バーダンは、正典には科学に携わる男性が60人もいるが（女性はいない）、「科学者（サイエンティスト）」という言葉は5回しか使われていないと書いている。ホームズの扱う事件に科学者は登場するものの、脇役ばかりなのだ。たいていは医師であり、中には技術者もいるが（〈技師の親指〉がその例だ）、専門家として科学的な知見を犯罪捜査に生かすことはまずない。だからといってホームズが科学的な探偵ではないということにはならないが、ホームズは探偵としての仕事に影響する分野の科学にしか興味を示さないのだ。つまり、ホームズは法医学（法律上の問題に科学を応用すること）を早いうちから実践していたことになる。

コナン・ドイル自身が科学者として成長した軌跡をたどるのは、さほど難しくない。ドイルはもともと科学の経験がほとんどなく、初めて科学的な考え方や技術に触れたのは1876年、医学を学ぶために17歳で故郷のエディンバラにある大学に入学したときだった。芸術家の家系なので、身のまわりのものを観察して注意を払う習慣は、幼いころ

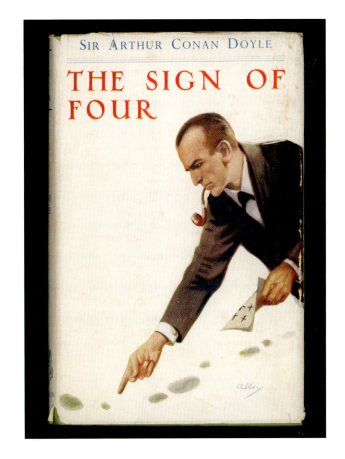

から身に付いていた。だが、ランカシャーにあるイエズス会系のパブリック・スクール、ストーニーハースト・カレッジに通っていたときは、科学の成績は悪かった。大学入試の模試では、いちばん成績が悪かったのは化学だと母親に打ち明けている（化学はホームズにとって強力な切り札となるのだが）。大学で学ぶために奨学金を得ようと追加の試験を受けなければならなくなったときは、三角法も円錐曲線も学んだことがないし、ユークリッドの『幾何学原論』もまともに読んだこともないと思い至ったという。なお、これらはすべて、のちにホームズ物語の中で触れられている。

しかし、大学で医学を学ぶとすべてが変わった。医師という職を得ただけでなく、特別な方法で世界を見られるようになったのだ。1910年にロンドンのセント・メアリ病院で学生に講演をしたドイルは、医師としての訓練を受けたことで「健全に疑う姿勢」が身に付き、「事実をひとつひとつ証明し、そのようにして証明した事実から結論を出そうという意欲」が生まれたと言い、「それがあらゆる思考の基礎となるのです」と熱っぽく語っている。こうして身体に染みついた強い好奇心から科学的な真理を追求する心が生まれ、それを礎にしてコナン・ドイルはキャリアを築き、シャーロック・ホームズを生み出したのである。

エディンバラが「スコットランド啓蒙」の発祥の地であることも、ドイルにとっては幸運だった。エディンバラはデイヴィッド・ヒュームなどの思想家が近代科学の核となる経験主義という哲学思想を磨いた地であり、そのような思想は大学の医学部でも重視されていた。医学部に入ったドイルは、クロロホルムを発見したジェイムズ・ヤング・シンプスンや、麻酔を外科手術に取り入れたジョゼフ・リスターなどの先人が切り開いた道をたどり、物事を追究する実用的な姿勢を吸収していった。この時点で彼は科学の著名な学説にさほど関心を示さず、まわりにいる教師の技術を観察することに徹した。ドイルを指導した教師の中には、当時の医学界の偉人であり医学部の主眼を解剖学から薬学に移したロバート・クリスティスン教授や、トマス・リチャード・フレイザー教授もいた。こうして若き日のドイルには、学んだ医学を片っ端から綿密に検証したいという熱意が生まれた。身体に害を及ぼす恐れがあるアルカロイドを自分で飲んでみたりもしたが、すべては、科学的に実験したいという思いゆえなのだった。そうするうちに薬や毒に関する正確な知識が身に付き、のちに〈サセックスの吸血鬼〉のようなホームズ物語を書く際に応用された。

ドイルに最も影響を与えた教師は、外科を教えていたジョゼフ・ベル博士である。彼は王立病院で回診もしており、学生だったドイルを外来患者担当助手として採用した。患者を綿密に観察し、病状のみならずありとあらゆる特徴を

読み取れることで有名な人物だ。ドイルの自伝『わが思い出と冒険』によると、ベル博士は患者の外見と行動を見ただけで、バルバドスに駐屯していたハイランド連隊を除隊したばかりだと言い当てたという。帽子を取らなかったというヒントから軍人だったことを見抜き、象皮病の症状から西インドにいたことがわかったという。これに少しアレンジを加えると、〈緋色の研究〉の冒頭でホームズが、ワトスン博士がアフガニスタンにいたことを見抜く場面になるし、その根拠もよく似ている。ホームズの手法全体がこの原則に基づいているのだ。

エディンバラ時代には、推理の手法以外にもホームズ物語につながる出来事があった。ドイルがまだ幼かった1866年、英米を結ぶ常設の大西洋横断電信ケーブルが敷設されたのだ。海底ケーブル自体はその数年前に敷設され、ヴィクトリア女王がアメリカのジェイムズ・ブキャナン大統領と短時間だが通信できるようになった。しかし伝送速度がどうしようもないほど遅く、計画は3週間で頓挫した。次にケーブル施設工事が成功したのは1865年だったが、今度は切れてしまった。そして翌年、汽船グレイト・イースタン号（当時世界最大の蒸気船で、イザムバード・キングダム・ブルネルが設計）が敷設に成功し、拡張と探究を続け、科学が普及して工業化した世界にとってこれ以上ないシンボルとなったのだった。それからの20年間で海底ケーブルは世界各地（少なくとも当初は大英帝国の各地）を結び、通信に不可欠なものとなった。

1872年から1876年（コナン・ドイルがエディンバラ大学に入学した年）にかけては、チャレンジャー号の画期的な探検によって世界の海の深さと構造が明らかになった。この探検がきっかけで海洋学が天文学と同等のレベルに引き上げられたのだが、少なくとも科学的な面でこの探検を指揮したのが、エディンバラ大学で自然史学部長を務めていたサー・チャールズ・ワイヴィル・トムスンだった。自伝『わが思い出と冒険』でコナン・ドイルは「チャレンジャー号探検から帰ったばかりの」ワイヴィル・トムスンに教わったときのことを書いており、トムスンを動物学者だと明記している。長編『失われた世界』を執筆したとき、ドイルは作品に登場する架空の科学者兼探検家をチャレンジャー教授と名付けた。そのモデルのひとりはワイヴィル・トムスンで、もうひとりはやはり医学が専門ではない、ウィリアム・ラザフォードという生理学の教授だ。ラザフォードはずんぐりした体格で、ぼさぼさで「アッシリア風の」あごひげがあり、声が並外れて大きかったそうだ。ドイルはこうした大学の教師を「非凡な人たち」と書いているが、中でもドイルにとってとりわけ印象的だったのが、ジョゼフ・ベルだった。

卒業後、ドイルはポーツマス郊外のサウスシーで医院を開業する。医師として仕事をしながら作家としてのキャリ

前頁 エディンバラ大学、オールド・カレッジの入口を入ったところにある中庭（1880年ごろ）

上 エディンバラ大学でドイルの指導教官だったジョゼフ・ベル博士

上 ハンプシャー州サウスシーのブッシュ・ヴィラの外に立つコナン・ドイル（1882年）。ドイルは卒業後ここで医院を開業した

次頁 自作の小説『失われた世界』（1912年）で初登場するチャレンジャー教授に扮したコナン・ドイル

アも追求し、《ブラックウッズ》や《コーンヒル》といった雑誌に作品を送り続けた。日々患者と接する中で、思慮分別があり実用的な科学知識を確かに備えた医師として認められようと奮闘しつつ、名門《ポーツマス文芸科学協会》に入会する。ジャーナリスティックな作品も時おり書き、月刊誌《グッド・ワーズ》には細菌学についての記事を寄稿した。その中では、この分野における研究の先駆者として確固たる地位を築いていた、ルイ・パストゥールやロベルト・コッホに敬意を表している。また、ドイルはワクチン接種を強く推奨し、《デイリー・テレグラフ》への投書では、公衆衛生の観点から売春婦を一斉検挙して性病検査を受けさせるべきだと主張した。さらに、熱心なアマチュアカメラマンとして《英国写真ジャーナル》に何度も寄稿しているが、霊的な存在は撮影できるという当時の考え方とは、慎重に距離をとっていた。

　大学時代のドイルは、実家が信仰するカトリックに背を向けて、家族にとってはおぞましいことに不可知論者を名乗った。多くの若者と同じように、チャールズ・ダーウィンの『種の起源』が出版されたのちに芽生えた探究心という時代の精神を、ドイルも体現しようとしていたのだ。ドイル自身は『わが思い出と冒険』にこう書いている。

　　これは〔T・H・〕ハクスリーや〔ジョン・〕ティンダルや〔チャールズ・〕ダーウィンやハーバート・スペンサーやジョン・スチュアート・ミルなどがおもな哲人だった時代のことで、町の男でさえ思想の激流を感じたし、ましてや若い学生は希望に燃えており感受性がつよいから圧迫を感じていた。

　つまり、エディンバラ大学で経験主義に基づく教育を受けたコナン・ドイルが成人したのは、「ダーウィン後」とも言える時代であり、知性による物事の捉え方が大きく変化していたのだ。人々は新鮮かつ批判的な視点から世界を見るようになり、長きにわたり宗教によって担保されてきた確実さを捨て、宇宙論、地質学、生物学、心理学、古生物学、そして歴史といった学問を取り入れた新しい考え方で、世界における人類の立ち位置を捉えようとしていた。こうした学問では、細心の注意を払って観察することが不可欠なので、ホームズはよくこうした学問を引き合いに出している。

　しかし、学問を極限まで追究しても、その答えに満足できないことにドイルは気付く。カトリックの家庭に生まれ育ったせいもあるだろうが、ドイルはずっと、意識には別の側面があると感じていた。それは客観的な科学で理解できる範囲を超え、宗教で言う魂（ソウル）に近いもので、現世に存在し、彼が後年強く訴えたように、死をも乗り越えるのではないかと考えたのだ。

こうして、科学と宗教という、相反する考え方のあいだで板挟みになったドイルの闘いが始まり、この闘いは一生続くことになる。ドイルの人生や作品に明確な二項対立として表れており、その延長線上にあるのが、合理的な探偵シャーロック・ホームズと「ロマンティックな」相棒ジョン・ワトスン博士という、2人の性格の違いである。
　ドイルはこのテーマを、『ジョン・スミス語る』という長編小説で掘り下げた。語り手のジョン・スミスは科学の進歩を信奉しているが（ここでもパストゥールをはじめとする科学者の功績を宣伝している）、霊魂（スピリット）の世界にも興味があり、両者のあいだで折り合いを付けようとしている。この作品はサウスシーで開業していた1884年に執筆したが、書くに当たってコナン・ドイルが影響を受けたとしているのが、旅行家の知識人ウィンウッド・リードだ。彼のおじは小説家のチャールズ・リードであり、ドイルが愛読した小説『僧院と家庭』の著者である。ドイルはウィンウッド・リードが人類の通史を書いた『人類の苦難』を「史上最高の傑作」と述べているが、それはリードがダーウィンの思想から生まれたある種の不可知論を強硬に支持しており、当時のコナン・ドイルの考え方に大きな影響を与えたからだ。リードは『人類の苦難』の中で「キリスト教は文明化された考えとは相いれない。……キリスト教は……迷信であり、破壊すべきである」とまで書いている。

　ただ、ドイルはリードの姿勢に疑問も抱いており、北米の伝統的な哲学思想である超絶主義を取り入れて妥協的な立場をとった。超絶主義はラルフ・ウォルドー・エマーソンと結び付けられることが多いが、アメリカの作家であり医療改革者でもあるオリヴァー・ウェンデル・ホームズの著作にもはっきり表れている。彼のエッセイ集『朝食テーブルの独裁者』（1858年）や、それに続く作品はコナン・ドイルの愛読書で、彼が後世に送り出すことになる架空の探偵の名は、この作家からとったのだった。
　『ジョン・スミス語る』はドイルが若いころに書いた作品だが、彼はのちに内容を恥じるようになっていたようだ。というのも、後年ドイルはこの作品を紛失したと言い、原稿が発見されてようやく出版されたのは21世紀初頭のことだからだ。それでもドイルは、頭脳と霊魂という、相反する主張について密かに関心を持ち続け、科学的な研究という建前でこの問題を問い続けた。空中浮揚や降霊術、動物磁気催眠術（メスメリズム）といったダーウィン後の時代の心理現象や超感覚現象への関心と相まって、1882年には著名な科学者が集まってこの分野を研究する《心霊現象研究協会》が結成される。ドイルはこうした動きをつぶさに追いながら独自に降霊会も開き、《光》（ライト）という雑誌にこのテーマでレポートを書いたりもした。
　当時のドイルは、医師と作家という二つの道で成功を収

上 降霊会の様子を描いた挿絵（1887年ごろ）。ギターが宙に浮かび、霊の手のようなものが見える

次頁 研究室のロベルト・コッホを描いた、1891年の版画

めており、両者をうまく両立させる人生を送っていた。しかし興味深いことに、対外的なアプローチとしてはこの2者のあいだでリスクを分散していることが徐々に明らかになる。これはエディンバラ仕込みの経験主義を踏まえてのことだったのか、それとも現実世界には別の側面があるのではないかというみずからの感覚と折り合いを付けようとしていたのだろうか。

コナン・ドイルのキャリアに転機が訪れたのは、1890年に一般開業医を辞めてウィーンで眼科を学んだあと、ロンドンで専門医として富と名声を得ようと決意したときだった（作家としての活動も続けるつもりでいた）。その経緯は示唆に富んでいる。ドイルが南海岸から移ろうと考えていたことは明らかだが、具体的なきっかけはドイツの内科医であるロベルト・コッホの研究に興味を抱いたからだ。コッホは当時、細菌学の父として広く認知されていた。

それまでの20年ほどでコッホは病原菌理論を立証し、とりわけ炭疽病、コレラ、そして結核が細菌によって引き起こされる感染症であることを（ほかの研究者も関わってはいるが）突き止めて大きな成果を挙げていた。病気に関する学説と病気予防が飛躍的に発展した時代であり、コッホとフランス人のルイ・パストゥールはともに新発見につながる道を切り開きつつ、激しくしのぎを削っていた。コッホが結核の治療法を発見したと主張し、ベルリンでコッホの同僚が治療法を実演すると聞いたドイルは、この分野への関心をさらに深めた。妻のルイーズが直後に結核と診断されたことを考えると、個人的にもこの件に関心を寄せていたのだろう。ルイーズは1906年に死去するが、ドイルは医師としてこの病の進行を漠然と予測していた可能性がある。

『わが思い出と冒険』に書いているように、ドイルはベルリンに行って歴史に残るような出来事をこの目で見たいという「抵抗しがたい衝動」に即座に駆られた。二つのキャリアを組み合わせるように、彼はこのレポートを自分に書かせてほしいと《レヴュー・オブ・レヴューズ》の編集者W・T・ステッドに頼み込んだ。当時は家族向けの大衆誌が出版界で台頭していた時代で、ためになるような話題、とくに科学に関する特集が組まれることが多かった。人気大衆誌としてはほかに《ストランド》があり、ほどなくしてコナン・ドイルの短編小説を連載することになる。

こうしてドイルはベルリンに向かったものの、結果は芳しくなかった。コッホの同僚がドイルに実演を見せるのを渋ったことから、医学研究の分野で当時国際競争が激しかったという事情がうかがえる。コッホとパストゥールとの対立もその例で、ドイツとフランスの敵対関係を反映していた。両国は普仏戦争を発端として近年敵対するようになっていたのだが、しだいに国粋主義や帝国主義をはらむ対

立へと激化していった。

　ベルリンで病気の感染（〈瀕死の探偵〉などのホームズ物語で取り上げられているテーマ）への関心をさらに深めたドイルだが、それとは別にベルリン行きの収穫があった。ロンドンのハーレイ・ストリートで開業する専門医マルコム・モリスに会い、医師としての才能を地方で埋もれさせるのはもったいないから、眼科に興味があるならロンドンで眼科医として開業すべきだという助言を受けたのだ。そのためには、眼科研究の中心地と言われるウィーンに短期留学をする必要があった。当然ながらドイルは1891年初頭にウィーンへ行き、ロンドンに戻ると、（自身にとっては）新たな分野である眼科の専門医としてアッパーウィンポール・ストリートで開業したのだった。

　しかし医院はうまくいかず、このころのドイルはほかのことに忙殺されていた。リテラリー・エージェントのA・P・ワットと契約を結び、ワットが《ストランド》に探偵シャーロック・ホームズを主人公にしたドイルの短編小説を送るようになっていたのだ。短編は大ヒットとなり、ほどなくしてドイルは、医師を辞めて執筆活動に専念することを決心する。面白いことに、ドイルが《ストランド》に初めて寄稿した原稿はホームズものでなく、「科学の声」という作品で、1891年3月に掲載された。これは最先端の科学を議論する《折衷主義協会》が、エジソンが1877年に発明したばかりの蓄音機の特長を調査しており、その婦人部をちゃかす話だ。

　「科学の声」のテーマから見えてくるのは、19世紀後半は新たな発想が生まれただけでなく、科学技術がかつてないほど発達した時代だったということである。この時代には自動車やコダック社製のカメラ、飛行機に加え、アスピリン（1897年）などの新薬や新しい医療技術も発明されており、有名なものに、ドイツの物理学者ヴィルヘルム・レントゲンが1895年に発見したX線がある。コナン・ドイル自身はこうした最先端のものをいち早く取り入れたが（自動車にもいち早く飛びついた彼は、イギリスで初めてスピード違反で罰金を取られた人物と言ってもいいだろう）、作品に登場させることはほとんどなかった。正典に電話は数回しか登場しないし（1891年12月に発表された〈唇のねじれた男〉など）、自動車が登場するのは1回だけだ（〈最後の挨拶〉）。

　ホームズが大人気を博したにもかかわらず、ドイルは1890年代の大半の時期でホームズものを書いていない。好奇心旺盛なドイルは、探偵小説を毎月書くくらいでは満足できなかったのだ。そこで、ドイルはみずから生み出したコンサルティング探偵がライヘンバッハの滝で死んだことにする（1893年12月に《ストランド》に掲載された〈最後の事件〉）。これで新たな文学作品や科学研究に集中でき

第3章　科学の発達とその反動

ると考えた彼は、各地を旅し、恐ろしい病である結核と診断された妻ルイーズのために、穏やかな気候を求めてさまざまな場所を訪れた。世紀末を迎えるころには南アフリカへ赴き、ボーア戦争で野戦病院の運営を手伝った。このとき彼は従軍を志願していたのだが、年齢を理由に断られてしまう。

　この時期には、超自然現象の研究に再び興味を持つようになった。1893年11月に《心霊現象研究協会》に入会し、翌年の春には著名な会員であるオリヴァー・ロッジ教授と霊媒について文通するようになった。ロッジ教授は現実主義に徹した物理学者で、みずからが発見した電磁線の能力を心霊術に生かし、電線を使わずにメッセージをやりとりできないかと模索していた。

　ドイルがこれに応えて1894年12月に発表したのが、動物磁気催眠（メスメリズム）を題材にした短編小説「寄生体」だ。メスメリズムは催眠術やマインド・コントロールの一種で、医療にも応用されることから、超自然現象研究の中でも科学的に地位を確立した分野と考えられていた。「寄生体」では若き生理病理学者のギルロイ教授が女性動物磁気催眠術師（メスメリスト）ミス・ペネロサの虜（とりこ）になる。ギルロイは徹底した実利主義者で、「顕微鏡で見られるものや、メスで切れるもの、秤で量れるものを与えられれば、生涯かけて研究することができる」という信条の持ち主だ。しかしミス・ペネロサの「生命の根源と、魂の本質を扱う」研究に魅せられ、中でもメスメリズムにかかった魂がどうなるのかに興味を抱く。ガールフレンドがメスメリズムにかかる様子を見たギルロイは、「〔彼女の〕身体は機能している。心臓も、肺も。だが、魂は！　われわれの目の届かないところへ行ってしまった。いったいどこへ行ったのか？　どのような力が、彼女の魂を追い出したのか？」と考えるのだった。

　昔から続いてきた物質と精神との対立に、終わる気配はなかった。この対立は宗教的な論争と見なされていたものの、科学のさまざまな分野に関わる議論でもあり、そこには心を研究する学問として当時発展途上だった心理学も含まれていた。心理学においても、オーストリアの神経学者ジークムント・フロイトと、イギリスの知の巨人フレデリック・マイヤーズの考え方が同じように対立していた。マイヤーズは《心霊現象研究協会》の創立メンバー（1900年からは会長）で、ドイルが敬愛する人物だ。一方のフロイトは、『日常生活の精神病理』（1901年）や『性理論三篇』（1905年）といった著作の中で、心、とくに無意識に対する物質主義的なアプローチを推し進めていた。フランスの神経学者ジャン゠マルタン・シャルコーと行った神経とヒステリーについての研究を踏まえ、精神的な問題には身体的な、つまり物質的な原因があるとフロイトは固く信じていた。他方マイヤーズは著作『人格と、死後におけるその存続』（1903年）で、人格の基盤は霊魂にあること

前頁　エイブラハム・アーチボルド・アンダーソン（1847～1940）によるトマス・エジソン（1847～1931）の肖像

上　オリヴァー・ロッジ（1851～1940）の写真。ロッジは無線通信の分野で著名な物理学者で、超自然現象についてコナン・ドイルと文通していた

上　シドニー・パジットによる
〈バスカヴィル家の犬〉の挿絵
（1902年）

（そして霊魂は死後も存続するということ）を主張した。マイヤーズは無意識にも関心を持ち、無意識のことを「識閾下の自我」と呼んで物質的な世界を超えた心象の「超現実的な世界」で機能するものだとした。特筆すべきことに、『シャーロック・ホームズの読書談義』〔原題は *Through the Magic Door*（魔法の扉を通って）〕（1907年）で自身の蔵書について書いたドイルは、意識的にマイヤーズの著作を科学に関する愛読書として挙げ、この本の人気はしだいに高まり、1世紀後には「そこから新しい一つの科学の部門が生まれてくる基となる本」として認識されるだろうと述べている。

　しばらくのあいだはホームズや医師としての日々の仕事に邪魔されることなく、ドイルは科学のさまざまな分野に集中することができた。その集大成となったのが、1902年に刊行されたゴシック風の長編小説『バスカヴィル家の犬』だ。この作品で描かれているのは、ホームズに象徴される現代科学の力が強力な威力を持つ過去の伝説に挑む姿である。伝説はバスカヴィル家とその館、一族が暮らす荒れ野だけではなく、物語の核心である魔犬にも宿っている。謎を解くカギとなるのは、ホームズがヴィクトリア時代の遺伝学の考え方を応用して（この考えを提唱したのはイギリスの統計学者フランシス・ゴルトンで、時おりドイルと文通をしていた）、人の良さそうな博物学者ジャック・ステイプルトンが実はバスカヴィル一族の人間だと気付く場面だ。ステイプルトンはバスカヴィル館の近くに住んでおり、領地にやってきた新たな相続人サー・ヘンリー・バスカヴィルを凶暴な猟犬を使って殺し、財産を自分のものにしようと狙っていたのだった。

　ゴルトンはダーウィンのいとこに当たり、ダーウィンの自然淘汰という考え方をさらに発展させて、非科学的な優生学（社会進化論とも呼ばれる）を提唱した。遺伝学を応用することで好ましくない人間の特徴を排除し、さらに健全で優れた人類をつくり出せるのではないかとする思想だ。この説が結び付いたのが、合わせ鏡のようなコンセプトである「退化」であり、世紀末の知識人のあいだで流行するとともに、政治や芸術の世界にも浸透していた（おもに唯美主義運動を攻撃する際に用いられた）。コナン・ドイル自身はこうした思想にさほど共鳴していなかったが、ホームズにはこの思想と結び付いた犯罪学の手法を使わせている。とくに〈バスカヴィル家の犬〉では、イタリアの人類学者チェーザレ・ロンブローゾの説を引き、犯罪者の中には特定の心理的特性を遺伝によって受け継いだ者がおり、その結果として原始的で反社会的な行動に出るのだとした。

　このころにはコナン・ドイルも中年に差しかかっており、自身の人生が変化するのに伴って世界に対する姿勢も変わっていった。1906年に妻ルイーズが死去するが、その結核との闘いは、ドイルの活動の大部分に影響を及ぼすようになっていた。数年後には新しい妻であるジーンとサセッ

クスに移り住み、今までとは違う分野の科学研究に熱中する。自宅からほど近いウィールデン層〔イングランドのウィールド地方に特徴的な下部白亜系の地層〕に眠る先史時代の化石の研究だ。これを入り口にして地質学や人類学にまで研究対象を広げ、さらに豊富な科学的知識をもって世界を見るようになった。ドイルが関わった、ある発掘調査がピルトダウン人の発見につながり、先史時代からの進化における「失われた環」かと期待されたが、偽装であったことが後年発覚したこともある（コナン・ドイルは偽装をした張本人ではないかと疑われた）。

　化石の研究に熱中していたころ、ドイルは新たな作品を書き始めた――科学者チャレンジャー教授を主人公にしたシリーズだ。第1作の『失われた世界』（1912年）は、生きている恐竜を探す科学調査のために南アフリカを探検する物語である。当時はまだ探検の時代で、このように研究を目的として世界の果てまで旅する探検が、科学的な探究心の延長線上にあった。

　このころになると、科学的な正当性を守ろうというコナン・ドイルの心に迷いが生じていた。客観的な科学者としての信頼は保とうとしていたものの、第一次世界大戦が始まると霊魂の問題に関しては中立の立場でいられなくなった。長年培ってきた懐疑主義を捨て、本格的な心霊主義者になったのである。

下　ジョン・クック（1866〜1932）作『ピルトダウン人の頭蓋骨の検討』油彩・カンヴァス

これ以降ドイルが行うのは疑似科学的な実験で、研究対象は降霊術の実践や、心霊写真のように心霊主義を具体化したものとなる。おそらくドイルが最も判断を誤ったのが、コティングリー妖精事件で妖精は本物だと擁護したことだろう。ヨークシャーに住む賢い少女2人が、精霊を捉えたとする写真をねつ造した事件だ。

晩年のドイルは、科学に関して意見を表明してもまともに受け取ってもらえなくなった。むしろ、もはや何を言っても相手にされなくなっていたと言うべきだろう。それに呼応するように、チャレンジャー教授のシリーズも神秘的な作風でさらに2冊を書いている。それでもなお、ホームズには努めて合理的な世界観を持たせ続けた。1924年発表の後期の作品〈サセックスの吸血鬼〉で超常現象らしき証言を受け取ったホームズは、超自然的なものにはいっさい頼らず、「わが探偵事務所はしっかり地に足をつけてやっているし、これからもずっとそうすべきなんだ。この世だけだって広くて、それの相手で手いっぱい。この世ならぬものなんかにまでかまっていられるもんか」と言い放つ。このころのコナン・ドイルはすでに妖精の世界に没頭していたのかもしれないが、賢明にもシャーロック・ホームズには試行錯誤の末に身に付けた調査手法を続けさせ、科学者たらしめんとしたのだった。

下 1917年にフランシス・グリフィスとエルシー・ライトがつくり出した、コティングリー妖精事件の写真より

第4章
探偵という職業

　1900年ごろになると、イギリス人の大半が、探偵とはどのような姿なのかというひとつのイメージを抱いていた。長身痩軀で鹿撃ち帽（ディアストーカー）をかぶり、時にはケープをまとい、曲がったパイプを吸い、拡大鏡を片手に捜査をする。現実には、捜査に忙しい探偵がそんな余裕のある姿を見せることはないだろう。しかし、これこそがアーサー・コナン・ドイルが物語で描いた架空の探偵シャーロック・ホームズの姿であり、このイメージこそが重要なのだ。もう少し時が経つころには、《ストランド》誌でホームズの活躍を読み、シドニー・パジットによる挿絵を見て、ウィリアム・ジレット演じるホームズを目にした何百、何千という人々の心に、このイメージが焼き付けられることになった。

　ホームズが持つイメージには誰もが興味をそそられるが、これは数十年前から着実に形作られてきたのだった。自身の才覚と現代科学を駆使して捜査を進め、事件の犯人を暴く探偵の姿である。探偵という職業の起源についてはさまざまな議論がなされており、中には旧約聖書までさかのぼると言う者もいる。『ダニエル書』に付加されている外伝「スザンナ物語」でスザンナを強姦しようとした長老2人をダニエルが取り調べる場面があり、それが探偵の起源ではないかというのだ。探偵の始まりとしてもっとわかりやすいのは、1747年に出版されたヴォルテールの小説『ザディーグ』で、これは啓蒙思想における推論法の典型例と

いっていい。表題のザディーグはバビロニアの哲学者で、王の馬と妃の犬の姿形を、残された足跡から言い当てるのだ。見て、観察して、正しい結論を出すことは、昔から有能な探偵に欠かせない技術だった。

　（探偵業と対をなす）正規の警察活動は、イギリスでは『ザディーグ』と同時期に始まった。《ボウ・ストリート・ランナーズ》は初めて公認を受けた法執行機関で、ロンドンの治安判事（で小説家でもある）ヘンリー・フィールディングによって1749年に設立されたものだ。当初は警察よりも犯罪者の話のほうが人気が高く、重罪人が犯した罪や証言内容、死刑執行についてまとめた『ニューゲート・カレンダー』が、オールド・ベイリーの中央刑事裁判所に隣接するニューゲート監獄の看守の手で1774年に編纂されると、大人気となり、多くの出版社がこのモデルをさらに広げて、有名な犯罪者や殺人者に関するセンセーショナルな「実話」を次々と発表した。その多くは裁判記録から直接引用したもので、コナン・ドイルも愛読していたという記録がある。

　作家たちはしだいに野望を膨らませ、単に読者を引き付けるだけでなく、想像力を駆使した文芸作品で読者を驚かせたいと思うようになった。「ゴシック」と呼ばれるジャンルの作品だ。このジャンルの作家であるトマス・ド・クインシーは、1827年に発表したエッセイ『芸術の一分野

として見た殺人』で、殺人を流行の先端を行く「至高の(サブライム)」行為と同一視し、当時のロマン派の詩人や芸術家が愛してやまないものだと書いている。ド・クインシーは19世紀初頭に起きたさまざまな凶悪事件の影響を受け、中でも1811年に2家族の計7人が殺害されたラトクリフ街道殺人事件に強く感化されていた。

《ボウ・ストリート・ランナーズ》は市民を守るのに有効でなかったため、人と財産を守るためにもっと強力な措置が必要になった。こうして1829年に首都圏警察(メトロポリタン・ポリス)が設立されると、ほかの地方でも相次いで警察組織が設立され、法と秩序を守るうえですぐに威力を発揮した。

それでも犯罪はなくなるどころか、かえって巧妙になっていく。暗い路地での暴行事件は減少したが、今度は家庭や職場で暴行が起こるようになった。警官が担当区域での業務をこなすには専門職の力が必要になったので、刑事課が設置された。首都圏警察に刑事課が誕生したのは1842年だが、それから35年後のホームズが世に出る直前になって、ようやく正式な犯罪捜査部(CID)が創設される。創設がこれほど遅れたのは、犯罪捜査を担当する新たな警察官に疑いの目が向けられていたからだ。彼らは侵入者であり、刑事課は国にとっても軍隊にとっても不要な部署だと思われていた。家を訪問して職務質問をしようとしても露骨なプライバシー侵害と見なされたのだ。

そうした考えを半世紀にわたって持ち続けたのが、正典に登場するケンブリッジ大学医学部の重鎮、レズリー・アームストロング博士だろう。〈スリー・クォーターの失踪〉(発表は1904年の8月だが、事件発生の年は1896年だと言われている)で、ホームズがケンブリッジの学生ゴドフリー・ストーントンについて尋ねると、アームストロングは「お仕事のことも耳にしておりますが、まったく賛同しかねるたぐいのことだと考えておりますので」と返すのである。

そしてアームストロングはこう続ける。

> あなたの力が犯罪防止に注がれているかぎりは、善良な人々のためになっているにはちがいないのでしょう。

前頁 「警官を刺すスミス」カムデン・ペラム著『新ニューゲート・カレンダー』のフィズによる挿絵(1841年)

下 1811年に起こったラトクリフ街道殺人事件の犯人ジョン・ウィリアムズの遺体がロンドンの街中を引き回される様子

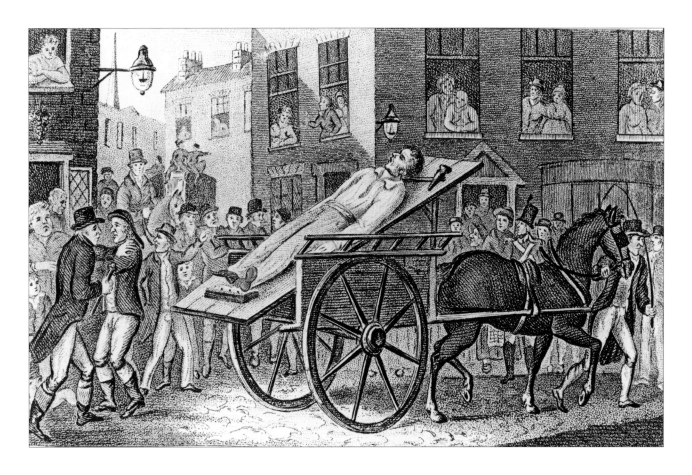

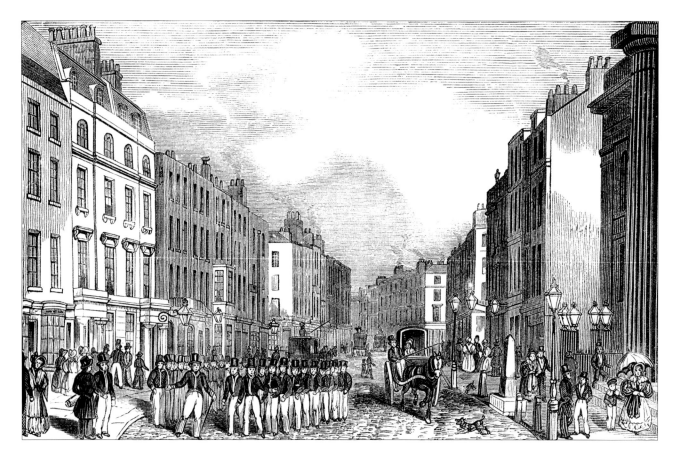

べつに、それならば公の機関でもこと足りるはずだと思いますがね。しかし、そのご職業が批判されるべき点は、個人個人の秘密に立ち入っては、そっとしておいたほうがいいプライベートなことまでもほじくり返し、さらには、あなたがたよりも忙しい人間の時間を無駄にすることです。

これに対して、実際は警察が関わってプライベートなことが表沙汰になるのを自分のような探偵が防いでいるのだとホームズは反論し、自分のことを「正規軍の先を行く不正規の工兵といったところ」だと説明する〔〈スリー・クォーターの失踪〉〕。

それでも19世紀半ばになると探偵は社会的に認知されるようになり、探偵の物語が登場しはじめる。それに拍車をかけたのが実際の犯罪を扱った新しい種類の物語で、作者は元警官や元弁護士が多かった。とりわけ影響力があったのが、1827年に出版されたウジェーヌ・フランソワ・ヴィドックの回想録だ。ヴィドックはもともと犯罪者だったが、ナポレオンの時代にパリの私服警官隊であるパリ警視庁を率い、のちに自身の私立探偵事務所《ビューロー・デ・ランセーニュマン》(情報局)を創設する。オノレ・ド・バルザックやヴィクトル・ユゴーといった多くのフランス人作家が『ヴィドック回想録』から着想を得て、小説の登場人物を生み出した。回想録はイギリスでも多くのファンを獲得し、1829年には早くも舞台劇『フランス警察のスパイ、ヴィドック』がロンドンのコウバーグ劇場で上演され、ヒットした。

イギリスの別の場所では、サミュエル・ウォレンが法曹界での経歴を生かしてイギリスの法制度を題材にした小説のシリーズを書いていた。その著作『ある弁護士の体験』は、1852年に《ブラックウッズ》誌で初めて発表される。コナン・ドイルが誕生するかなり前に書かれているが、ドイルは明らかにこの本を読んでおり、自伝『わが思い出と冒険』でこの作品の登場人物2人(法律の専門家であるファーリッツとシャープ)に言及している。ホームズの名前をどのように付けたかを回想し、「名前というものはある程度その人物の性格を暗示するという基本的性質があって調和がむずかしい。初めはシャープズ氏かそれともファーリッツ氏かとも思ったが、シャーリングフォード・ホームズにきめ、それからシャーロック・ホームズに改めた」と書いているのだ。

同じ1852年にスコットランドの作家ジョン・ヒル・バートンが『スコットランドにおける刑事裁判の物語』を出版した。この本がホームズの誕生に与えた影響は、一般的に考えられているよりもおそらく大きいだろう。ドイルの母メアリはヒル・バートンの妻と非常に親しかった。バー

トンの妻は女性の参政権と教育を求めて精力的に活動しており、父親がアルコール依存症で療養所に入っていたころ、アーサー少年はエディンバラ郊外ペントランド・ヒルズのリバートン・バンクにあるヒル・バートン家で暮らすことになった。妹のロッティはそこで生まれた。アーサーが子供時代にいちばん仲が良かったのはヒル・バートンの息子ウィリアムで、彼はのちに公衆衛生の現場で働いている。一家の父親であるジョンは前出の書で犯罪と科学の関係を鋭く考察し、とくに犯罪が科学の発達に追いついていない点に注目している。

　犯罪の歴史においてとりわけ目に付くのは、進歩する科学を応用するにしても遅々として進まない点である。……偉大な発見は印刷技術から電報までさまざまにあるが、こうした発見があと押ししたのは犯罪行為でなく犯罪の摘発であった。物理的な障害を克服すべく新たな科学技術が生まれるたびに、秩序と道徳を守る者にとっては、みだらな行為や悪行を取り締まる武器が増えることになる。

　科学がつねに犯罪者の一歩、いや数歩先を行くと説くヒル・バートンは、無意識のうちにコナン・ドイル少年にアイデアを与えていたのだった。

ヒル・バートンより一般的に知られている人物としては、ウィリアム・ラッセルがいる。ラッセルは生い立ちや経歴などがよくわかっていないが、自伝的な作品——のちに『ある警察官の思い出』としてまとめられるもの——を1849年から1852年にかけて《チェンバーズ・エディンバラ・ジャーナル》に連載した。1856年には続編となる『ある刑事の回想録』も出している。

　探偵という明確なキャラクターをフィクションに初めて登場させた作家は、アメリカのエドガー・アラン・ポーだ。ポーが生み出したオーギュスト・デュパンはパリに住む紳士で、問題や暗号、謎を解決することをこよなく愛する。デュパンが初登場するのはポーの短編「モルグ街の殺人」で、フィラデルフィアの雑誌《グレアムズ》に1841年に掲載された。ホームズものに多い奇抜なシナリオを先取りするように、デュパンはみずからの能力を駆使して、一連の殺人事件の犯人は意外にもオランウータンだと結論づけ

前頁　「《ボウ・ストリート・ランナーズ》と警官隊」1837年1月31日付の《ペニー》誌に掲載された挿絵

下　フランク・ホール（1845〜88）作『ニューゲート：裁判のために勾留される人』油彩・カンヴァス

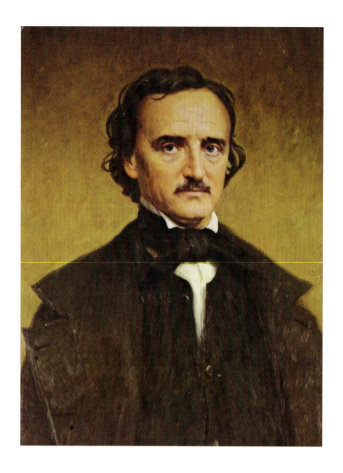

上 アメリカの短編小説家で詩人のエドガー・アラン・ポー（1809～49）の肖像

次頁 アーサー・ラックマン（1867～1939）によるエドガー・アラン・ポー作「モルグ街の殺人」の挿絵

る。物語の語り手はデュパンのことをはっきりと探偵だとは書いていないが、デュパンが秀でているのは分析能力だと明かしている。それも、ただ物事を記憶するだけではない。正しく分析するには「論理的思考による推理」とも言われる別の次元の能力が必要だという。「分析家の技量が発揮されるのは、法則を超えた領域だ。そういう達人はいつのまにか大量の観察と推論をこなしている」と。推理ができるのは、何を観察すべきかを知っているからだ。それから30数年後、ジョゼフ・ベル博士はエディンバラ大学の学生だったコナン・ドイルにこの能力を授け、シャーロック・ホームズがこの能力を発揮してワトスン博士を驚かせることになる。

　デュパンの活躍を描くにあたって元ネタのひとつとなったのが、実在の警察官ウジェーヌ・ヴィドックの活躍だった。「モルグ街の殺人」でポーはヴィドックのことを、「なかなかの名探偵ぶりで奮闘したが、思考の錬磨がない悲しさで、熱心な捜査が空回りしていた」と一蹴している。コナン・ドイルもデュパンとルコック探偵を引き合いに出してけなしているが、ポーはさらに先取りしていたわけである（ルコック探偵もフランス人の架空の探偵で、1866年に発表されたエミール・ガボリオの長編小説『ルルージュ事件』で初登場した）。

　このころになると、イギリスの小説にも探偵が登場するようになる。社会に対する鋭い観察眼を持つチャールズ・ディケンズは、小説における探偵の発達にとくに興味を抱いていた。1850年から51年にかけて、みずからが主宰する週刊誌《暮らしの言葉》に首都圏警察の刑事課に関する記事を連載し、「フィールド警部と勤務」という記事では、実在の警部であるチャールズ・フレデリック・フィールド警部を取り上げた。フィールド警部はのちに『荒涼館』（1852～53年発表）でタルキングホーン氏の謎を粘り強く解くバケット警部のモデルとなる。『オックスフォード英語辞典』によると、detective（探偵）という言葉が初めて名詞として用いられたのは《暮らしの言葉》の連載だという。ただ、形容詞としては1843年に別のところで用いられているそうだ。

《暮らしの言葉》には、フィールド警部の同僚であるジョナサン・ウィッチャー警部も登場するが、ウィッチャー警部はスコットランド・ヤード創設当初に任命された8人の刑事の1人だ。まともな家庭のプライバシーを刑事や探偵に侵害されるのではという懸念は19世紀半ばに一般的だったが、ウィッチャー警部がこれに悩まされたのは、1860年にウィルトシャーのフルーム近郊の村にあるロード・ヒル・ハウスで3歳の男の子が惨殺された事件を捜査するよう命じられたときだった。ウィッチャー警部は男の子の異母姉であるコンスタンス・ケントが犯人だと突き止めたものの、それを知ったケント一家の逆鱗に触れた

右 『荒涼館』に登場するバケット警部のモデルとなったフィールド警部　エドウィン・ピュー著『チャールズ・ディケンズのすべて』（1912年）の挿絵より

次頁 「汚点（しみ）の上を、曲げた指でさぐるように、そっとなでた」ウィルキー・コリンズ著『月長石』（初版1868年）の挿絵（1883年）

めにロンドンに引き返すことを余儀なくされ、評判に傷がついた。コンスタンス・ケントは一度無罪放免となったものの、のちに罪を告白したのだった。

同じような運命をたどるのがウィルキー・コリンズの小説『月長石』に登場するカフ部長刑事だ。『月長石』の初版は1868年で、初めての本格的な探偵小説だと言われることが多い。ほんの2年前には探偵に対する社会の期待と不安を反映させた小説『アーマデイル』で私立探偵を使うなどもってのほかだとして、探偵のことを「社会の必要悪によって勝手につくり出された邪悪な存在だ。……現代の密偵であり、その仕事は拡大を続け、探偵の私設窓口は着実に増えている」と書いている。『月長石』のカフ部長刑事はロンドンの警部が地方へ派遣されて地元警察の捜査を助けるという、ウィッチャー警部のような役回りなので好意的に描かれているが、物語の核心である消えた宝石についての彼の仮説は誤っていることが判明する。カフも人のプライバシーを侵害しているとされ、不名誉な形で犯行現場の家から去るように言われるのだ。

実在か架空かにかかわらず、探偵は国中の人々の想像力をかき立て、ありとあらゆるところにいるように思われた。『月長石』で、宝石が盗まれたと思われる家の老僕ガブリエル・ベタレッジはこう話す。「みぞおちのあたりに、いやな熱をお感じになりませんか？　それから、頭のてっぺんがガンガン鳴るような感じは？……私はそれを探偵熱と呼んでおりますが、私がそいつにとりつかれたそもそものはじまりは、カフ部長刑事のおともをしたときでございました」

女性の探偵も登場した。初めて女性探偵が登場する『裏切り者のルース、あるいは女スパイ』はエドワード・エリスによる安っぽい三文小説で、1862年から63年にかけて52回にわたって連載された。さらに翌年にはアンドリュー・フォレスターの『女密偵G』が刊行される。探偵小説があまりにも広まったために反発も巻き起こった。イギリスの法律家ジェイムズ・フィッツジェイムズ・スティーヴンは1864年に《サタデー・レヴュー》に寄せたエッセイで、「この探偵崇拝は独創的な作家がつくり上げた迷信であり、かつてないほどばかげているのではないか」と書いている。スティーヴンが気に入らなかったのは、架空の探偵が神と見まごうほどの力を持ち、たったひとつの手がかりから事件の一部始終をすべて暴いてみせることだ。彼にしてみればこれは当てずっぽうであり、法廷で行う正規の証拠の検証作業とは違ったのである。

この世界にコナン・ドイルは足を踏み入れた。エディンバラ大学医学部時代にドイルがどのように推理の基礎を身に付けたかについては、ほかの箇所で詳述した。とくに外科医のジョゼフ・ベル博士からは観察の大切さをたたき込

まれ、のちにドイルは恩師が探偵だったら「魅惑的なのに組織的でないこの仕事を、精密科学の領域にまで持ってきそう」〔『わが思い出と冒険』〕だと考えた。こうして、時代をありのままに映し出す科学探偵として、シャーロック・ホームズを作り出すことにしたのだった。

しかし、エディンバラ大学でコナン・ドイルを指導し、ベルと同じくらいに影響を与えた教師がほかにもいたからこそ、ホームズが綿密な分析と推理をするうえで必要な科学の素地を、ドイルは身に付けることができた。そんな教師のひとりが、ロバート・クリスティスン教授だ。クリスティスンは薬物学と治療学の教授で、法中毒学の権威として『毒物と死体の法医学的検査の考察』などの著作もある。毒とそのもとになる植物についての講義では、毒性アルカロイドであるクラーレを使った吹き矢を南米先住民が吹く様子を教室で実演してみせることもあった。〈四つの署名〉でアンダマン先住民のトンガが得意とする暗殺方法は、ここから着想を得たのかもしれない。〈緋色の研究〉の犯人であるジェファーソン・ホープが、教授が南米の毒矢からじかに採取した猛毒の植物性アルカロイドを学生に見せたと回想する場面の背景にも、このエピソードがある。ホープは教授が見せた毒を盗み、小さな丸薬にして持ち歩いていた。

クリスティスンが1877年（コナン・ドイルが大学に入って1年後）に退職すると、後任にはトマス・リチャード・フレイザー教授が就き、医学部の主眼を解剖学から植物や実用的な薬学へと移した。そこでドイルは、ゲルセミウムをはじめとするさまざまなアルカロイドの研究に時間を費やすようになった。ゲルセミウムは（クラーレのように）筋弛緩剤として使われる反面、猛毒にもなりうるが、ドイルはかつてないほどの量のゲルセミウムを飲む実験を行い、実験結果を論文にして《英国医師会雑誌》に送っている。論文は1879年9月に掲載され、ドイルにとって初めて出版されたノンフィクション作品となった。

コナン・ドイルはこうした毒物への関心を、ホームズ物語に生かした。初登場時にセント・バーソロミュー病院の実験室にいるホームズは、指の傷口にばんそうこうを貼りながら、「気をつけないと、毒物もいろいろいじるもんですから」と言う。しかし、そんなホームズも〈悪魔の足〉でレオン・スタンデール博士が被害者の殺害に使ったアフリカ産の根のことは知らなかった。スタンデールが言うには、「ブダにある研究所にサンプルがたったひとつあるだけで、ヨーロッパにはほかにひとつも標本がなく、薬種文献にも毒物文献にも載っていない」のだという。

それでも毒物が殺人に使われることは増えていたので、探偵として活躍するには、毒物について知っていなければならなかった。ある調査によると、1739年から1878年

右 サー・ロバート・クリスティスンの肖像画（1871年）。クリスティスンはエディンバラ大学でコナン・ドイルを指導した教員のひとり

次頁 毒の吹き矢を使って動物を狩るブラジルの先住民族

にかけて毒物が絡む殺人83件が中央刑事裁判所で審議されたが、そのうち63件は1839年以降に発生しているという。別の研究では、毒物を使った犯罪は1750年から1914年にかけて540件あり、そのうちヒ素が使われたのが47％（ヒ素はイギリスの化学者ジェイムズ・マーシュが1836年に同定したばかりだった）で、以下アヘン剤（10％）、ストリキニーネ（8％）、酸剤（7％）と続く。1851年のヒ素法でヒ素の販売を規制しても、この増加傾向に歯止めはかからなかった。というわけで、毒物について知っておくことはホームズにとって有用だったのだが、どういうわけかヒ素そのものは正典でいっさい触れられていない。

トンガの吹き矢のように、毒物は人の肌を通して注入することもできる。これを犯罪に利用するケースは、皮下注射器の発明に伴って1850年代前半から高まっていった。現在の注射器の原型を発明したのはフランス人のシャルル・プラヴァーズで、それを改良して使えるようにしたのがスコットランド人のアレグザンダー・ウッドだった。ただ、殺人の道具としてはあまり広く使われなかったようで、正典では注射器はむしろ、ホームズがコカインを注射する道具として登場する。

その意味では、「針（ニードル）」という言葉もホームズの象徴として用いられることがある。しかし一般的にホームズのトレードマークとして描かれるものは（前述のように）もっとほかにあり、その一部は実はホームズの時代になかったものなのだ。コナン・ドイルが書いた物語では、ホームズは一度もディアストーカーをかぶっていないし、インヴァネス・コートも着ていないうえ、キャラバッシュ・パイプも吸っていない。ディアストーカーを考え出したのは、〈ボスコム谷の謎〉が1891年10月に《ストランド》誌に掲載されたときに挿絵でこの帽子を描いたシドニー・パジットで、作品にある「ぴったりした布の帽子」というドイルの記述をディアストーカーと解釈したのだった。翌年12月に発表された〈名馬シルヴァー・ブレイズ〉では、「耳覆いつきの旅行帽」という表現があり、パジットはこの挿絵でもディアストーカーを描いている。しかし、正典でディアストーカーという言葉が登場したりそのものが描写されたりすることは、いっさいない。物語でホームズが着ているとされるのはアルスター・コートで、インヴァネスよりもゆったりしており、袖がある。曲がったパイプの起源は不明だが、アメリカの俳優ウィリアム・ジレットがホームズを舞台で演じた際の演出と関係していると言われている。ホームズの煙草好きは有名で、「パイプでたっぷり三服ほどの問題」〔〈赤毛組合〉〕に取り組んだりもするが、小説でのホームズはまっすぐなタイプのクレイ・パイプやブライアー材のパイプまたは桜材のパイプしか吸わないのだ。

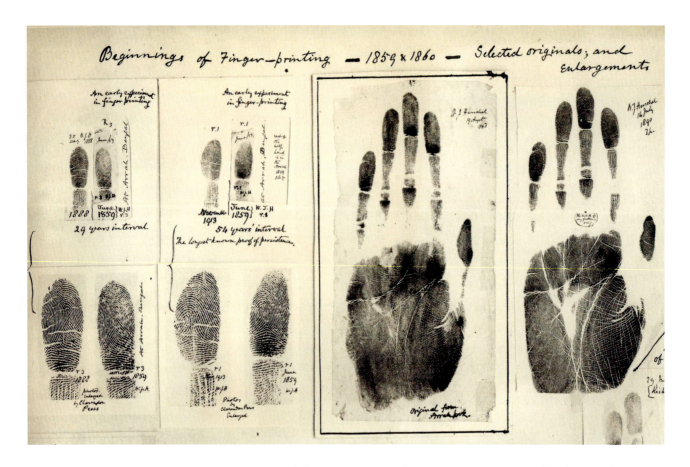

　とはいえ、一般的なホームズのイメージとして定着しているもののうち、ホームズが確かにいつも使っていたものがひとつある。拡大鏡、または拡大レンズだ。仕事に欠かせないこの道具は、1886年に執筆を開始し、1887年に雑誌掲載された〈緋色の研究〉で彼が犯行現場に赴くシーンから、すでに登場する。「そう言ってホームズは、ポケットから巻き尺と大きな丸い拡大鏡を取り出すと、この二つの道具を手にして部屋の中を音もなく小走りに動き回り始めた。ときどき立ち止まったり膝をついたり、一度などは腹這いにまでなった」。これは仕事に取り組むホームズのイメージとして定着した。よく言われるように、ホームズは観察を大切にしているので、時おり拡大鏡を用いることで肉眼よりもさらによく観察できるのだ。

　16年後の1903年に〈ノーウッドの建築業者〉が発表されたときも、コンサルティング探偵として科学的な捜査を得意とするホームズにとって拡大鏡はやはり不可欠で、とりわけ捜査の一環として指紋を調べる際に活躍した。当時、指紋の採取は首都圏警察の捜査手法として正式に導入されたばかりだった。イギリスに先駆けてインドで1870年代に指紋採取を始めたのは、インド北東部にあるフーグリの長官だったサー・ウィリアム・ハーシェルだ。ほとんどの人が文字を読めないインド社会で、ハーシェルは身分証明の方法として指紋を用いた。指紋法を発展させたのは、チャールズ・ダーウィンのいとこで科学者として幅広く活躍したフランシス・ゴルトンだ。ゴルトンは1892年に出版して反響を呼んだ著書『指紋』で、平均的な指紋における弓状紋、蹄状紋、渦状紋の分類法を確立した。これに続いて、1901年にはスコットランド・ヤードに指紋局が設置され、この年にはインドで警官として勤務していたときに指紋法をさらに発展させたエドワード・ヘンリーが、CIDを管轄する警視監に任ぜられた。

　〈ノーウッドの建築業者〉では、レストレード警部に呼ばれたホームズが、殺人の犯行現場に「くっきりと親指の指紋がついている」のを拡大鏡で観察する。ヤードで間違いなく指紋の見方を身に付けたであろうレストレードは、横柄な態度で「同じ指紋の人間が二人といないということはご存じですね」と聞く。ホームズがやや身構えて「らしいね」と答えると、「では、けさ、マクファーレンの右手の親指の指紋を蠟に写したものと比べてご覧ください」とレストレードは迫る。レストレードが蠟に付いた指紋を血痕のそばに近づけてみると、「拡大鏡を使うまでもなく、二つはまったく同じだった」。「決定的です」というレストレードの見解に、ホームズも「そうだ、決定的だ」と同意せざるをえない。当時は専門家も一般人も、指紋を証拠として扱うことにまだ疑問を抱いていたが、わずか2年後の1905年には、指紋が動かぬ証拠となることが受け入れら

れる。デトフォードで塗装店の店主が殺害された事件で、指紋が決め手となってストラットン兄弟2人の有罪が確定し、死刑が執行されたのだった。

　指紋を物語に取り入れたのは、コナン・ドイルが初めてではない。1893年にアメリカの作家マーク・トウェインが、指紋はひとりひとり違い、双子であっても同じではないというゴルトンの主張を利用して、小説『ノータリン・ウィルソンの悲劇』で刑事裁判における立証の根拠とした。トウェインは数カ月前に出版社のチャトー&ウィンダスに書いた手紙で、ゴルトンの本を送ってくれたことに謝意を述べ、署名として指紋を八つ付けている。

　シャーロック・ホームズにとって指紋は、身体などによる跡やしるしといった手がかりの中でも、気に入っているもののひとつだった。ホームズの仕事はこうした「些細なこと」を観察し、必要な結論を導き出すことだ。物語を通してホームズは、この仕事を熱心に実践して論文にまとめており、その専門知識には「暗号記法」（〈踊る人形〉に登場するような暗号）、「刺青」（〈赤毛組合〉）、「パイプ煙草、葉巻き、紙巻き煙草など百四十種類に及ぶ煙草の灰」（〈ボスコム谷の謎〉）など、重要なものがいくつもある。

　実は、指紋はホームズ物語においてさほど重要でなく、概して決定的な証拠としては用いられていないのに対し、足跡はホームズの捜査で中心的な役割を果たしている。このおもな理由はホームズ自身が〈四つの署名〉で述べているように、「足跡の調査についての」論文を書き、「足跡を保存する焼き石膏使用法にも触れている」からだろう。〈ボスコム谷の謎〉でもホームズは探偵としてのさまざまな技術を駆使して謎を解くが、森の奥で落ち葉や枯れ枝を引っかき回したり、ごみとしか見えないようなものを集めては封筒にしまい込んだりして殺人の犯行現場を丹念に調べ、「さらには拡大鏡で、地面ばかりではなく、手の届くかぎり上のほうの木の幹まで調べたりした」。ホームズは現場にいた人物の靴を調べてから、森で見つけた足跡を分析する。〈緑柱石の宝冠〉では、「例の強力な拡大鏡で敷居をたんねんに調べ」た結果、アーサー・ホールダーが父アレグザンダーの家の窓から裸足で抜け出して、物語の核心である宝冠を盗んだ友人サー・ジョージ・バーンウェルを追いかけたのだと突き止めた。さらに、地面に積もった雪に残された靴跡から、窓の外で待っていた男に宝冠を渡したのはアレグザンダー・ホールダーの姪であるメアリ・ホールダーで、待っていた男はメアリの恋人、サー・ジョージだったことも暴いてみせるのだ。

　科学的な姿勢を貫こうとする割に、ホームズが推理に使う手段はローテクである。筆跡の分析もその例だ。〈四つの署名〉で新たな依頼人ミス・モースタンのもとに届いた手紙を吟味しながら（彼女はのちにワトスンと結婚する）、ホームズはワトスンに「筆跡から性格を判断してみたこと

前頁　サー・ウィリアム・ハーシェルが1859年と1860年に採取した指紋

上　「ホームズさん、拡大鏡でよくよくご覧になってください」シドニー・パジットによる〈ノーウッドの建築業者〉の挿絵（1903年）

上 フランク・ワイルズ（1881〜1963）による〈恐怖の谷〉の口絵《ストランド》誌1914年9月号

次頁 J・ハリントン・キーン著『手描き文字の謎：筆跡学ハンドブック』（1896年）の表紙

はあるかい」と聞く。ワトスンが、手紙はきちんとした読みやすい字で書かれているので、事務能力があってきちょうめんな性格なのではないかと答えると、ホームズは強く否定してこう続ける。「たて長の文字を見たまえ。短い文字とほとんど変わらないじゃないか。dとa、lとeがまぎらわしい。きちょうめんな性格なら、どんなに乱暴に書いたって、長い文字ははっきり長く書くものだ。kは安定していないし、大文字は横柄な感じがする」

こんにちの常識では、筆跡学は科学ではないとされている。しかし時代の探究心と相まって、19世紀後半には筆跡学の可能性に大きな注目が集まっていた。フランスでは司祭で考古学者でもあるジャン・イポリット・ミションが1875年に『筆跡学体系』を出版し、3年後には『実用筆跡学』という本も出している。同じくフランス人のジュール・クレピュー・ジャマンは1895年、アルフレド・ドレフュスの裁判に筆跡学に基づいた証拠を提出している。両者とも、筆跡から性格の特徴が判断できると主張していた。

ホームズはこの意見に同調する傾向があり、筆跡を見ればその人の年齢や性別、健康状態や国籍までもがわかると、たびたび述べている。〈ライゲイトの大地主〉では手紙の切れ端から、2人の人物が1語ずつ交互に書いたものであり、2人は血縁関係にあるとも判断し、手紙を書いたのは近くに住むカニンガム親子ではないかと推理する（彼はほかにも23の点について推理を行ったが、興味を示すのは専門家ぐらいだろうとも述べている）。

この技術を応用し、ホームズはタイプライターで書かれた文章から大切な情報を読み取ることにも長けていた。〈花婿の正体〉では、「タイプライターと犯罪の関係」についてまた小論文を書くつもりだと話したうえで、ジェイムズ・ウィンディバンクが継娘の婚約者ホズマー・エンジェルになりすましているという奇妙な企てを、やすやすと暴く。ホームズがこれに気付いたのは、タイプライターで書いたウィンディバンクの手紙をエンジェルの手紙と比べたからだ。「不思議なものでして、タイプライターは筆跡と同じように、ひとつひとつはっきりした癖をもっています。まったくの新品でないかぎり、二台の機械が同じ文字を打つことはありません。ある活字がほかの活字よりすり減っていたり、あるいは片側だけがすり減ったりしているものなのです」と言うのだ。

さらにホームズは、新聞の切り抜きがどの新聞のものなのかわかるという、有用だが一般人にはとうてい真似できない能力も持っている。〈バスカヴィル家の犬〉では、「ぼくがとくに興味をもっていること」として、「『タイムズ』の記事の、行間がゆったりとってあるバージョイス活字書体と、夕刊紙の安っぽい活字」にはアフリカ系とイヌイットと同じくらいの違いがあると言う。また、彼にしては珍しく、「若いころ」に一度「『リーズ・マーキュリー』と

『ウェスタン・モーニング・ニューズ』の活字をとり違えてしまった」と明かしつつ、「『タイムズ』の論説は見まちがえようがありません」と続ける。

ほかにも探偵としてのホームズの能力には、暗号解読（この能力が最も発揮されるのは〈踊る人形〉）や文書の分析があり、さらに専門的なものとしては、犬の行動を解釈する能力もある。〈這う男〉では、「探偵の仕事で犬をどう使うか」という小論文を書くつもりだと言い、人間の行動は飼っている動物から予測できるのではないかと話す。家族についても同じような結論に達しており、「子どもの心に目を向けたことから、非常にきちんとした尊敬すべき父親の隠された犯罪を推理」できるのだと言う。〈名馬シルヴァー・ブレイズ〉での、ロス大佐の廐舎で飼われている犬が何も反応しなかったのを観察して、廐舎で何が起こったかを推理したという話も有名だ。スコットランド・ヤードの期待の星であるグレゴリー警部が、その夜に犬は何もしていないと指摘すると、「それが奇妙なことなんですよ」とホームズは答えるのだ。

意外にも、ホームズは結論を出す際にあまり写真に頼らない。探偵としての商売道具に写真は含まれていないのだ。ただ、脇役として写真が登場することはあり、たとえば〈ボヘミアの醜聞〉では恐喝のネタに使われそうになるが、警察の写真係が犯行現場に現れることはない。

一方、犯罪者の特徴を記録するというヨーロッパで始まった最先端の試みに、ホームズは口先だけの支持しかしていない。この試みは一般的に人体測定法として知られており、1880年代初頭に人体測定法を開発したのが、とくに高等教育を受けなかったフランス人、アルフォンス・ベルティヨンである。基本的な考え方は、身体の各部位、とくに頭の大きさを測定すれば、結果を利用して犯罪者を比較し、さらには犯罪行為の予測もできるのではないかというものだ。パリ警察では1884年から、犯罪者の写真をアルファベット順でなく主要な身体の部位11箇所の測定結果に従って分類するようにした。常習犯の特定に成果を挙げたとして、4年後にはベルティヨンの下で犯罪者識別課が設置され、首都圏警察も1894年にこれにならった。しかし、人体測定法は指紋法に比べて精度が劣ることが判明したうえ、ベルティヨンの名声にも陰りが見えはじめた。ドイツのスパイ容疑をかけられたユダヤ人大佐アルフレド・ドレフュスが同年パリでベルティヨンの誤った証言を根拠として、有罪判決を受けたからだ。

〈海軍条約文書〉（1893年発表）では、一緒にウォーキングへ向かっているときにホームズがベルティヨンの功績を「熱心に賞賛して」いたと、ワトスンは書いている。また、ベルティヨンの名は〈バスカヴィル家の犬〉（1901～02年発表）でも言及されている。このときはジェイムズ・モー

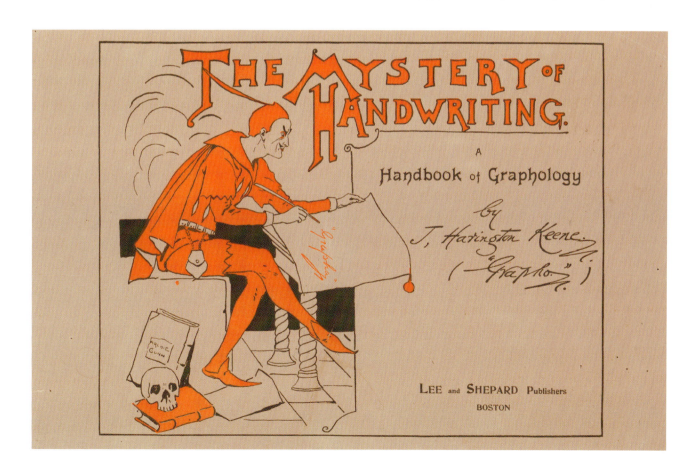

ティマー医師が、ホームズの頭蓋骨を褒めたあと、彼のことをベルティヨンに次ぐ「ヨーロッパで第二の犯罪専門家」と言ったため、ホームズはむっとしてしまう。モーティマーは「厳密な科学的精神をもつ人間」にとってのことであり、「実際問題ということになると」ホームズの右に出る者などいないと続けるのだが、ホームズは納得していないようだった。

同じころ、イタリアの犯罪学者チェーザレ・ロンブローゾが、これと似たような事柄を論じ、著書『犯罪人論』（1876年刊行）の中で、大きな顎や厚い唇といった特徴から非行の傾向を特定することは可能だと主張した。こうして外見が重視されるようになった結果、容疑者の顔写真（マグショット）が使われるようになるなど、捜査手法は実用面である程度進歩したのだった。ホームズはこれにも関心を示した。とくに、〈ボール箱〉でワトスンに対して持論を展開する場面において、ミス・クッシングの耳についての見解にホームズの考えがよく表れている。

　ワトスン、医者なんだからきみもよく知っているだろうが、人間の身体のなかで耳ほど形がさまざまなものはない。それぞれの耳には原則としてはっきりした特徴があって、それぞれ違っているものだ。この問題については、去年の『人類学会誌』にぼくの書いた小論文が二つ掲載されている。そういうわけでぼくは、箱の中の耳を専門家の目で観察して、解剖学上の特徴をしっかりつかんでおいたんだ。だから、クッシングさんの耳を見て、調べてきたばかりの女性の耳とそっくりなのに気づいたときの、ぼくの驚きを想像してみたまえ。決して偶然の一致なんかじゃすまされない。耳翼の短いところといい、耳たぶの上のほうが広く曲がっているところといい、内軟骨の渦の巻き具合といい、うり二つだった。あらゆるおもだった特徴が一致する耳なんだ。

ほかにホームズがロンブローゾ的な考え方を示すのは、〈バスカヴィル家の犬〉でムアの反対側に住む博物学者ジャック・ステイプルトンがバスカヴィル家の一員だと推理するときだ。ホームズはステイプルトンとバスカヴィルの館にある肖像画のモデルのひとりが似ていることを示し、ワトスンにこう言う。

　訓練を積んだぼくの目は、人の顔だけをよく見て、顔を縁どっているものは見ないのさ。変装を見破る能力は、犯罪捜査をする者にとって第一の要件だからね。……うん、先祖返りというやつのおもしろい例だ。身体と精神の両面にそれが現われているみたいだな。一族代々の肖像画をよく見比べていくと、人間は死後にまたよみがえ

るという説を信じたくもなる。あいつはバスカヴィル家の一員だ——見るからに。

　ここでホームズは、死者が生まれ変わるという考えに引き寄せられており、コナン・ドイルが第一次世界大戦中に心霊主義に傾倒するのを、予言しているかのようだ。しかしホームズは、物事を考えるうえでの指針として遺伝に関心を寄せているにすぎない。これがはっきりとわかるのは、〈ギリシャ語通訳〉で自身の観察力と推理力は訓練で身に付けたものというより遺伝だとワトスンに話す場面だ。観察力があるのはフランスの芸術家ヴェルネの一族と血縁関係にあるからだと言い、推理力については兄のマイクロフトにも才能があることを根拠に挙げる。とはいえ、ホームズがロンブローゾの極端な考えに言及する場面はどこにもない。ロンブローゾはダーウィンの適者生存という概念を優生学や人種的分析〔犯罪捜査で、特定の人種などを捜査対象とすること〕と組み合わせたが、結局ロンブローゾの考えは犯罪捜査の主流にならなかった。

前頁　アルフォンス・ベルティヨンが考案した生理学的分類法についての警察の講習（1911年ごろ）

下　「ミス・クッシング」シドニー・パジットによる〈ボール箱〉の挿絵（1893年）

　それでもホームズは、当時発展途上にあった法医学という犯罪捜査の新しい分野を明らかに意識しており、探偵術において一歩先を行こうとしていた。〈緋色の研究〉で初めて登場したとき、彼はセント・バーソロミュー病院の実験室で血痕を識別する実験に取り組んでおり、これが「近年まれに見る実用的な法医学上の発見」になると言った。ヘモグロビンに反応して沈殿する試薬を発見したと言う彼は、少量の血を1リットルの水に入れて、何らかの結晶を加えるというシンプルな検査手順を紹介する。ホームズによれば、この方法は既存の技術に取って代わるもので、旧来のグアヤック・チンキ法は手間がかかるだけで当てにならないし、顕微鏡で血球を探す方法にしても、付着してから数時間がたった血痕ではやはり役に立たないと付け加える。それらに比べ、ホームズの検査法はしみが付着してからどれだけ時間がたっていようと効果があり、あるしみが血痕なのか、泥や錆などが付いたものなのかを判定できるというのだ。

　おかしなことに、彼はこの検査法で何かをするわけではなく、作品で再び触れられることもなかった。のちの事件では顕微鏡もほとんど登場せず、出てくるのは二つの作品だけだ。〈ショスコム荘〉では、ホームズが「倍率の低い」顕微鏡を使いながら、「スコットランド・ヤードも顕微鏡はばかにできないとわかってきたようだ」と話す。もうひ

103

"HOLMES WAS WORKING HARD OVER A CHEMICAL INVESTIGATION."

とつは〈三人のガリデブ〉で、ネイサン・ガリデブが高倍率の顕微鏡を使っているらしい。

　この「ホームズ検査法」は血液の分析における大発見を先取りしており、SF的なものを考え出すコナン・ドイルの才能がよく表れている。〈緋色の研究〉発表から10年以上あとにオーストリアのカール・ラントシュタイナーが血液型を発見し、ドイツの細菌学者パウル・ウーレンフートが抗原抗体を利用した沈降検査法を発見するのだ（この検査法では血液サンプルの標本が人のものか動物のものかを判定できるので、ホームズが提案した方法と似ている）。この発見により、血液や尿、細胞などの生物試料を分析する高度な検査法への道筋が示され、DNA鑑定や1990年代の「遺伝子指紋法」へとつながっていくのである。

　このように幅広い専門知識を身に付けたホームズは、ほかの刑事や探偵が持つ技術をこき下ろすことがよくある。というよりむしろ、同業者を利用して、世界でただひとりの「コンサルティング探偵」として自分がいかに卓越しているかを、見せつけようとしているようだ。前章で触れたように、ホームズが自分以外の科学者について表面的にしか知ろうとしないのも、似たようなことだろう。『科学探偵シャーロック・ホームズ』の著者ジェイムズ・オブライエンによると、正典60作のうち42作で計21人の刑事や探偵が登場するという。ホームズが最もよく関わるのはスコットランド・ヤードのレストレード警部で、13作に登場。ホームズはレストレードや同僚のグレグスン警部のことを「へぼ刑事ぞろいのヤードのなかでは優秀なほう」と評している。「二人ともなかなか機敏だし、精力的に捜査をこなす」と認めつつ、「やり方が月並みすぎるんだ。あきれるほどにね」と付け足さずにはいられない。基本的に軽蔑するようなホームズの態度は、〈緋色の研究〉の冒頭からあからさまだ。グレグスンが犯行現場では何も手を付けていないと得意げに言うと、ホームズは小道を指さして、「たとえバッファローの群れが通ったとしても、ああまでめちゃくちゃには踏み荒らされないでしょうに」と言う。そして、公職にある2人の警部と自分のような個人事業主との違いを強調したいがために、「〔2人の警部が〕お互いに張り合うことといったら、商売女も顔負けの醜い対抗意識に凝り固まっている」などと言ってのけるのだ。

　ホームズがいつも口にする苦言は、スコットランド・ヤードの警官はビジョンと独創性に欠けるというものだが、

前頁　「ホームズは何かの化学実験に没頭していた」シドニー・パジットによる〈海軍条約文書〉の挿絵（1893年）

下　テムズ川のほとりに建つニュー・スコットランド・ヤードの版画（1890年）　この建物は1890年から1967年にかけて首都圏警察の本部として使われた

上 エドワード・リチャード・ヘンリー（1850〜1931）。ヘンリーが発展させた指紋法をスコットランド・ヤードは1901年に採用した

次頁 スコットランド・ヤードのブラック・ミュージアム（1883年）

一方で、自分にはそれがあるとほのめかすことが多い。〈名馬シルヴァー・ブレイズ〉で会ったグレゴリー警部の場合は、「きわめて有能な警察官」だと喜んで認めたが、やはり「もうちょっと想像力さえあれば、この道でかなりの出世ができるだろう」というひと言が付け加えられた。

だが、仕事上のライヴァルに対するホームズのそんな態度も、年を経るとともに和らいでいった。〈バスカヴィル家の犬〉（1902年）のころには、レストレードは「もっとも優秀な刑事」であり、〈ブルース・パーティントン型設計書〉（1908年）になると、その観察力は「たいへんけっこう」だと認めている。〈金縁の鼻眼鏡〉（1904年）では、スコットランド・ヤードのスタンリー・ホプキンズ警部を「将来有望」と褒めているし、〈恐怖の谷〉（1915年）で登場するスコットランド生まれのマクドナルド警部のことも気に入っている。この〈恐怖の谷〉では、ロンドン以外の地域の警察がどんなふうに活動し、首都圏警察とどうやって連携するかが描かれている。サセックスの有能な刑事ホワイト・メイスンは、バールストン・マナーハウスで殺人があったという知らせを地元警察のウィルスン巡査部長から受け、午前3時に軽二輪馬車（ライト・ドッグカート）で現場にかけつけた。ホワイト・メイスンはこう描写されている。「もの静かでのんきそうな男だった。きれいに剃り上げた顔は血色がよく、太りぎみの身体をゆったりしたツイードのスーツに包み、たくましいがに股にゲートルを巻いた様子など、まるで小規模農家の農民か隠居した猟場管理人のようで、州警察で犯罪を捜査する腕ききの刑事には見えない」。犯行現場に急行した彼が5時40分の列車で事件の詳報をスコットランド・ヤードへ送ると、これを受けたマクドナルドがホームズに会い、正午にはともに現場に向かう。ホワイト・メイスンはさらに機転を利かせて、新聞記者が事件を嗅ぎつけるだろうとホームズたちに忠告もする。このころには、警察が記者の対応に追われることは日常茶飯事になっていただろうが、幸運にも孤高のフリーランスであるホームズは、そんなことにかかずらわずに済んでいたのだ。

同業者、少なくとも公職にある刑事に対するホームズの態度は、一貫性がないようにも見えるが、これは生みの親であるコナン・ドイルと首都圏警察の関係が希薄だったことを反映していた。たとえば、1890年代にスコットランド・ヤードの警視総監を務めたサー・エドワード・ブラッドフォード大佐とも、つきあいがなかった。ブラッドフォードは短気な性格で、インドの元行政官であり左腕を切断している人物だ。また、ブラッドフォードの後任であるサー・エドワード・ヘンリーとも、ほとんど関わりがなかった。ヘンリーもやはりインドの警察にいたことがあり、首都圏警察に指紋法を導入した。ただ、そんなドイルにもひとり、首都圏警察に味方がいた。スコットランド・ヤードの特捜部を率い、1880年代から90年代にかけてテロリス

トやアナーキストに対する戦いを指揮した、ウィリアム・メルヴィル警視だ。メルヴィルが1904年に退官すると、彼に記念品を贈るための資金集めの委員会にコナン・ドイルも名を連ねた。メルヴィルはのちに陸軍省の情報部であるMO3の部長に就任し、さらにMI5（軍情報部第5課、または情報局保安部）、つまり保安局のトップに上り詰めた。このことからわかるように、コナン・ドイル自身はスコットランド・ヤードの犯罪捜査よりも、情報活動のほうに近い人物だったと言えるだろう。そういう意味では、シャーロック・ホームズというよりむしろマイクロフトのほうに近い存在だったのではないだろうか。

とはいえ、なかば当然のように、コナン・ドイルは1892年に友人をスコットランド・ヤードのブラック・ミュージアムに連れていったりしている。犯罪事件にまつわる、奇妙な品々やデスマスクなどを展示している施設だ〔現在の名称は「クライム・ミュージアム」〕。ちなみに、〈空き家の冒険〉でホームズは、盲目のドイツ人フォン・ヘルダーがモリアーティ教授の腹心セバスチャン・モラン大佐のためにつくった空気銃が、「スコットランド・ヤードの博物館」に収められることになるだろうと言っている。ドイルは1901年、友人カスバート・ホイッテカーのために、カナダで迷宮入りとなっている事件を捜査するようスコットランド・ヤードに働きかけた。ホイッテカーの家族が経営する会社は『ホイッテカー年鑑』をつくっており、〈恐怖の谷〉の冒頭でホームズはこの年鑑を使って、バールストンで殺人が起こると警告するために送られてきた暗号を解読したのだった。

20世紀を迎えると、スコットランド・ヤードはさらに幅広い犯罪捜査技術を採用するようになるが、ドイルはとくに、法医学に注目した。内務省はロンドンのセント・メアリー病院にいる病理学者や毒物学者と緊密に連携し、この中には刑事事件を手がけて有名になるバーナード・スピルズベリもいた。コナン・ドイルは《アワー・ソサイエティ》、別名《クライムズ・クラブ》という、作家や法律家が興味のある裁判について議論する集まりに時おり出席するうち、スピルズベリと顔なじみになった。

海外の捜査官とは、もっと気さくに接していたようだ。第一次世界大戦前、ドイルはピンカートン探偵社に勤務したのちに独立して自身の探偵事務所を立ち上げたアメリカ人、ウィリアム・J・バーンズと親しくなる。〈恐怖の谷〉を書くうえでドイルがバーンズから得た《モリー・マグワイアーズ》に関する情報をもとにしたのは、ほぼ間違いないだろう。ドイルとバーンズは、ジョージ・H・ドーランというアメリカの同じ出版社から本を出しており、バーンズは著書『顔の見えぬ戦い：ダイナマイト爆破事件の犯人を刑務所に送った男の語る、アメリカを脅かした危機の物

語』の刊行直後の1913年4月に、サセックスにあるドイルの自宅を訪れている。ドイルが大戦後ニューヨークに2度立ち寄った際は、バーンズが出迎えて道中でサポートした。

1921年初頭、オーストラリアからの帰途にあったドイルは、わざわざマルセイユで下船し、フランスを縦断してイングランドまで帰った。とくにリヨンでは、フランスのシャーロック・ホームズと呼ばれるエドモン・ロカール博士を訪ねている。ロカールは1910年、リヨン警察に初の科学捜査研究所を設立、指紋研究を拡大し、二つの身体が接触した際は必ず痕跡が残るとする「ロカールの交換原理」を打ち立てた（この原理は犯罪捜査史上高く評価されている）。ロカールの取り組みは国際的にも大きな注目を集め、同じころにはベルギー出身の推理小説家である若き日のジョルジュ・シムノンもロカールのもとを訪ねている。実は、コナン・ドイルをロカールに引き合わせたのは友人のハリー・アシュトン＝ウルフであった。アシュトン＝ウルフは並外れてはでな人物で、アメリカ西部を転々としたあと、犯罪者の人体測定法を強硬に推進するアルフォンス・ベルティヨンの助手として働いた。のちにけばけばしい探偵小説のほか、さまざまなノンフィクションを執筆してキャリアを築くことになる。そのうちの1冊、『見えない網：フランス警視庁の不思議な話』は、1928年にハースト・アンド・ブラケット社から刊行された。

当然ながら、コナン・ドイルのもとには実際の事件、中でも誤審と思われる事件を取り上げてほしいという声が届いた。ドイルはたいてい乗り気ではなかったのだが、〈バスカヴィル家の犬〉でホームズものを再び書くようになる直前、1901年初めに、実際の事件を題材にしたシリーズ《実録犯罪奇談》を《ストランド》誌に連載する。しかしロンドンのイースト・エンドで裕福な未亡人が殺害された「議論の余地のあるエムズリー夫人事件」などの話の出来に満足せず、すぐに連載を打ち切ってしまう。ドイルが興味を持っていたのは、幽霊や超感覚にまつわる話の検証だった。1894年にはこの興味が高じて《心霊現象研究協会》の会員とドーセット州のチャーマスを訪れ、ポルターガイストが出たという報告を調査したが、結論は出なかった。

コナン・ドイルが同情的になって、みずから推理力を発揮して警察の能力を補ったことは、2回ある。ひとつは1906年11月、インド系の弁護士ジョージ・エイダルジから相談を受けたときだ。エイダルジは片方の親がインド人で、スタッフォードシャーのグレイト・ワーリーにある自宅付近の野原で家畜を傷つけたとして有罪判決を受けて収監され、赦免を求めていた。ドイルはチャリング・クロスのグランド・ホテルでエイダルジに面会し、新聞を読む様子から、即座にエイダルジが近眼であることに気付く。眼

前頁 ギュスターヴ・ドレ作『ブルズ・アイ〔警察官が持つ手提げランタン〕』 ウィリアム・ブランチャード・ジェロルド著『ロンドン巡礼』（1872年）より

右 ピンカートン探偵社の19世紀の広告

上 ジョージ・エイダルジの警察の顔写真（マグショット）1903年9月30日付

次頁 1909年3月1日に行われたオスカー・スレイターの裁判

科医をしたことのあるドイルは人間の目についてよく知っており、問題となっているような犯罪行為をこの青年が真夜中にできるわけがないと確信する。ドイルはスタッフォード州警察の署長であるジョージ・アンスン大尉に対して陳情運動を展開し、内務省にも訴えを申し入れた。アンスンはイタリアの犯罪学者チェーザレ・ロンブローゾの分類法に従って、ぎょろりとした目と浅黒い肌を持つエイダルジが容疑者だと信じていたのだ。ドイルはメディアとのつながりも利用して、事件の内容を広く知らしめ、内務大臣のハーバート・グラッドストンにまで面会して詳細を話し合った。結局、エイダルジの容疑は1908年5月に晴れたが、賠償金はいっさい支払われなかった。それでも、この件などがきっかけとなって刑事告訴院が設置され、コナン・ドイルは《クライムズ・クラブ》で判決内容を話し合うことができたのだった。

　4年後、コナン・ドイルは司法の過失が疑われる事件に再度関わることになる。グラスゴーで起こった殺人について、オスカー・スレイターがたいした証拠もないのに有罪判決を受けた事件だ。スレイターは軽微な罪を犯していたが、この件で絞首刑を言い渡され、のちに「天寿をまっとうするまで」の懲役に減刑された。コナン・ドイルはスレイターを擁護する小冊子『オスカー・スレイター事件』を書き、死刑執行の延期を訴える。やがて捜査に重大な過失

があるという証拠をスコットランドのジャーナリストが見つけ出すと、スレイター釈放の許可が下りたが、時は1927年。スレイターが収監されてからすでに20年近くがたっていた。スレイターがもともとの嫌疑を晴らすために裁判を起こすと、ドイルは1000ポンドを寄付した。スレイターが賠償金として6000ポンドを受け取ったとき、ドイルは自分が払った資金を返還してほしいと考えたが、自由の身になったスレイターがこれを拒否したため、2人のあいだで激しいやりとりが繰り広げられた。

探偵という存在の発達を見て、格好の題材になりそうだと思った小説家は、ドイルだけではなかった。ホームズが1893年にライヘンバッハの滝で死んだと思われ、表舞台から（結果としては一時的に）去ったあと、探偵小説を書こうという機運が一気に高まったのだった。コナン・ドイルのライヴァルのひとりになったのがドイルの義弟であるE・W・ホーナングで、1898年に怪盗紳士A・J・ラッフルズと、ワトスンのような相棒バニー・マンダースを作り出した。ドイルは読みやすいストーリーを評価しつつも、これはホームズの立場を逆転させたものであり、盗賊ではヒーローにならないとホーナングにアドバイスしている。

もっと厳密に探偵小説のジャンルに入るものとしては、以下のような作品がある。《ストランド》誌でホームズがいなくなって空いたスペースを素早く埋めた、アーサー・モリスンの探偵マーティン・ヒューイット、《ウィンザーン》誌に登場したガイ・ブースビーの邪悪な医師ニコラ、《ピアスンズ》誌で重罪人を追いかけたカトクリフ・ハインのキャプテン・ケトル。ほかにも片手間で探偵を生み出した作家としては、サリー州でコナン・ドイルの近所に住んでいたグラント・アレンがいる。科学を題材にした著作で最もよく知られたアレンが1899年に亡くなると、ドイルは彼が《ストランド》に連載していた《ヒルダ・ウェード》シリーズの最後の2回を完成させることに同意した。ヒルダ・ウェードはホームズに着想を得た女性探偵だ。

ほかの国でも似たような探偵小説が生まれた。フランスではアルセーヌ・ルパンの活躍を描くモーリス・ルブランの作品が1905年に登場した。翌年には新たなルパン物語として「遅かりしシャーロック・ホームズ」が発表されたが、ドイルは弁護士を通じ、ルブランに名前をエルロック・ショルメスに変えさせたとされる。しかしルブランは懲りず、1908年には『アルセーヌ・ルパン対エルロック・ショルメス』〔邦題は『ルパン対ホームズ』〕と題した本を執筆し、のちに映画化された。

その後もたくさんの探偵小説が生まれ、第一次世界大戦後には推理小説のいわゆる「黄金時代」を迎える。この時代の推理小説はカントリー・ハウスを舞台に殺人事件が起こる話が典型的だが、1920年にシャーロッキアンのロナ

ルド・ノックスが「［探偵小説］十戒」として発表した入念なルールに従っていることが多い。こうして様式化されたジャンルの代表的な作家4人は、いずれも女性だった。「ミステリーの女王」アガサ・クリスティー、ドロシー・セイヤーズ、ナイオ・マーシュ、マージェリー・アリンガムだ。クリスティーは1920年に『スタイルズ荘の怪事件』を発表し、作家としての道を歩み出した。

このころには、探偵という職業も、科学による追究を重んじる19世紀のスタイルから心理学を重んじる20世紀型へと変化していた。たとえばエルキュール・ポワロは、椅子にじっと座って「小さな灰色の脳細胞」を駆使するやり方を好む。『五匹の子豚』でポワロが言っているように、「わたしの場合は、身をかがめて足跡のサイズを測ったり、吸殻を拾ったり、草の葉の倒れ具合を調べたりする必要はないのです。椅子にもたれて考えるだけで充分です」ということなのだ。ホームズもまた、そうしてきた。彼がヴェルヴェット地の肘掛け椅子に座って事件について熟考しているという記述は、たくさんあるだろう。それでもホームズは、探偵の仕事として基礎となる、身体を動かす作業も得意としていたのだ。

右　エルキュール・ポワロ（ここではデイヴィッド・スーシェが演じている）は快適な肘掛け椅子に座って探偵としての仕事をすることが多かった

112　第4章　探偵という職業

第5章
映画化と舞台化

　シャーロック・ホームズ物語と映画は、ほぼ同い年である。ホームズは短めの長編小説2編に登場したあと、1891年に《ストランド》誌で短編が毎月連載されるようになって初めて、広く世に名前を知られることになった。同じ年、アメリカではトマス・エジソンが映写機の先駆けとなるキネトスコープを発明した。そのキネトスコープがフランスのリュミエール兄弟の手で改良され、使いやすいシネマトグラフが初の本格的な映写機として誕生した。4年後にはシネマトグラフを使って一般向けに映像が上映され、程なくして世界中の観客に娯楽を届けられるようになる。

　コナン・ドイルはホームズ物語の中で、一度も映画について触れていない。ドイルは新しい技術を使った商品が好きだったから、それを考えると意外である。彼自身はホームビデオ用のカメラをいち早く取り入れたが（1920年代に撮られたドイルのプライベート・フィルムの中には、現在インターネットで見られるものもある）、依頼を受けたであろうにもかかわらず、ホームズを安易に銀幕に登場させるようなことはしなかった。

　しばらくのあいだ、英語圏の観客はコナン・ドイルが好むメディアでホームズの姿を見ることになる。つまり舞台だ。初期にホームズを舞台で演じて人気を得たのは、節度を保ちつつもカリスマ性を備えたアメリカの俳優、ウィリアム・ジレットだった。元上院議員の息子でイェール大卒のジレットは、興行主のチャールズ・フローマンと組んで南北戦争を題材にした舞台『シークレット・サービス』で主演し、人気俳優の仲間入りをしていた。この作品は南北戦争のスパイを描いた戯曲で、大西洋を挟んだ英米両国で1896年から97年にかけて上演されてヒットした。

　1893年、やっとの思いでホームズをライヘンバッハの滝に葬ったコナン・ドイルは、次なる収入源を模索する中で、演劇が有力候補になるのではと考えた。演劇の世界ではすでに、俳優兼劇場支配人だったヘンリー・アーヴィングの尽力もあって『ワーテルローの物語』（ワーテルローの戦いの退役兵を描いたドイルの戯曲）が、そこそこの人気を得ていた。そこで1890年代の後半、彼はホームズ物語を舞台化できないかと考えはじめた。まずはイギリスを代表する興行主ハーバート・ビアボーム・トゥリーに持ちかけたのだが、成果は得られなかった。ところが、ドイルがホームズの舞台化を希望しているという話が、前述のチャールズ・フローマンの耳に入る。フローマンはちょうど、ジレット脚本・主演による『シークレット・サービス』の上演をロンドンのギャリック劇場で開始したところだった。

　フローマンとジレットは、さっそくホームズ舞台化の許可をコナン・ドイルから取り付けた。脚本を担当するジレットは、舞台化にあたって物語を自由に改編してよいとい

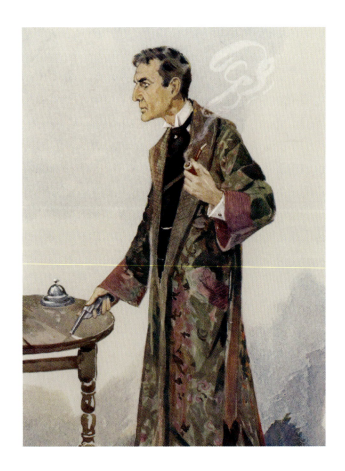

上 レスリー・ウォード（1851〜1922）作『ロンドンの舞台でウィリアム・ジレットが演じるシャーロック・ホームズ』（1907年）水彩

次頁 ウィリアム・ジレット主演による『シャーロック・ホームズ』の舞台劇ポスター（1899年）

う裁量権を得た。初めのうちコナン・ドイルは、どんなかたちにせよホームズが色恋沙汰には関わってほしくないと考えていたが、これも許容し、のちに《ストランド》に書いているように、「ホームズを結婚させようが、殺そうが、好きにしてくれてかまわない。舞台のホームズについてはいっさいを名優の手に委ねる」とジレットに伝えたという。

ところが、プロジェクトは初めから前途多難だった。ジレットが『シークレット・サービス』を演じていた劇場を併設するサンフランシスコのボールドウィン・ホテルで火事があり、一冊しかない脚本が焼けてしまったのだ。ジレットは脚本を一から書き直し、翌年春にロンドンに持参してコナン・ドイルと話し合った。ゴーサインが下り、「著作権公演」〔イギリスの著作権法で保護してもらうため本公演に先立ちイギリスで非公開公演を行うこと〕が1899年6月12日にロンドンのデューク・オブ・ヨーク劇場で行われた。初演は10月23日にニューヨーク州バッファローのスター劇場で行われ、短い巡業ののちにニューヨークのブロードウェイにあるギャリック劇場で大成功を収めたのだった。

〈ボヘミアの醜聞〉、〈最後の事件〉、〈緋色の研究〉の要素を取り入れつつ、ジレットは原作を自由に改変してアイリーン・アドラーをモデルにしたキャラクター、アリス・フォークナーをホームズの恋愛対象として登場させたほか、それまでのドイルの原作では名前がなかった給仕の少年を、ビリーという新しいキャラクターに仕立てた。さらにジレットが生み出した数々の特徴や小道具は、ホームズのイメージとして長らく定着することになる。そのひとつが、ジレットが使った「なあに、こんなのは初歩だよ、ワトスン」というフレーズで、ホームズがいくつもの映画に登場するうち、短縮されて受け継がれていった。さらにジレットのホームズは、いつもブライアー材ないしキャラバッシュ（瓢箪）による、曲がったパイプを手にしていた。真っすぐなパイプよりもそのほうがセリフを言いやすいというのが、理由だったようだ。ジレットはホームズの出で立ちにも重要な要素をいくつか導入した。長いインヴァネス・コートに加え、とくに重要なのが鹿撃ち帽だ。ディアストーカーは、原作の最初の挿絵画家であるシドニー・パジットが描いたもので、ドイルはとくにこの帽子だとは書いていない。こうした小道具はジレットの演技に欠かせないものであり、ホームズの定番イメージとなったのだった。

舞台『シャーロック・ホームズ』は大ヒットとなり、ニューヨークで235回公演されたあと、ロンドンに上陸して1901年9月9日にライシアム劇場で公演が始まり、さらにデューク・オブ・ヨーク劇場でも上演された。1905年の再演時には、当時少年だったチャーリー・チャップリンが給仕のビリー役で出演している。フローマンは1915年に乗っていた定期船ルシタニアがドイツのUボートに撃沈され、命を落とすことになる。しかしジレットは、ほ

114　第5章　映画化と舞台化

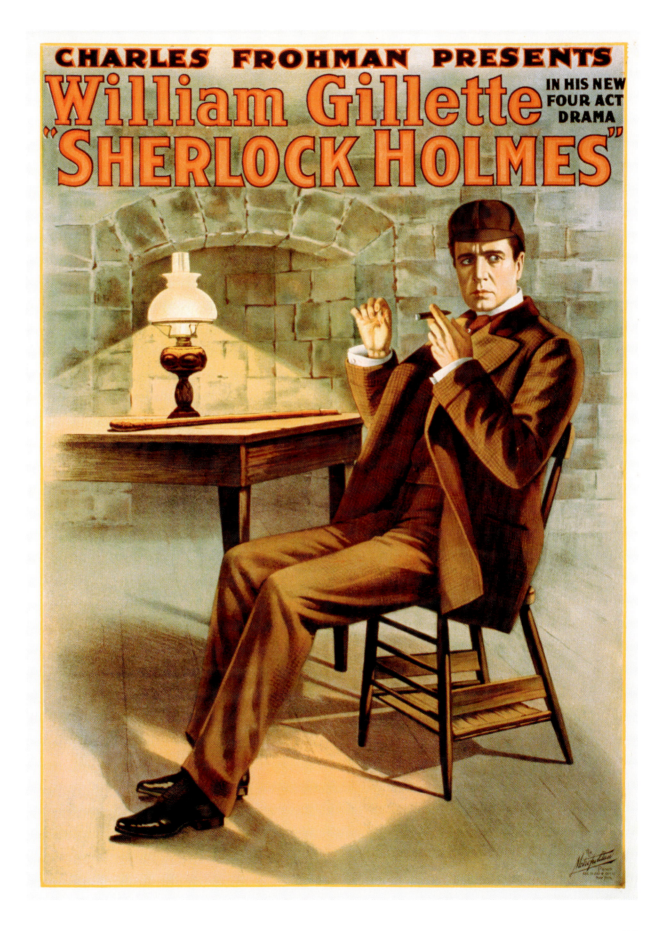

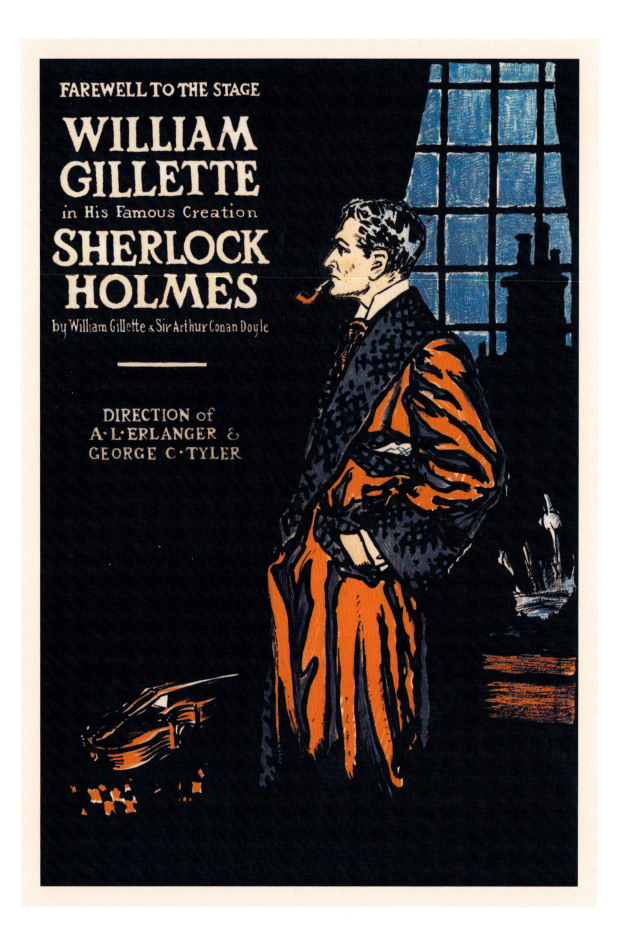

かの作品に出演するため定期的に中断しつつもホームズを演じ続け、1300回以上この役を演じ、1929年に行った最後の巡業では76歳になっていた。そのころにはホームズを演じたことで相当な財産を築いており、その一部をつぎ込んで故郷のコネティカット州に184エーカー（75ヘクタール）の土地を買って城を築いたうえ、敷地内に狭軌の鉄道路線までつくった。そこに1937年まで住み、83歳で亡くなった。

そのころまでに、ホームズは映画の世界でも盛んに取り上げられるようになっていた。ジレット自身は、舞台と映画の両方でホームズのイメージを確立した。だが、ホームズと名の付く主人公が初めて登場する1900年の映画は、彼の影響をほとんど受けていない。映画と言っても1分にも満たないもので、「シャーロック・ホームズ翻弄される」というタイトルのもとに、アメリカン・ミュートスコープ・アンド・バイオグラフ社が制作したものだ。いわゆるパラパラ漫画に近い、初期の映画撮影技術を使ったもので、盗みの途中でホームズが現れて驚かされた泥棒が、ぱっと姿を消し、今度はホームズのほうが「翻弄される」という内容である。おそらくジレットの舞台が成功したことを受けてつくられたのだろうが、衣装などにジレットの影響はいっさい見られない。

これ以降は意外にも、北欧が一時的にホームズ映画の中

前頁 ウィリアム・ジレットが名探偵を演じる最後の舞台を宣伝する1929年のポスター。このころにはジレットは76歳になっていた

上 「シャーロック・ホームズ翻弄される」（1900年）の一場面

下 コネティカット川の上にそびえるジレット城。ウィリアム・ジレットは舞台でホームズを演じて築いた財産でこの城を建てた

上　ヴィゴ・ラースンのプロモーション写真。ラースンは初期のホームズ映画の多くで監督・主演を務めた

次頁　ロンドン・コロシアムの夜景。コロシアムは当時最新の劇場で、荘厳な外観を誇っていた（1905年ごろ）

心地となる。デンマークでは、コペンハーゲンにあるノルディスク社がサイレント映画の先駆者として1908年から11年にかけて11本のホームズ映画を制作した。そのほとんどでデンマークの俳優ヴィゴ・ラースンが主演し、第1作は『シャーロック・ホームズの危機』というタイトルだった。ラースンがドイツに移り住むと、今度はドイツがホームズ映画の主要な制作国となった。彼はベルリンに本社を置くドイッチェ・ヴィタスコプ社が1910年から11年にかけて制作した5本シリーズの映画『アルセーヌ・ルパン対シャーロック・ホームズ』の監督と主演も務めた。これはモーリス・ルブランによる似たようなタイトルの小説をもとにしていると思われるが、コナン・ドイルはそのルブランの小説に関して、ホームズの名を使うことが著作権契約に反していると考え、気分を害していた。

こうした映画の出現により、ドイルは映画の著作権に関する懸念を払拭しようとしたらしい。彼はフランスのエクレール社と契約を結んで、英仏合作の8本シリーズの映画（すべてサイレント）を制作することにした。イングランドのベクスヒル・オン・シーで制作し、キャストはホームズ役のフランス人俳優ジョルジュ・トレヴィル以外は全員イギリス人だった。第1作の『まだらの紐』は1912年11月に公開され、ようやく原作に忠実な映画化が実現した。ただ、コナン・ドイルは部分的に関わっていたものの、著作権に関してあまり良い助言は受けられずに契約したようだ。彼は『わが思い出と冒険』にこう書いている。

　短編の現われはじめたころには、フィルムはなかった。その原作権の論争に結論が出てから、フランスの会社から少額の申出のあったとき、金でも掘りあてたような気がしたので、私は喜んでその話を応諾した。あとになってその権利を買い戻さなければならなくなって、もらったもののちょうど十倍を払った。とんだ災難だった。

その後まもなく（1914年）、サミュエルスン社によって別のイギリス映画が制作された。原作は〈緋色の研究〉で、イングランドのチェダー渓谷とサウスポートの砂浜を使ってロッキー山脈とユタの大平原を再現した。1916年になると、ジレットみずからがホームズ劇の映画版を制作した。監督はアーサー・バーセレット、制作会社は9年前にシカゴに設立されたエッサネイ社である。だが、このころにはジレットは60歳を超えており、ホームズを演じるにはもう老人だと世間では思われていた。さらに驚くべきことに、第一次世界大戦が悪化する中でもドイツではホームズ人気が根強く、『バスカヴィル家の犬』が公開された。正典の映画版としてはまずまずの出来で、やはりドイッチェ・ヴィタスコプ社が制作し、アルヴィン・ノイスが主演している。

著作権問題にひとまず決着が付くと、コナン・ドイルは公式のホームズ映画の可能性を再び模索しなければと感じるようになった。今回ドイルが頼ったのは、野心あふれる興行主サー・オズワルド・ストールが所有する、イギリスのストール社だ。ストールは母親と二人三脚でロンドン・コロシアムを含む劇場やミュージック・ホールのチェーンをつくり上げ、映画業界に参入したばかりだった。外部の人間が驚いたことに、ストールと敏腕マネージング・ディレクターであるジェフリー・バーナードは、ジレットと同年配の俳優であるエイル・ノーウッドをホームズ役に抜てきした。ノーウッドはすでに60歳近かったが、プロとしてこれから演じる役をきちんと理解していた。彼はこう書いている。

　私が考えるホームズは、絶対的な静けさをたたえています。何があっても動じず、本能的に本質をつかんだらまわりから気取られないようじっと温めておき、ここぞというところで、すばらしい推理力を発揮する。ホーム

ズは猫のようです。ホームズの頭の中には彼が追いかけている相手しか存在せず、ほかのことは何もかも忘れてひたすら獲物を追い詰めるのです。

コナン・ドイルは1920年5月にストールと契約を結び、全体的な収入の10%を受け取ることになった。彼は諸手を挙げて謝意を示し、ノーウッドについて次のように述べている。「彼は魅力としかいいようのない珍しい資質をもっていたから、何もしていない時でも観客は熱心に目をこらさないでいられなくなる。目がよく物をいうから、つい期待を抱かせるし、偽装が無類に巧みだった」〔『わが思い出と冒険』〕。そのうえ、ノーウッドは驚くほど多くの作品に出た。1921年4月の時点で「瀕死の探偵」から始まる15本の短編映画に出演し、さらに15回シリーズの映画（『続シャーロック・ホームズの冒険』）が1922年3月から順次公開され、加えて新たな15回シリーズ（『シャーロック・ホームズ最後の冒険』）が1923年3月に封切られた。ただ、ストールのシリーズは原作当時の雰囲気を伝えようとはしていない。平然と現代を舞台にしているので、コナン・ドイルは、「（強いて不平を言うなら）電話や自動車、その他ヴィクトリア朝に生きたホームズの夢想だにしなかったぜいたく品が無断でとりいれてある」ことだと書いている〔『わが思い出と冒険』〕。

右 シャーロック・ホームズを演じるエイル・ノーウッド。1921年から23年にかけて、50本近い映画でホームズを演じた

次頁 モーリス・エルヴィ監督、エイル・ノーウッド主演の『四つの署名』（1923年）のポスター

コナン・ドイルはこの企画に協力し、ストール社の作品を公開する大規模な見本市、《ストール・フィルム・コンヴェンション》にも出席した。コンヴェンションは1921年9月にロンドンのシャフツベリー・アヴェニューにあるトロカデロというレストランで開催されたが、ちょうどホームズ物語の〈マザリンの宝石〉が《ストランド》に掲載されたばかりだった。〈マザリンの宝石〉は前年に初演されたコナン・ドイル作のひとり芝居『王冠のダイヤモンド』を、急きょ短編小説に書き換えたものだ。会合にはロイド・ジョージ首相からもメッセージが寄せられ、最新作を読んで最高傑作だと思ったと書かれていた。コナン・ドイル自身も、ロンドンで行きたい場所はどこかと聞かれたフランスの子供たちが「ベイカー・ストリート」と答えたと聞いてうれしかったと語っている（名探偵の物語に触れた子どもたちは、ベイカー・ストリートこそがイギリスの首都のシンボルだと思ったらしい）。

学生時代からカメラ好きだったコナン・ドイルは、ありとあらゆる撮影技術に興味を抱いていた。このころには映像の質もかなり進歩していたので、映画は作家にとって新たな収入源になるのではないかと見ていたようだ。1913年に小説家のハンフリー・ウォード夫人から、映画という最新の技術にどうアプローチすればよいかと相談されたドイルは、焦ることはないと助言している。

著作権は資産であり、その価値は上がり続けているので、正確な価値は誰にもわかりません。イギリスの映画界は黎明期にありますが、将来有望ですので私たちの希望もそこにあるでしょう。残念ながら、思想や情緒を描く文学は単純なプロットやアクションを重視する作品よりも不利な立場にありますが。

　思索ではなく興奮を伝えることにかけては、文章よりも映画のほうが優れているのかもしれないという懸念をドイルは抱いていたようだ。

　第一次世界大戦後、ドイルの写真好きは妙な方向への展開を見せる。何年か前から心霊主義に手を出していたドイルだが、戦争が始まるころには全面的に心霊主義を支持するようになっていた。霊的な存在を撮影することが可能なのではないかという考えに、夢中になっていたのだ。それだけならマニアックな趣味で済んだかもしれないが、1920年のいわゆるコティングリー妖精事件で、ドイルの考えは全国的に知れ渡るようになった。ヨークシャー州の少女2人が裏庭で妖精を撮影したという主張を、彼が擁護したからだ。2年後には、『妖精の到来』という本も出している。

　こうした一種の妄念にとりつかれたドイルだが、それを逆手に取ったような出来事もあった。同年にアメリカを訪れた際、彼は友人のハリー・フーディーニに招待されて、《全米奇術師協会》の年次晩餐会でスピーチをすることになる。2人は以前から手品について互いに異なる立場から活発に議論を交わしていた。ドイルがフーディーニの脱出芸には霊的な存在が介入しているはずだと考える一方、フーディーニは降霊会などで起こるいわゆる超常現象はまやかしであり、合理的に説明できると信じていたのだ。この晩餐会のスピーチでドイルは、ある短いフィルムを上映して観客をあっと言わせることに成功する。そこには、まるで生きているような恐竜が、先史時代の湿地帯と思われる場所にいる様子が映っていたのだ。だが、ドイルは自身の小説『失われた世界』の映画のラッシュを見せていたにすぎなかった。恐竜が動いていたのは、初期のストップ・モーションであるコマ送り技術を用いた結果なのだ。出席者たちはこの見せかけのマジックに、自分たちの職業のことも忘れ、すっかりだまされてしまったのだった。映画『ロスト・ワールド』の特殊効果担当だったウィリス・オブライエンは、この技術を進化させて10年後に映画『キング・コング』で応用している。

　エイル・ノーウッドの映画が次々と公開される中、1922年には、ジレットの舞台をあらためて映画化した『シャーロック・ホームズ』が封切られた。制作はハリウッドのゴールドウィン・スタジオだ。西海岸のロサンジェ

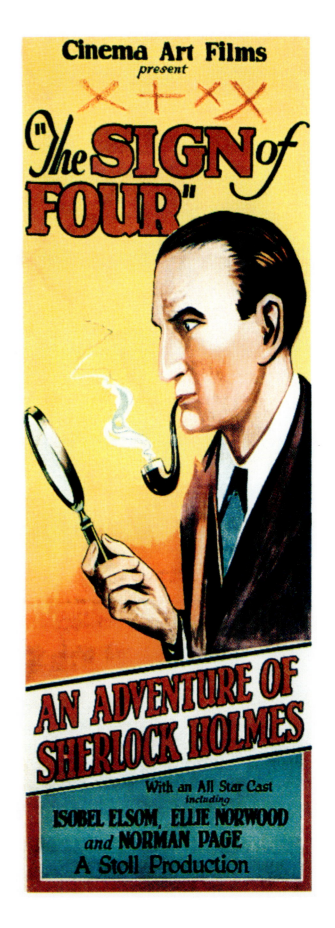

121

ルス郊外にあるハリウッドは、ここ10年でアメリカ映画界の中心地になっていたが、スタジオと同じ名を持つサミュエル・ゴールドウィンを、共同経営者や主要な投資家が経営陣から外そうとしている最中だった。結局、ゴールドウィンが去ったあとのスタジオは数年しか持たず、やがてMGMに吸収されていく。

名門演劇一家の御曹司であり、ハンサムで物憂げな雰囲気をたたえた俳優のジョン・バリモアがゴールドウィン映画でホームズを演じると、ホームズという役はスター性を帯びるようになった。派手なライフスタイルで酒癖の悪いバリモアが演じたことで、薬物を常用するホームズ像に説得力が出たのだとも言える。しかし批評家が口をそろえて指摘したのは、ロンドンとスイスでのロケは素晴らしかったのに、映画の進行が無駄に遅いということだった。なお、この作品はモリアーティ教授をドイツの俳優グスタフ・フォン・セイファーティッツが鬼気迫る迫力で演じたことでも有名である。

ところがこの映画が引き金となり、訴訟好きのゴールドウィン・スタジオと、ノース・ロンドンのクリクルウッドに制作所をもつストール社とのあいだで、著作権をめぐる激しい対立が巻き起こる。原告であるゴールドウィン側の主張は、ジレットの舞台の権利を買収したときにシャーロック・ホームズという名前の権利も一緒に買い取ったというものだった。もともとの映画の制作を支援したチャールズ・フローマンはルシタニア号の沈没で死亡していたが、ジレットとフローマンの兄ダニエルはゴールドウィンの主張を支持した。1922年11月、ニューヨーク州最高裁判所に上訴されたが、訴えは棄却された。それでも原告側が上訴したので、コナン・ドイルはやむをえず宣誓証言をすることになり、ジレットの舞台は原作の物語の寄せ集めであるのに対し、ストールの作品はひとつひとつの原作をもとにしてつくられていると述べた。結局、今回も原告側の敗訴に終わった。

しかしこの過程で、原作者であるドイルと、ホームズを一般大衆に広めるうえで大きな役割を果たしたジレットとの関係に、傷がついた。この訴訟騒ぎに加え、おそらくフォン・セイファーティッツの目を見張るような演技の効果もあり、バリモアの映画『シャーロック・ホームズ』は、イギリスでは『モリアーティ』というタイトルにせざるをえなかった。

1929年に映画が新たな段階を迎え、初めてホームズがしゃべる映画、つまり「トーキー」が制作されると、ドイ

前頁 1922年6月の訪米を終えてイギリスに発つコナン・ドイルと握手を交わす、ハリー・フーディーニ

下 カリフォルニア州カルヴァー・シティにあるメトロ・ゴールドウィン・メイヤー・スタジオ（1925年）

123

ルは胸をなで下ろした。タイトルは『シャーロック・ホームズの生還』〔邦題『シャーロック・ホームズ』〕で、〈瀕死の探偵〉と〈最後の挨拶〉に基づいている。監督はバジル・ディーン、制作はニューヨークに本社を置きデイヴィッド・セルズニックが社長を務めるパラマウントで、クライヴ・ブルックが主演した。ブルックもやはり「無口だが色気のある」イギリスの俳優で、パラマウントと契約を結んでサイレント時代最後期の映画である『四枚の羽根』で成功を収めたばかりだった。ただ、サイレントからトーキーにまだ移行していない映画館に配慮し、『シャーロック・ホームズの生還』はサイレント版とトーキー版の両方が制作された。

1930年代はシャーロック・ホームズの映像化作品史における黄金期で、偉大なホームズ俳優が2人誕生した。アーサー・ウォントナーとバジル・ラスボーンである。ウォントナーが初めてホームズを演じたのは、1931年に映画『眠れる枢機卿』に出演したときだ。この作品は〈最後の事件〉と〈空き家の冒険〉を原案にしたと言われているが、銀行強盗が起こり、黒いサングラスをかけたロバート・モリアーティという悪役が登場するなど、実際は独自のストーリー展開となっている。《タイムズ》紙はこの作品を「イギリス社会における有名な犯罪を寄せ集めたもの」と評した。このように正典の厳しい制約を超えて映画を制作しようという流れが出てくるのは1930年7月にコナン・ドイルが亡くなってからで、これ以降ドイルの遺産管理は妻ジーンが担い、のちにデニスとエイドリアンという息子2人が引き継いだ。

彫刻のように整った顔立ち、紳士的な振る舞い、プロとしてのスキルを備えたウォントナーは、ホームズ映像化作品において正典にきわめて忠実な俳優の1人だと、今でも見なされている。ホームズ研究家のヴィンセント・スターレットは彼のことをこう評した。

　……われわれの時代において、アーサー・ウォントナーほどシャーロック・ホームズにふさわしい俳優はいないだろう。……ウォントナーの演じる探偵は、ベイカー・ストリートで思索にふけるホームズその人なのだ。鋭く、痩せこけて、優しそうな顔立ち、先を見通すような微笑みは、まさに原作のページから抜け出てきたようだ。

ウォントナーは以前にも舞台で探偵を演じた経験があり、とくにサックス・ローマーが生んだポール・ハーリーや、コミックスなどに登場するセクストン・ブレイク役が有名だ。ブレイクは複数の作家の手になる小説の主人公で、派手な挿絵入りの雑誌や本に登場し、当時はホームズと肩を

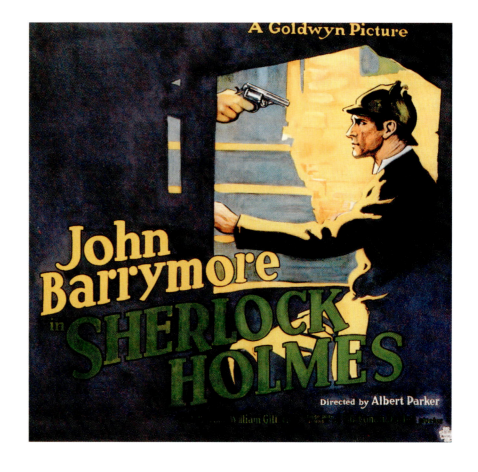

右　1922年のサイレント映画『シャーロック・ホームズ』（日本公開時の題名は『シヤーロック・ホームズ』ないし『シャーロック・ホームズ』）のポスター。ジョン・バリモアがホームズ役で主演し、ロナルド・ヤングがワトスンを、グスタフ・フォン・セイファーティッツがモリアーティを演じた

次頁　1929年にはバジル・ディーンの監督で初のトーキー映画『シャーロック・ホームズの生還』が制作され、クライヴ・ブルックが主演した

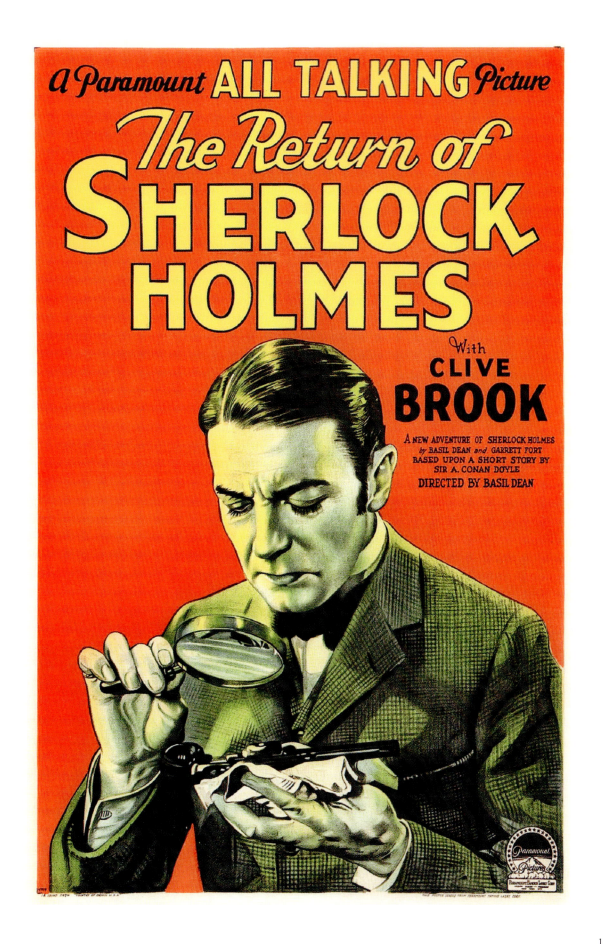

前頁 1931年から1937年にかけてアーサー・ウォントナー主演で制作されたイギリス製ホームズ映画の全5作品中3作目である、『四つの署名』(1932年)

左 アーサー・ウォントナーが主演したシリーズで最後の作品となった『銀星号事件』の一場面。この作品は『バスカヴィル家の殺人』というタイトルでも知られる

並べる存在と言ってよかった。ウォントナーは映画でさらに4回ホームズを演じた。『シャーロック・ホームズの勝利』(1935年)ではイアン・フレミングがワトスンを演じているが、ジェイムズ・ボンドの作者イアン・フレミングとはまったくの別人である。

1937年、ホームズはテレビという新しいメディアでNBCが放映する初期のドラマの題材になった。当時、テレビ受像器を持っている人はほとんどいなかった。アメリカですらテレビの大量生産がRCAによって開始されるのはこの2年後で、アメリカ人の平均月給が35ドルの時代に445ドルもしたのだ。NBCが取り上げたのは〈三人のガリデブ〉で、主演のルイス・ヘクターは1930年から36年という長期にわたってラジオで放送されたシリーズでもホームズを演じていた。このシリーズは生放送で録音が現存していないが、初回で主演を務めたのは当時77歳になっていたウィリアム・ジレットだった。

もうひとり、1930年代にフルスクリーンのホームズ映画で主演した代表的な俳優として挙げられるのが、バジル・ラスボーンである。鉱山技師の息子として南アフリカに生まれたラスボーンは、ダリル・F・ザナック(20世紀フォックス・スタジオの有力な責任者)がホームズ役として個人的に引き抜いた俳優で、1939年に『バスカヴィル家の犬』と『シャーロック・ホームズの冒険』で主演した。

その後もユニバーサル映画による12作で、ホームズを演じている。このころには、テレビ向けの画面比率であるフルスクリーンが重要な要素となっていた。各家庭にテレビが普及するという時代が目前に迫っていたのである。20世紀フォックスは、テレビと競うために多額の予算をかけてシリーズをつくろうと決めた。当時のホームズ映画には現代を舞台にしているものもあったが、ザナックのスタジオでは豪華なセットに投資し、原作に漂う本物の19世紀後半の雰囲気を再現したのだ。

そうして制作された『バスカヴィル家の犬』は、ラスボーンの出演作として最もよく知られている。全編ハリウッドで撮影されたが、霧に包まれたダートムアの不気味さをはじめ、その時代の特徴をみごとに再現していると言えよう。小説家のグレアム・グリーンは、これを見て心躍らせ、映画評論家として《ザ・スペクテイター》誌に次のように書いた。

今回の新作映画では、ホームズは正真正銘のホームズであり、電話や高速で走る自動車、それに1939年という時代と必死で張り合う必要もない。「帽子と靴だ、ワトスン、すぐに! ぐずぐずしちゃいられない!」と言うとホームズはドレッシング・ガウン姿で自分の部屋に飛び込み、あっという間にフロックコート姿で戻ってく

127

る。機械が身近ではなかったエドワード朝のあわただしい雰囲気が、みごとに捉えられているのだ。悪役は脇目も振らずに二輪辻馬車(ハンサム)でベイカー・ストリートを疾走し、われらがヒーローは四輪辻馬車で行動計画を練る。〔これは第4章のシーン〕

ラスボーンをサポートするナイジェル・ブルースは、ワトスン博士をまぬけな助手として演じた。同時期にラスボーンとブルースは新たなラジオシリーズ『新シャーロック・ホームズの冒険』でもホームズとワトスンを演じている。このシリーズを企画したのは名門女子大学ヴァッサー・カレッジ出身の俳優イーディス・マイザーで、20世紀フォックスの新作映画が大々的に宣伝されていたのに便乗しようという狙いだった。このシリーズは1939年から1950年にかけて375回が放送され、半分以上でラスボーンがホームズを演じた。のちにイギリスでカールトン・ホッブズ主演のラジオシリーズが制作されたが、1952年から1970年にかけてBBCで75回が放送され、惰性で続いているだけの長寿番組になってしまった（もともとは子供番組の一部として始まったものだった）。

残念なことに、ザナックが仕切っていた20世紀フォックスの野心的な計画は第二次世界大戦という暗い現実の前についえた。たった2作をつくっただけで制作権はユニバーサル・スタジオに移り、ユニバーサルはホームズ・シリーズを低俗なプロパガンダ映画につくり替えてしまった。『ワシントンのシャーロック・ホームズ』や『シャーロック・ホームズ危機一髪』といったタイトルを冠し、ホームズがナチの危険分子を見つけ出す内容にしたのだ。（エンターテインメント要素もあるものの）おもに連合国側の戦争の大義を広めるためにつくられており、コナン・ドイルの原作からはかけ離れてしまった。そのうち、プロデューサーたちはタイトルにシャーロック・ホームズという名前を入れることすらやめてしまったので、ラスボーンとブルースは『蜘蛛女』（1944年）や『アルジェへの追跡』（1945年）といった映画にも主演することになった。シリーズが終わるかなり前から、ラスボーンはホームズ役ばかりやらされることを腹立たしく思っていたので、1946年に『殺しのドレス』でシリーズが終わりを迎えても、まったく気にしなかった。

しばらくのあいだ、視聴者はコナン・ドイルが生んだコンサルティング探偵に飽きていたようだ。というのも、ホームズが再び映画の世界に登場するのは、1959年にイギ

前頁 『バスカヴィル家の犬』（1939年）でのバジル・ラスボーン

下 ハマー・フィルムのホラー映画『バスカヴィル家の犬』（1959年、ピーター・クッシング主演）のポスター

リスの映画制作会社ハマー・フィルムが公開した『バスカヴィル家の犬』だからである。この作品はホームズ映画としては初めてのカラー作品だった。ハマーはそれまでの10年間に『吸血鬼ドラキュラ』などのけばけばしくてセンセーショナルなホラー映画で名を挙げていた。そこで『吸血鬼ドラキュラ』の主演俳優2人を『バスカヴィル家の犬』に起用し、ピーター・クッシングがホームズを、クリストファー・リーがサー・ヘンリー・バスカヴィルを演じることになった（『吸血鬼ドラキュラ』ではリーがドラキュラを、クッシングが科学者のヴァン・ヘルシング教授を演じていた）。制作チームはホラー映画のエネルギーと華やかさを『バスカヴィル家の犬』に注ぎ込み、作品の大半を実際にダートムアで撮影した。映画はヒットしたものの（アメリカではユニバーサルからリリースされた）、コナン・ドイル遺産財団とのあいだで条件が折り合わず、さらにホームズ映画がつくられることはなかった。ピーター・クッシングのほうは幸運にも、1968年にBBCが新たに制作した正典のテレビドラマ化第2シリーズで、ホームズを演じている。一方のリーは1962年のドイツ映画『シャーロック・ホームズと死の首飾り』で、印象的なホームズを演じた。この企画は財団の許可を得ていたものの、リー自身でさえ快く思っておらず、「編集がひどいし、くだらないものを寄せ集めた嘆かわしい作品」だと述べている。

　生まれながらの頭脳派で、基本的に性的なことには関わらないようにしているホームズも、社会の大きな変化に対応せざるをえなくなった。詩人のフィリップ・ラーキンが、その代表作の冒頭で「性的な交渉は1963年に始まった」と書いたことは有名だ。この前年にはジェイムズ・ボンド映画の第1作『007は殺しの番号』が公開され、映画界はこれですべてが変わった。007の活躍に追いつこうと、性的なものをあからさまに描いたアクション満載の作品が、この時代のトレンドになったのだ。ホームズではこの条件を満たせないので、当初ホームズ映画は暴力路線にかじを切った。1965年公開の『恐怖の研究』はロンドン郊外のシェパートンで撮影され、ハマー・フィルムがコナン・ドイル遺産財団を共同プロデューサーに迎えて制作した作品で、ホームズ映画として初めて成人向けに指定された。ホームズが殺伐としたロンドンのイースト・エンドに潜り込み、切り裂きジャック事件の解決に取り組むという内容だ。ホームズを精力的に演じて見せたのはジョン・ネヴィルで、先代のホームズ俳優の一部と同じように、シェイクスピア劇で腕を磨いた俳優だった。ネヴィルには若いという長所があった。しかし、ジュディ・デンチ（のちにボンド映画で「M」を演じる）が端役で出演したにもかかわらず、ハマーの取り組みは頓挫し、さらなるホームズ映画をつくろうという財団の計画は棚上げになってしまった。『恐怖の研究』は全体的に酷評されたものの、《タイム》誌はこの作品を「予想を裏切るスタイリッシュな作品」と評価し、「ボンドが登場し、メグレは退場するのかもしれないが、シャーロック・ホームズは永遠に生き続ける」と書いている。

　1970年代になるとさらに自由な雰囲気になり、ホームズ映画に新たな動きが生まれた。もはやシャーロック・ホームズに関係のない内容でも受け入れられるようになったのだ。その結果、今までになかったような独創的な方向でホームズ像を提示する映画が2本誕生し、ホームズの人気が再燃することになったので、一見するとこれは良い要因のように思われた。1本目は1970年公開の『シャーロック・ホームズの冒険』。「さまざまな事情を考慮した結果、発表を後々まで控えた」ホームズの冒険を、これからワトスンが語るという、未発表原稿の形式である。切れのある演出で愛情を込めてこの作品を監督したのは、英パインウッド・スタジオのビリー・ワイルダーだ。ベテラン俳優ロバート・スティーヴンス扮するホームズは、コカインを摂取し、捜査のためグラマラスなベルギー人女性と夫婦を装

右　『シャーロック・ホームズと死の首飾り』（1962年）でのクリストファー・リーとソーリー・ウォルターズ

次頁　ジョン・ネヴィル主演『恐怖の研究』（1965年）のポスター

うが、ワトスンに対する親愛の情もしっかりと持っているようだ。ワイルダーが構想から長年温めていたロマンティックで壮大な作品だったが、ユニバーサル映画の要求で大幅なカットを余儀なくされたのが惜しまれる。もうひとつ、ホームズ映画として1975年に新たな方向性を打ち出したのが、『新シャーロック・ホームズ／おかしな弟の大冒険』だ。アメリカの喜劇俳優ジーン・ワイルダー（ビリー・ワイルダーとは無関係）が監督兼主役で、ホームズの弟を演じた。ホームズ役のダグラス・ウィルマーは、これより10年前にBBC版テレビドラマの第1シリーズでホームズを演じている（前述のピーター・クッシングの前任）。2本とも興行的には不発に終わったが、時を経るにつれて評価が高まっていった。また、このころになると芸術性の高いホームズ作品もつくられるようになるが、きっかけとなったのは、ジレットが初演した舞台『シャーロック・ホームズ』の再演が、英国ロイヤル・シェイクスピア・カンパニーによってロンドンのオールドウィッチ劇場で実現し、成功を収めたことだった。さらに、同時期に出版されたニコラス・メイヤーの小説『シャーロック・ホームズ氏の素敵な冒険』〔原題『7パーセント溶液』〕は、それまでのホームズ像をひっくり返すような設定で、ホームズが麻薬依存症を治療するためにウィーンにいるジークムント・フロイトのもとを訪れるという内容だ。小説は2年後に映画化され〔映画版の邦題は『シャーロック・ホームズの素敵な挑戦』〕、やはりイギリスの名優であるニコル・ウィリアムスンがホームズ役で主演した。

　この2本の映画はイギリスのベテラン俳優を主演に迎えたものの、やはりいまひとつの結果に終わった。一方、ロジャー・ムーアはジェイムズ・ボンドを演じるかたわら『ロジャー・ムーア　シャーロック・ホームズ・イン・ニューヨーク』で主演を務めたが、ホームズを演じるには癖がなさ過ぎた。20世紀フォックスが1976年に制作した、テレビ用の長編ドラマだ（1973年の『007／死ぬのは奴らだ』を皮切りに、ムーアはこの時点で二つの007映画に出演していた）。そのほか、受け狙いの『初歩的なことだよワトスン君』（1973年）や、明らかに正典とは無関係な『今ある世界の終わりに関する奇妙な事件』（1977年）でホームズを演じた、イギリスのコメディ俳優ジョン・クリーズも、ずっと愛される作品にしようなどとは思っていなかった。自己流のパロディ『バスカヴィル家の犬』（1978年）で主演したコメディ俳優のピーター・クックも、ホームズ役は

前頁　ニコル・ウィリアムスン、アラン・アーキン主演『シャーロック・ホームズの素敵な挑戦』（1976年）では、ホームズがフロイトと対面する

下　ロバート・スティーヴンス主演『シャーロック・ホームズの冒険』（1970年）の一場面

自分に向いていると勘違いしていたようだ。相棒のワトスン博士はクックとコンビを組んでいたダドリー・ムーアが演じている（「大爆笑間違いなし！」という宣伝文句を載せたポスターもあった）。

このころになると、映画業界には違う力学が働くようになっていた。老舗のスタジオはもはやハリウッドに拠点を置かず、映画制作における資金の動き方も様変わりしていた。ビリー・ワイルダー版『シャーロック・ホームズの冒険』のような作品を見ても明らかなように、ホームズの冒険の描き方はさまざまであり、時には敬意に欠ける描き方も許容されるようになっていたのだ。

いわゆる「魔法の公式」を求めるテレビ・映画制作会社の幹部の中には、若い視聴者に向けてホームズを展開すれば利益になるのではと考える者もいた。そんな中、グラナダTVのマイケル・コックスが提案した『ヤング・シャーロック／マナー・ハウスの謎』は全8回のテレビドラマとして1982年に放映され、ガイ・ヘンリーが17歳のシャーロックを演じた。ホームズが手がけた数々の難事件と同じように、若き日のシャーロックがヴィクトリア女王に対する謀略を暴くというものだ。3年後には、さらに意欲的な長編映画が『ヤング・シャーロック／ピラミッドの謎』という似たようなタイトルで登場する。ニコラス・ロウ演じるホームズとアラン・コックス演じるワトスンが学校で出会い、オシリス神を崇拝する古代エジプトのカルト集団が企てる卑劣な陰謀をくじくという内容だ。スティーヴン・スピルバーグをプロデューサーのひとりに迎えたこの作品は、斬新なデジタル映像を用いてホームズ映画の新境地を切り開いた。完全にコンピューターで生成したキャラクターが初めて登場した長編映画なのだ。さらに若い世代をターゲットにした作品としては、ウォルト・ディズニーが1986年に公開した『オリビアちゃんの大冒険』がある。原作の『ねずみの国のシャーロック・ホームズ』は児童書のシリーズで、ベイカー・ストリート221Bの地下室にあるネズミたちの共同体《ホームステッド》に暮らす探偵が主人公だ。

このような展開の背景には、ホームズの原作自体が著作権の保護期間切れを迎えようとしていたという、複雑な事情がある。これはコナン・ドイル遺産財団が混乱していた時期とも重なる。この貴重な文化財の管理はコナン・ドイルの2人目の妻の息子であるデニスとエイドリアンに委ねられていたのだが、2人は財団の収入を無駄遣いしていた。しかも、対立する別の財団が著作権の一部を暫定的に保有していたので、映画制作者のあいだに混乱が生じていたのだ。最終的には、デニスとエイドリアンが早くに亡くなったあと、2人の妹であるジーンが管理権を取り戻した。

前頁　『ロジャー・ムーア　シャーロック・ホームズ・イン・ニューヨーク』(1976年) でのロジャー・ムーア、シャーロット・ランプリング、パトリック・マクニー

左　『バスカヴィル家の犬』(1978年) でのダドリー・ムーア、ケネス・ウィリアムズ、ピーター・クック

下　『ヤング・シャーロック／ピラミッドの謎』(1985年) でのアラン・コックスとニコラス・ロウ

米英で法律が改正され、本や映像作品の著作権が最長75年に延長されたことも、ジーンにとっては追い風となった。

その後、状況が比較的安定した中で、ホームズを題材にした最新のテレビシリーズがヒットする。グラナダTVのドラマシリーズ『シャーロック・ホームズの冒険』だ。正典に忠実につくられたこのドラマは、1984年から1994年にかけて全41回が放映され、批評家から絶賛された。主演のジェレミー・ブレットは、ホームズの人間的な弱さを今までになかったような手法で意欲的に探究した。その結果、このシリーズではホームズが過度に神経質で妄想に取りつかれ、愛用の麻薬に手を出したくてうずうずしているような人物として描かれている。

その後2000年代の終わりにかけて、インターネット時代にふさわしいホームズ像をつくり出し、文化的な背景を描くためにテレビ・映画の業界が競い合う中で、興味深いシャーロック・ホームズが次々に誕生した。たとえば、ホームズ物語はこうした新たな環境に堪えうるアクション活劇だと確信したワーナー・ブラザース副社長のライオネル・ウィグラムは、イギリスの映画監督ガイ・リッチーと組んで、格段にパワーアップしたバージョンのホームズ物語をつくり出した。早口でまくしたて、素手で闘う格闘技マニアのホームズだ。2人は有名ハリウッド俳優ロバート・ダウニー・Jrを口説き落して主役に起用し、ジュード・ロウをワトスン博士役に、力強いヒロインとしてレイチェル・マクアダムスをアイリーン・アドラー役に据えた。2009年に『シャーロック・ホームズ』というシンプルなタイトルで公開された本作は大ヒットとなり、5億ドルを超える興行収入を記録したうえ、賞をいくつか受賞した。すぐに続編『シャーロック・ホームズ シャドウ ゲーム』（2011年）が制作され、同じく商業的に大成功を収める。しかし、うわさされていた3作目は公開されず、12年後の現時点（2023年末）ではマーヴェル・シネマティック・ユニヴァースのようにテレビ向けの「スピンオフ作品」〔本編と同じキャラクターや設定を使ってつくられているが、本編とは無関係なシリーズ〕を何本かつくるのではないかという話がある。

同じく2000年代の終わりころ、作家やディレクターとして多彩な才能を見せるスティーヴン・モファットとマーク・ゲイティスは『ドクター・フー』で一緒に仕事をしたあと、現代のロンドンを舞台にホームズが謎を解く、新たなホームズ・シリーズの構想を練っていた。コナン・ドイルの原作を厳密には踏襲しない、パロディ的な作品だ。今

前頁 1984年から1994年にかけてグラナダTVの『シャーロック・ホームズの冒険』（全41回）に出演したジェレミー・ブレット

下 アクション満載のガイ・リッチー版『シャーロック・ホームズ』でのロバート・ダウニー・Jr

上 マーク・ゲイティスとスティーヴン・モファットの現代版『SHERLOCK／シャーロック』(2010〜)でシャーロックを演じたベネディクト・カンバーバッチ

右 「ホームズ」が「ハウス」に。アメリカの医療ドラマ『Dr. HOUSE ドクター・ハウス』はヒュー・ローリー主演で2004年から2012年にかけて8シーズンが放映された

次頁 アメリカの犯罪ドラマ『エレメンタリー ホームズ＆ワトソン in NY』(2012〜19年)では、ジョニー・リー・ミラーがシャーロック・ホームズを、ルーシー・リューがドクター・ジョン・ワトスンを演じた

138　第5章　映画化と舞台化

までにない試みとして、今回のホームズは携帯電話やインターネットをはじめとする情報通信技術を駆使し、都会を縦横無尽に駆け巡って謎を解く。制作会社のハートウッド・フィルムズは、イギリスでトップレベルの若手俳優であるベネディクト・カンバーバッチを映画『つぐない』で見てホームズ役に抜てきし、マーティン・フリーマンをドクター・ワトソン役に起用。ハートウッドはこのアイデアをイギリスではBBC、アメリカではPBSに売った。当初のパイロット番組はほとんど評価されず、後日DVD化されるにとどまったが、全3回からなるシリーズ（1回は85分から90分）が『SHERLOCK／シャーロック』というタイトルで2010年から2017年にかけて4シリーズにわたって放映されると、世界中で空前の大人気となり、番組は180カ国に売れたのだった。

　同じような構想のもとにつくられたのが、『Dr. HOUSE ドクター・ハウス』だ。明らかにホームズに着想を得たテレビシリーズで、アメリカのフォックス・チャンネルで2004年から2012年にかけて8シーズンにわたり全176回が放映された。主人公はヒュー・ローリー演じる薬物依存症の医師で、ベイカー・ストリート221のアパートメントBに住んでいる。同様にホームズの設定を踏まえてヒットしたテレビシリーズが『エレメンタリー　ホームズ＆ワトソン in NY』。主演のジョニー・リー・ミラー演じるホームズは薬物依存症の治療中で、ロンドンからニューヨークに渡り、女性のアシスタントであるドクター・ジョーン・ワトスン（ルーシー・リュー）とともに警察に協力して、さまざまな事件を手がけていく（なんと全154回もある）。映画作品としては、イアン・マッケラン主演の『Mr. ホームズ　名探偵最後の事件』（2015年）が異なるアプローチをしている。ミッチ・カリンの小説『ミスター・ホームズ　名探偵最後の事件』が原作で、引退したホームズがしだいに記憶がおぼろげになっていく中で、昔の事件をひもといていくという物語だ。

　『SHERLOCK／シャーロック』が世界的にヒットした結果、ほかの国々でも似たようなシリーズが登場した。ヌルベク・エーゲン監督の『シャーロック・ホームズ　ロシア外伝』では舞台をサンクトペテルブルクに移し、ホームズが化学への情熱を再発見しつつドストエフスキーを愛読する。日本のフジテレビによる『シャーロック　アントールドストーリーズ』はBBCの『SHERLOCK』に倣って舞台を現代に設定し、シーンがめまぐるしく変わったり、個人対話ツールをはじめとする最新テクノロジー機器を駆使したりする。主演のディーン・フジオカが犯罪捜査コンサルタントの誉獅子雄を演じたこのシリーズは2019年の後半に全12回が放映され、2022年には『バスカヴィル家の犬　シャーロック劇場版』が公開された。

シャーロック・ホームズの人気が根強い日本で委託制作されたのが、『ミス・シャーロック／Miss Sherlock』だ。この作品ではホームズ（竹内結子）だけでなくワトスン（貫地谷しほり）も女性としてキャスティングされた。この斬新なシリーズが日本やアジア各国で放映され人気を博すと、Huluと、もともとの制作元であるHBOが逆輸入し、2018年にアメリカの視聴者に向けて放映した。2年後には米英合作の『エノーラ・ホームズの事件簿』の配信がネットフリックスで始まり、兄ホームズと同じ道をたどろうと決意する10代の妹をミリー・ボビー・ブラウンが演じた。この作品もヒットとなり、2作目が『エノーラ・ホームズの事件簿2』というひねりのないタイトルで2022年に配信された。

　このころには世界中でホームズ人気が再燃していた。ウェスト・エンドやブロードウェイ以外でもホームズの舞台化作品が再度注目を集めるようになり、物語が一巡してジレットに戻った感がある。舞台が徐々に注目されるようになったきっかけは舞台『シャーロック・ホームズの秘密』だ。もともとは1980年代後半にジェレミー・ブレットが演じた作品だが、ピーター・イーガンによって新たな命を吹き込まれ、2010年にイギリス各地を巡業した。これと並行してロジャー・ルウェリンなどの俳優が正典を題材にした舞台を上演するようになる。ルウェリンは小規模な会場を使って少人数で舞台を上演し、ホームズとワトスンだけの2人芝居にすることも多かった。草の根で上演する動きは世界中に広がり、2022年にはカナダでクリスマス公演として『クリスマスにホームズを』が上演された。「ブロードウェイ・スター」のウィリアム・ジレットがクリスマスを祝うために、週末に共演者をコネティカット州にある自分の城に招待するというものだ。「しかし、ぽつんと建つこの城はトリックや魔法で満ちており、ゲストのひとりが殺されると祝いの席は突如危険をはらむようになる」。やはり、ホームズ物語の舞台化や映画化の可能性はとどまる所を知らないようだ。

下　HBO Asiaの『ミス・シャーロック／Miss Sherlock』（2018年）でホームズを演じた竹内結子と、ワトスンを演じた貫地谷しほり

第6章
出版の世界

　ホームズ物語は、創刊されて間もない月刊誌《ストランド》の1891年7月号から、短編の連載が開始された。その連載がなかったら、はたしてホームズ物語は今でも読み継がれていただろうか——という問いは、1962年にショーン・コネリーが映画で演ずることがなかったらジェイムズ・ボンドは今でも人々の記憶にあるだろうか、と言うようなものだ。その当時、つまり1891年の半ばまでに、ホームズは二つの長編（〈緋色の研究〉と〈四つの署名〉）に登場していた。ベイカー・ストリートに住むいささかエキセントリックな探偵としての彼のキャラクターが、うまく描かれていたため、これらの作品は好意的に受け入れられたが、大ヒットとまではいかなかった。本当の成功に至ったのは、シドニー・パジットの挿絵とともに、《ストランド》というマスマーケット向けの月刊誌に載りはじめてからだ。しかもそれは、出版界や文学界といった広い世界における、いくつかの要素がからみ合って、初めて可能になったのだった。

　話はその10年前である1881年8月24日、正典のストーリーで言えばワトスン博士がホームズと出会ったころにさかのぼる。この日、マンチェスターの小間物屋の店員として忙しく働いていた当時30歳のジョージ・ニューンズが、地元紙に掲載された鉄道事故に関する短い記事を読んだ。それに刺激された彼は、読者にインパクトを与えるような断片的なニュース、豆記事を専門に載せる雑誌をつくったらいいのではないかと思いつく。そして数週間後の10月22日、彼はさっそく、《ティット・ビッツ》（正式名称は《世界中の本や雑誌や新聞からの面白ひと口ニュース》）と題する雑誌を創刊した。景品付きの懸賞やパズルといった追加要素を盛り込み、既存の新聞雑誌をグーグルさながらに渉猟する雑誌で、値段は1冊1ペニー。たちまち成功を収め、1884年にはロンドンのウェスト・エンドにあるストランドの一角、バーレイ・ストリート12番地に、本社を移すまでになったのだった。

　1880年代の終わりまでに、《ティット・ビッツ》の競合誌が二つ生まれ、同じように成功を収めた。ひとつは《サイクリング・ニュース》の若き編集者アルフレッド・ハームズワースによる《アンサーズ・トゥー・コレスポンデンツ》（のちに《アンサーズ》）で、短くて切れ味のあるニュースや情報を提供するという、同様の方式をとっていた。もうひとつは、《ティット・ビッツ》でニューンズのもとにいたアーサー・ピアスンが創刊した、《ピアスンズ・ウィークリー》だ。

　1890年1月までにニューンズは年間3万ポンド（現在の450万ポンド相当）の利益を得るようになり、みずからの出版帝国のさらなる拡大を模索していた。そこで、志を同じくするジャーナリスト、W・T・ステッドと組み、や

や高級志向の雑誌《レビュー・オブ・レビューズ》を創刊する。しかしまもなく、ステッドの暴露記事好みをめぐって2人のあいだは不和となる（《ティット・ビッツ》は、その刺激的な名前とは裏腹に、気品の高い路線だったのだ）。対立のもとは、ステッドがトルストイの『クロイツェル・ソナタ』を掲載しようとこだわったことにあった。現存の結婚制度を脅かすものとして、ロシアでは発禁になった作品である。その後ニューンズのつくったのが、《ストランド》だった。1891年1月に創刊したこの月刊誌は、物語と記事で構成され、定価は6ペンス。競合他誌のおよそ半額だった。オフィス・ワーカーが通勤列車の中で読み、週末に家に持ち帰ったものを今度は妻や子どもたちが読むという、家族向けを狙ったものだった。創刊号は完売し、すぐに毎月30万部を売り上げるようになっていった。

人気雑誌となった要因のひとつは、イラストをふんだんに使用したことだった。当時のイギリスの雑誌は、ハーフトーン（網版）という新しい方式で生き生きとした写真を安価に複製できたアメリカの雑誌に比べ、弱みがあった。そこで、同様の印刷機（1回転で挿絵入りの64ページを印刷できるアメリカ製の輪転機）を導入したニューンズは、このチャンスを最大限に利用するため、可能な限り多くの挿絵を掲載したのだった。

コナン・ドイルは、このころまでに物書きとしてのキャリアをスタートさせていた。《コーンヒル》や《ベルグレイヴィア》といった定評ある批評誌に小説を寄稿していたドイルは——作品には超常現象を含むこともよくあったが——その成果がかんばしくないことから、自分の名前が「一冊の本の背表紙」に載るようにしなければいけないと考えていた。そこで、本業である医者の副業として、シャーロック・ホームズを主人公にした探偵小説を書くことにした。結果は43,000語程度の中編小説（ノベラ）となった。雑誌に載せることもできる短さだが、彼が望む単行本にすることもできる。ドイルは《コーンヒル》の編集者である友人ジェイムズ・ペインのもとに持ち込んだが、ペインはそれを安っぽい犯罪小説（ペニー・ドレッドフル）のように感じ、自分の雑誌にはふさわしくないと考えた。その後はアロウスミス社やフレデリック・ウォーン社といった、いわば二流の出版社に断られつつ、たどり着いたウォード・ロック社が示したのは、すべての権利買い切りで25ポンドという、わずかな金額だった。こうして〈緋色の研究〉は、1887年11月に同社の人気年刊誌《ビートンズ・クリスマス・アニュアル》に掲載され、翌年には同じ出版社から単行本化されることで、ドイルの野望を達成したのである。

この作品と、その後継作である〈四つの署名〉（1890年2月にアメリカの月刊誌《リピンコッツ》に掲載され、同年末にスペンサー・ブラケット社からハードカバーで出版）は、

前頁 ホームズが初めて登場する〈緋色の研究〉を掲載した、1887年刊行の《ビートンズ・クリスマス・アニュアル》

左 《ティット・ビッツ》に読みふける魚配達の少年を描いた、エドワード時代の絵葉書

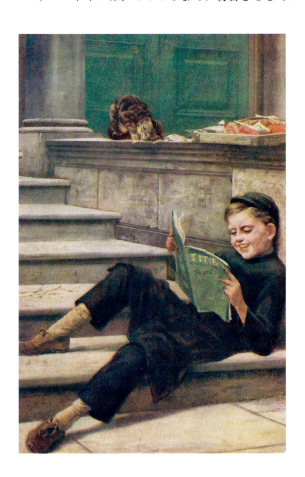

批評家筋にはある程度の評判を得たが、大きな売り上げにはつながらなかった。だが、これらの作品によって、コナン・ドイルはロンドンの《サヴィル・クラブ》を中心とする作家サークルで注目を集めることになる。ドイルはそのクラブで作家のウォルター・ベザントと出会うのだが、ベザントが勧めてくれたのが、新星ラドヤード・キプリングも抱えるリテラリー・エージェント、A・P・ワットだった。作家のエージェントという職業は、まだ出版界でも新しい存在であり、必ずしも歓迎されるものではなかった。だがベザントは作家たちの中でもとくに実力者であった（彼は1884年に作家協会を設立している）。彼の助言を受けたコナン・ドイルは、ロンドンに移り住み、執筆業に専念することができた（ただし、当初は医業と並行していた）。

ドイルがこの新たに付き合いはじめたエージェントに初めて手紙を書いたのは、1890年9月のことで、新作小説である『白衣の騎士団』に関するものだった。しかし、先見の明があるワットは、その3カ月後に《ストランド》が創刊されることに注目し、新たな顧客であるドイルのための販路になると見抜いていた。《ストランド》では初めての作品である「科学の声」が1891年3月号に載ったとき、彼はまだウィーンにいて、眼科医になるための勉強中だった。この「科学の声」は、地方でつくられた科学者と文学者の協会を軽妙な風刺とともに描いたもので、探偵小説とはほど遠い作品だった。ところが、その月の終わりにワットが探偵シャーロック・ホームズを主人公にした8,600語の短編〈ボヘミアの醜聞〉を送ると、この雑誌の編集者であるハーバート・グリーンハウ・スミスに大きな感銘を与えることになった。スミスは即座にこの作品を採用し、1,000語あたり4ポンドという、破格の原稿料を提示したのだ（「編集人」という肩書きはニューンズのためのものだったので、スミスは「文芸編集者」だったが、作品の採用権はスミスにあった）。

それまでの雑誌掲載作品は、毎回のエピソードの終わりで主人公が危機一髪の状況に陥る、という連続ものがほとんどであった。だが、ホームズと相棒ワトスンの場合は1話完結の形式が続き、挿絵画家が次回の展開を知らずに描くということがなくなった。そこで《ストランド》の美術編集者W・H・J・ブートは、シドニー・パジットに彼独特の絵を注文することができた。ブートはシドニーと同じくロイヤル・アカデミー・スクール出身であるシドニーの弟、ウォルターに依頼するつもりだったが、その手紙がシドニーに届いてしまい、彼がこの仕事で世に名を知らしめたというのは、有名な話だ。パジットによる、痩せこけていながらしなやかな外見で、いかにも探究心旺盛なホームズの姿は、名探偵のイメージを永久に定着させることとなった。これはひとつには、ハーフトーンの版画の写真製版

右 《ストランド》でホームズ物語を描いた挿絵画家の筆頭である、シドニー・パジット

次頁 「シャーロック・ホームズとその経歴における12のシーン」シドニー・パジットを中心に複数の画家の作品を合成したもので、《ストランド》1908年3月号に掲載された〈赤い輪団〉の口絵として使用された

により、パジットの流れるような筆致を印刷物にすることができたからである。《ストランド》に掲載された〈ボヘミアの醜聞〉は全部で14ページだが、パジットの挿絵は10点もあるのだ。

ジョージ・チャールズ・ハイテがデザインした淡い緑青色の表紙も、この雑誌の特徴のひとつだった。事務所のあったバーレイ・ストリートの角から、ストランドとして知られる賑やかな大通りを描いたものだ。

この雑誌が成功したのは、その少し前に行われた教育改革で読者が増えたせいもあった。フォスター初等教育法が1870年に制定されたあと、国民皆教育が着実に進んだことで、読者数が大幅に増加したのだ。この法律は、1867年の第二次選挙制度改革によって権利を与えられた100万人あまりの男性資産家に、ある程度の基礎的な学習を保障するために導入されたのだった。その結果、地方自治体は5歳から12歳までの子供たちに学校教育を提供することを義務づけられ、提供されない場合は、独自の「寄宿学校」を設立しなければならなかった。〈海軍条約文書〉の中でホームズが、「まさに灯台だよ！　未来を照らす明かりだ！　ひとつひとつが何百という光り輝く小さな種子を包みこんだ莢だ。あの莢がはじけて、より賢明で、よりすばらしい未来の英国が生まれ出づるってわけさ」と言った学校である。

下　フランシス・ドンキン・ベドフォード（1864〜1954）によるリトグラフ『ブックショップ』（1899年）

次頁　ロンドンのチャリング・クロス駅にあるW・H・スミス書店（1890年ごろ）

146　第6章　出版の世界

CHARING CROSS STATION

　近代的な製造方法が導入されたせいもあり、雑誌の価格はこうした新しい読者からの需要に応えるため、劇的に下落した。たとえば、これより60年前の月刊誌《ベントレー雑録》の定価は2シリング6ペンスだった。19世紀半ばの似たような雑誌《コーンヒル》は、1シリングだ。ところが《ストランド》はたったの6ペンスで買うことができ、「6ペンスで1シリングの価値がある月刊誌」という宣伝文句が使われた。定価は低いものの、売上げ数の大幅な増加という形で見返りを得ていたのだ。

　書籍業界もこれに追随せざるをえなかった。1830年代、小説はおもに八つ折り三巻本で出版され、1巻の値段は半ギニー（10シリングと6ペンス、2023年の相場で50ポンドに相当）だった。このような本は「トリプルデッカー」と呼ばれ、ミューディーズなどの貸本業者を通じて、限られた市場に配布された。その後数十年のあいだに、人口と可処分所得の増加により幅広い読者層が生まれ、事実上の独占状態だったこの市場に食い込んでいった。さらに、1850年の公共図書館法が、議会による無料図書館の設置を奨励し、割引の拡大や、W・H・スミスの鉄道駅書店の成功につながり、ジョージ・ラウトレッジによる1シリング《鉄道ライブラリ》のような、さまざまな廉価版が出版されるようになったのだった。

　19世紀の終わりごろまでには、書籍業界も雑誌と同様の変化を経験していた。〈緋色の研究〉の出版を却下したアロウスミス（ブリストルが本拠地）のような地方の出版社が衰退する一方、ロングマンやマクミラン、ジョン・マリーなどがロンドンで依然として主導権を握っていたが、1890年にはハイネマンとエドワード・アーノルドという、今では有名になった出版社がロンドンに設立され、エディンバラに以前からあったコンスタブルも加わったのだった。

　医学誌を除き、ホームズ物語には雑誌がほとんど登場しないが、書籍はしばしば登場する。ただし、たいていは書名がわからない。たとえば〈背中の曲がった男〉の冒頭では、忙しい1日を終えたワトスンが暖炉の前でパイプを一服しながら、小説本を広げてうとうとしていた。また〈バスカヴィル家の犬〉では、イギリスに来たとたん、さまざまな目に遭ったサー・ヘンリー・バスカヴィルが、「いきなり三文小説の真っただ中に足を踏み入れてしまったようですね」とこぼす。〈恐怖の谷〉では、モリアーティ教授についてマクドナルド警部と話しているときに、ホームズがジョナサン・ワイルドを知っているかと尋ねる、いささか自嘲的なやりとりが面白い。マクドナルドは即座にこう答えるのだ。「確か小説の登場人物では？　小説の探偵にはあまり興味がなくて。やることはやるが、どうやってやるかは教えてくれやしない。それじゃ、勘に頼ったお遊びばっかりで、仕事じゃありませんからね」。ホーム

147

STREET SKETCHES.

READING OF THE PERIOD.

ズはそれに対し、「ジョナサン・ワイルドは、探偵でも小説の登場人物でもないよ。極悪人であり、前世紀に――確か一七五〇年前後に実在した人物だ」と応じる。そしてマクドナルドに、三カ月間こもりっきりで犯罪記録を読むことを勧めるのだ。「歴史は繰り返す――モリアーティ教授もまたしかりだ。ジョナサン・ワイルドは、陰でロンドンの悪人たちに大きな影響力をもっていた。知恵と組織力を売って、十五パーセントの手数料をとっていたんだ」と。

あるいは〈ぶな屋敷〉のように、大衆小説本が「イエローバック」と表現されることもある〔〈ボスコム谷の謎〉にもあり〕。これは、1870年代から1880年代にかけてW・H・スミスの鉄道書店のような新しい市場で盛んになった、安価な大衆小説本のことを言う。こうした書店では、「ペニー・ドレッドフル」や「ダイム・ノヴェル」と呼ばれるほかの大衆向け読み物雑誌と競合していた。ペニー・ドレッドフル（あるいは「ペニー・ブラッド」）は、扇情的なキワモノ小説誌で、ゴシックや海賊をテーマにしたものが多かった。ペニー・ドレッドフルは、ブロードシート判の犯罪実話紙から発展したもので、同様の粗雑な挿絵のついた記事が木材パルプ紙に印刷され、そこそこの教育を得て1ペニーの読み物を買えるようになった労働者階級の若い男性という、新興市場を重要なターゲットとしていた。ダイム・ノヴェルのほうは本来アメリカのもので、安っぽいロマンス小説や冒険小説が掲載されていた。こうした名称が正典に出てくるのはちょっと不思議なことだが、若き日のコナン・ドイルは、西部劇や開拓時代をテーマにした作品も楽しんだのだろう。

イエローバックが登場したころは、出版社がまだ、雑誌との競争力を維持するために安価なハードカバー小説を出版できる時代だった。これは一般に八つ折り判の小型本で、薄いストローボード〔わらのパルプでできた粗い黄色の厚紙〕による表紙に鮮やかな絵が木版印刷されていた。これには多色刷木版画と呼ばれる新しい技法が必要で、熟練した木版技術により、複数の色相を混ぜることができた。

ただし、1890年代の耽美運動に関連して影響力のあった雑誌《イエロー・ブック》とは違うということに、注意されたい。エルキン・マシューズとジョン・レインによってボドリー・ヘッド社から創刊された挿絵入り季刊文芸誌、《イエロー・ブック》は、初代アートディレクターのオー

前頁　ペニー・ドレッドフルの広告を読むヴィクトリア朝の若い女性たち（1870年）エングレーヴィング版画

下　フィンセント・ファン・ゴッホ（1853〜90）作『パリの小説（イエロー・ブックス）』（1887年）油彩・カンヴァス

ブリー・ビアズリーによって、アール・ヌーヴォーのスタイルを確立した。《イエロー・ブック》はオスカー・ワイルドの『ドリアン・グレイの肖像』にも登場するが、ワイルド（あるいはコナン・ドイル）の作品を掲載することはなく、マックス・ビアボームなどの人物と結びついていた。《イエロー・ブック》の登場は、イギリス文学における亀裂を反映していたが、コナン・ドイルは彼独特の方法でそれをなんとか融合させようとしていたと言える。19世紀最後の10年間、小説はリアリストとモダニストの二極に分かれていた。一方の陣営は、ディケンズのような小説家の偉大な伝統を振り返り、女性や外国人作家の進出に反対した。その価値観は「打ち勝たれぬ心」という詩でよく知られる《スコッツ・オブザーバー》紙（のちの《ナショナル・オブザーバー》）の編集者、W・E・ヘンリーを中心とする作家集団《ヘンリー・レガッタ》に反映され、文学における情熱的な男性的価値観を推進した。もう一方の陣営は、象徴主義、自然主義、さらには退廃主義といった、ヨーロッパ大陸からもたらされる近代化の影響に寛容な作家たちで、《イエロー・ブック》にもそれが顕著に表れていたのである。

コナン・ドイルは、ロバート・ルイス・スティーヴンスンの伝統的なロマンスや冒険小説を賞賛し、「ヘンリー・レガッタ」を支持した。その一方で、フランス人エミール・ゾラの芸術を評価するような寛容さも持っていた。ゾラは「実験小説論」の中で、小説にもっと科学的な焦点を当てることを提案し、「化学者や物理学者が物体に取り組むように、生理学者が人体に取り組むように、われわれは登場人物や情熱、人間的・社会的データを操作しなければならない」と提唱していた。この両陣営の理想を融合させたコナン・ドイルの才能が、スティーヴンスンの作品に見られるロマンチックな冒険家であり、審美家でもあったホームズの成功に、重要な役割を果たしたのである。

右 ジョン・シンガー・サージェント（1856～1925）によるロバート・ルイス・スティーヴンスンの肖像画（1887年）油彩・カンヴァス

第7章
「芸術家の血」

　最も親しい仲間であるワトスンに「計算機械」と評されたホームズだが、彼に美的センスがあることは確かだ。音楽を趣味とする一方（ヴァイオリンを弾いたりコンサートに行ったりするのを好んだ）、著名なフランス人芸術家エミール・ジャン＝オラス・ヴェルネを大おじにもつ彼は、絵画や彫刻にも精通している。そうした美的センスの面では、著名な芸術家の家系に生まれたドイルと似ている。しかし、コナン・ドイルに音楽の才能はほとんどなかった。演劇は好きだったが、コンサートやオペラにはほとんど行かなかったのだ。

　架空および実在の人物であるこの2人は、ともに芸術の変革期に生きていた。モダニズムはまだ表面化していなかったが、19世紀後半、とくにこの2人が活躍を始めた1890年代には、この分野で大きな革新があった。

　その一部は、ホームズとドイルが得意とした技術、つまり観察というシンプルな手法から生まれた。たとえば1870年代後半、イギリスの写真家エドワード・マイブリッジが、動物や人間が実際にどのように動いているかを素早く多重露光した画像で表現したことで、物を見てそれを表現するプロセスは飛躍的に進歩したのだ。

　フョードル・ドストエフスキーやギュスターヴ・フローベール、ウィルキー・コリンズといった小説家の作品に見られるように、世界を違った角度から見ることは、文学における時系列や物語の視点の変化と重なる。こうした微妙な方法は、すでに1860年代から、エドゥアール・マネや印象派の画家たちの作品に取り入れられていた。アール・ヌーヴォー、点描主義、象徴主義などのさらなる発展が、こうした動きを加速させた。ポール・ゴーギャンの『マナオ・トゥパパウ』（死者が見ている）は、既存の芸術の伝統を完全に否定するわけではないが、象徴主義が受け入れられていることを示している（この作品が描かれた1892年は、『シャーロック・ホームズの冒険』が初めて書籍化された年だった）。キュービズム（1907年にパブロ・ピカソとジョルジュ・ブラックが発表）と未来派（その2年後にフィリッポ・トンマーゾ・マリネッティが発表）の登場によって、美術界が完全にひっくり返るまで、そう時間はかからなかった。

　そうした中で、ホームズとドイルの嗜好は保守的であった。ホームズは大おじであるエミール・ジャン＝オラス・ヴェルネ（1789～1863）から絵画に関する才能を得ており、その父カルル・ヴェルネ（1758～1836）と祖父クロード＝ジョゼフ・ヴェルネ（1714～89）もフランスの有名な画家だった。クロード＝ジョゼフの父アントワーヌでさえも職人画家と記されており、この一族は4代にわたって芸術家であった。ホームズが〈ギリシャ語通訳〉の中で「芸術家の血統とは、とかく変わった人間をつくりがちだから」と指摘するのに充分な材料があったわけである。

ヴェルネ家の一般的な芸術様式は、いわば伝統的なものだった。クロード＝ジョゼフは海景画を得意とし、乗馬姿の研究で知られるカルルはルイ18世の宮廷画家となった。ジャン＝オラスは戦闘シーンの描写や、東洋的なテーマで有名になった。彼はまた、1830年から48年までフランスを支配したオルレアン公（後のルイ＝フィリップ王）の庇護を受け、王党派ともつながりがあった。

　ホームズというキャラクターの背景にあまり文化面での実験的要素が感じられないことを考えると、彼の擬似ボヘミアン的なライフスタイルは奇妙に思える。ホームズは「ボヘミアン的気質からあらゆる種類の社交を嫌っていた」とワトスンが書いているのは、〈ボヘミアの醜聞〉という、そのままのタイトルの短編だった。ワトスンは〈技師の親指〉でも、彼の「ボヘミアン的な生活習慣」に言及している。しかし、こうしたことが語られるのは、初期の作品の中だけで、コナン・ドイル自身が1889年8月にランガム・ホテルでオスカー・ワイルドとの会食を楽しみ、その世紀末世界に傾倒してから、間もないころのことだった。

　ホームズ自身は、視覚芸術よりも音楽に親しんでいたと言える。ベイカー街の部屋でくつろぐとき、彼はヴァイオリンを弾いた。ロンドンのトットナムコート・ロードの質屋で55シリングで買ったが、少なくとも500ギニーの価値があるという、ストラディヴァリウスだ〔〈ボール箱〉〕。

ホームズはヴァイオリンに関する知識を披露するのが好きだったらしい。「クレモナ製のヴァイオリンの話、とくにストラディヴァリウスとアマティの違いなどについて、とめどもなくしゃべり続けていた」〔〈緋色の研究〉〕と、ワトスンはホームズの楽しげな様子を記している。

　実際、彼の一般的な音楽知識は高かったようだ。ワトスンは〈ボール箱〉の中で、彼がパガニーニについて回想したときのことを、こう記している。「話はそれからパガニーニに移り、クラレット一本で一時間粘るあいだ、この並はずれた男の逸話をつぎからつぎへと話して聞かせるのだった」

　だが、〈ブルース・パーティントン型設計書〉で言及されているように「ラッススの多声部聖歌曲（ポリフォニック・モテット）について」の論文を書いたのなら、ホームズの知識は学者レベルと言えるだろう。16世紀フランドル楽派の作曲家オルランドゥス・ラッスス（1532～94）は、今でこそ忘れられ気味だが、当時はパレストリーナ〔イタリア・ルネサンス後期の音楽家。「教会音楽の父」と言われる〕に匹敵する宗教曲や、イタリアのマドリガル、フランスのシャンソン、ドイツのリートなどの作品を残した。研究者の中には、なぜこの論文のタイトルが「ポリフォニック・モテット」という同語反復のようなものになったのかという疑問を呈する人もいる。「モテット」がそれ自体、多声音

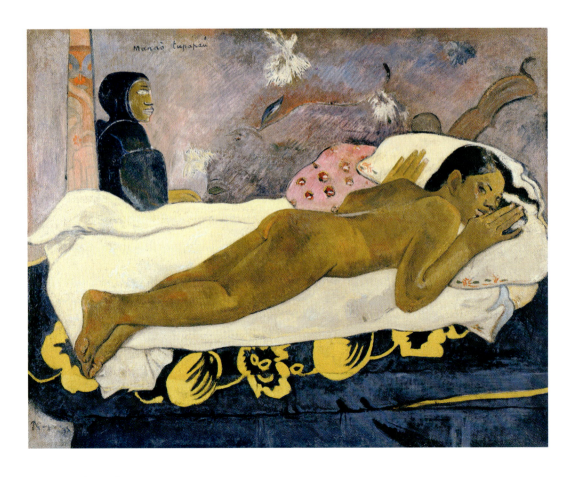

152　第7章「芸術家の血」

前頁 ポール・ゴーギャン（1848〜1903）作『マナオ・トゥパパウ（死者が見ている）』（1892年）油彩・カンヴァス

上 ジャン＝オラス・ヴェルネ（1789〜1863年）作『ヴァルミーの戦い 1792年9月20日』（1826年）油彩・カンヴァス

左 フランドル楽派の作曲家オルランドゥス・ラッススの肖像画。彼のモテットについてホームズは学術論文を書いた

上　ホームズのお気に入りのヴァイオリニスト、ウィルマ・ノーマン・ネルーダ（1839〜1911）

楽つまりポリフォニーによる宗教曲を意味するからだが、これは「やがて自費出版されたその論文は、そのテーマにおける決定版だと専門家から絶賛された」〔〈ブルース・パーティントン型設計書〉〕と書いているワトスンの誤りであるというのが、ほぼ一致した解釈である。

ホームズの奏でるヴァイオリンの「低く悲しげな音」についてのワトスンの最高の描写は、〈緋色の研究〉にある。ベイカー街で一緒に住みはじめたころ、ホームズのヴァイオリンの腕前について、こう書いているのだ。

　……ただ、ほかの才能と同じようにいっぷう変わっているのだ。ちゃんとした曲を、しかもかなりの難曲をも弾きこなせることは、いつだったかわたしの注文に応えてメンデルスゾーンの歌曲やその他わたしの好きな曲をいくつか弾いてくれたことからも、よくわかっている。
　ところが、勝手に弾かせておくと、まず曲らしい曲を演奏しないばかりか、おなじみのメロディひとつ奏でようとしないのだ。夕方など、肘掛け椅子にもたれてヴァイオリンを膝に置き、目を閉じたまま適当にかき鳴らす。聞いているとその調べは、ときには朗々ともの悲しく、ときには幻想的でひどく陽気なこともある。明らかにそのときどきの彼の思考を反映しているのだが、考えごとをするための音楽なのか、それともたんなる気まぐれにすぎないのか、わたしにはわからなかった。いずれにせよ、この勝手な独奏をえんえんと聞かされるのはたいへんな苦痛だった。そのささやかな埋め合わせとして、いつも最後にはわたしの好きな曲を数曲立てつづけに演奏してくれる。それがなかったら、わたしはとっくに文句をつけていただろう。

また〈赤毛組合〉では、（ホームズは）「熱心な音楽愛好家であり、彼自身すぐれた演奏家であるばかりでなく、非凡な力量をもった作曲家でもあった」とも書き、彼がコンサートで曲を聴いているときの様子を、こう観察している。

　その日の午後いっぱい、彼は特等席にすわって、完璧な幸福感につつまれながら、音楽にあわせて長く細い指を静かに動かしていた。その優しい微笑みを浮かべた顔や、ものうげな夢見心地の目は、あの警察犬のようなホームズ、冷徹にして鋭敏な探偵ホームズのものとは、とても思えなかった。彼の特異な個性の中では、二種類のまったく異なる性質が交互に存在を主張して現れる。その極端な厳密さと機敏さは、ときどき詩的で瞑想的な気分が精神を支配することへの反動のように、わたしには思えるのだった。
　この気分の揺れ動きのせいで、ホームズは極度の無気

力から猛烈にエネルギッシュな状態へと移ってゆく。わたしはよく知っているが、何日ものあいだ、肘掛け椅子にぐったりとして即興曲をつくったり、黒体文字版の古本を読んだりしているときほど、ホームズが恐るべき存在であるときはないのだ。そのあとにいきなり追求欲が湧き起こって、すばらしい推理力は直感のきわみにまで達し、彼の方法をよく知らぬ人は、彼が超人的な知能をもっているのではないかと疑うことになるのである。この日の午後も、セント・ジェイムズ・ホールで彼が音楽に酔いしれているのを見て、ホームズが追いつめようとしている者たちの上にこれから災いが降りかかるだろうとわたしは感じたのだった。

この日の曲が何であったか、また誰が演奏したかは定かではない。だがおそらく、ホームズのお気に入りのヴァイオリニストで、彼の人格形成期に活躍したモラヴィア生まれのウィルマ・ノーマン・ネルーダ（1839～1911）だったのだろう。ホームズは〈緋色の研究〉の中で、彼女の「ボウイング」の「すばらしさ」に言及し、とくにその「アタック」に注目している。ネルーダはその後、ドイツ生まれのピアニスト、シャルル・ハレと結婚し、彼の名を冠したオーケストラをマンチェスターに設立した。

ホームズが音楽を、単にリラックスするためだけでなく、自分の仕事に不可欠な精神回復のために使っていたことは明らかである。だから彼は、〈マザリンの宝石〉で悪漢ネグレット・シルヴィアス伯爵に考える時間を与えたとき、寝室にこもったふりをして「人の心に取り憑くような」ホフマンの『舟歌（バルカローレ）』（ジャック・オッフェンバックの『ホフマン物語』中の一曲）を流したのだった。

オッフェンバックはフランス人だが、概してホームズの好みはドイツ人作曲家に傾いていた。彼は〈赤い輪団〉の事件を思ったより早く解決したあと、リヒャルト・ワーグナーのオペラの第2幕を聴くために急いだ。また〈バスカヴィル家の犬〉の謎を解いたあとは、ワトスンをジャコモ・マイヤベーアのオペラ『ユグノー教徒』に誘っている。そのとき彼は、ジャン（テノール）、エドワール（バス）、ジョセフィーヌ（ソプラノ）の兄妹を擁し、1880年代を通じてロイヤル・オペラ・ハウスでしばしばこの作品に出演していた音楽一家、ド・レシュケに言及した。

そして、〈ボヘミアの醜聞〉で彼を出し抜いた女傑、アイリーン・アドラーもいる。アメリカ生まれの彼女は、スカラ座とワルシャワ帝室オペラで歌っていて引退した、コントラルト歌手だった。ホームズは病的なまでに感情移入が欠如しているのだが、にもかかわらず、彼女はつねに「あの女性」という特別な存在であり続けたのだった。

視覚芸術の分野で血統を持つホームズは、特筆するほどの熱心さはないにせよ、その分野の情報通である。フラン

上 「その日の午後いっぱい、彼は特等席にすわって」シドニー・パジットによる〈赤毛組合〉の挿絵（1891年）

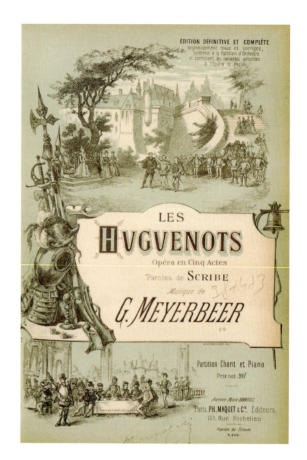

右 〈バスカヴィル家の犬〉の最後でホームズとワトスンが楽しむオペラ、ジャコモ・マイヤベーアの『ユグノー教徒』(1836年)の声楽譜

次頁 ジャン・バティスト・グルーズ (1725～1805) 作『ギター弾き』(1757年ごろ) 油彩・カンヴァス

スの芸術家ジャン・バティスト・グルーズに関する彼の知識は、〈恐怖の谷〉でジョン・ダグラスが殺害されたとされる事件の捜査に役立った。ホームズはこの事件に宿敵モリアーティ教授が関わっていると疑っていたが、スコットランド・ヤードのマクドナルド警部は違った。警部は教授に会ったことがあるが、とても立派な人物だと感じたという。その会見は教授の書斎で行われたのかとホームズが尋ねると、そうだという。では、そこに絵があるのに気がついたか？　もちろん気がつきました、と警部。それは1750年から1800年にかけて活躍したグルーズの作品だとホームズが指摘するが、警部はその点がなぜ重要なのかを理解できず、戸惑う。そこでホームズは、1865年にグルーズの絵が40,000ポンド以上で落札されたことを話し、年収700ポンド程度の教授に、そのような作品を買う余裕はないはずだと疑問を呈する。つまり、そこには何らかの怪しい裏があるのだと。

一方、〈高名な依頼人〉でホームズは、装飾美術の知識を駆使して、女性を誘惑する連続殺人犯のアデルバート・グルーナー男爵を罠にかけようとする。男爵は「カイバル峠の戦いで名をあげた」ド・メルヴィル将軍の娘の心を虜にしていたのだ。この男に対する彼女の幻想を打ち消す唯一の方法は、彼がもてあそんだ女たちのことを記録した手帳 (彼の「愛欲日記」) を手に入れることだった。グルーナーが中国の陶磁器を集めるのが好きだと知っていたホームズは、ワトスンの協力をあおぐ。ワトスンはロンドン図書館に行き、分厚い参考文献を一冊、小脇に抱えて帰った。そしてひと晩かけて、中国陶磁器のことを頭に詰め込んだ。「偉大な陶芸作家たちの作風を覚え、中国の不思議な暦の呼び方について学んだ。洪武(ホンウー)の時代の陶器の紋様、永楽の時代の陶器の美しさ、唐英(タンイン)の銘文、そして、宋や元の時代の陶器のもてはやされぶり」を学んだとワトスンは書いている。するとホームズは彼に明朝のうす焼き磁器を渡し、コレクターを装って、値段によっては譲ってもいいとグルーナーにもちかけるよう依頼する。そのすきに自分が男爵の家に入って、例の日記を見つけることができるからだ。ホームズはワトスンに言う。「競売商のクリスティーズが取り扱ったうちで最高のものなんだ。これが完全なひとそろいになると、王国ひとつぶんくらいの値打ちだろうよ。じっさいは、北京の王宮以外のところに完全なひとそろいがあるとは思えないけどね。これを目にしたら、見る目のあるやつは夢中になるはずさ」。確かにその通りで、グルーナーの気をそらすことができ、ホームズは目当てのものを手に入れることができたのだった。

ホームズは芸術的な業績を、単に複雑な精神の証拠というだけでなく、犯罪の可能性の証拠とも考えていたようだ。彼は「古なじみ」のチャーリー・ピース (そうとは書いて

上 シドニー・プライアー・ホール（1842〜1922）作『クリスティーズの名画セール』

次頁 《パンチ》誌1941年5月7日号の表紙。リチャード・ドイル（1824〜83）による1849年のイラストは1世紀以上使われた

いないが、明らかに犯罪者）がヴァイオリンの名手であったことを思い起こし、贋作者でおそらくは殺人犯のトマス・グリフィス・ウェインライトは、「たいした芸術家」だったと、〈高名な依頼人〉の中で言っている。

ホームズの場合は、犯罪者でなく、犯罪を追う職業人であり、かつ芸術家でもあった。推理力を活用するとともに、ヴァイオリンの演奏家であり、かつ変装の名手でもあった。〈ボヘミアの醜聞〉で彼が非国教会の牧師に変装したとき、ワトスンは「ただ服装が変わるだけでなく、表情やしぐさ、さらには心までが、新しい役柄に応じて変化してしまうのではないかと思えた。ホームズが犯罪の専門家になったことにより、科学界は鋭敏な理論家を失い、同時に演劇界もまた、すぐれた俳優を失ったわけだ」と書いた。ホームズはほかの事件でもさまざまな人物に変装しており、〈ブラック・ピーター〉のバジル船長から〈マザリンの宝石〉の老女、〈最後の挨拶〉のアルタモントと名乗るアイルランド系アメリカ人のスパイなど、枚挙に暇がない。

コナン・ドイルの場合、音楽に関する知識がホームズに及ばなかったのは、確かである。だが彼は、ストーニーハースト・カレッジからエディンバラ大学に進むあいだに、オーストリアのフェルトキルヒにあるイエズス会学校で「楽しい一年間」を過ごしたとき、ボンバルドンと呼ばれる奇妙な金管楽器の演奏をマスターした。「『ローエングリ

ン』や『タンホイザー』など、なかなかよかった──はじめてから一週間か二週間のことだったが、急場しのぎに私にやらせたので、ボンバルドンというその楽器は整ったリズムのうちときどきはいるだけだが、まるでカバがステップダンスでもするような音をだした」と、『わが思い出と冒険』に書いている。

そのコナン・ドイルの視覚芸術における才能は、ほとんど遺伝的なものだった。ドイルは個人的に優れた才能を身に付けたわけではないが、近い親戚に芸術家がたくさんいたのだ。1820年代に生まれ故郷のダブリンからロンドンにやってきた祖父のジョン・ドイルは、芸術家として確固たる名声を築き、とくに H.B. という筆名で政治風刺画家として名を馳せた。このジョンの息子のうち、少なくとも3人は芸術家だった。最もよく知られているのは、アーサー・コナン・ドイルの伯父であるリチャード（またはディッキー）で、彼はイラストレーターや風刺画家としての父の才能を受け継いだだけでなく（彼のスケッチは1世紀以上にわたって《パンチ》誌の表紙を飾った）、彼自身も有名な画家であり、妖精の絵（当時としては流行りの題材）で最もよく知られている。もうひとりの伯父、ヘンリーもまた、画家として仕事をしたあとアイルランド国立美術館の館長を四半世紀近く務めた。そして、コナン・ドイル自身の父チャールズも画家であり、息子の作品にイラストを提供した（1887年版の〈緋色の研究〉に使われた、髭を生やしたホームズの絵だ）。しかし、一族のみんなが持っていたような才能には恵まれず、スコットランドに行ってエディンバラの造営局で事務員として働くことになった。チャールズのセカンドネームはアルタモントであり、〈最後の挨拶〉で変装したホームズにドイルがこの名を使ったことについては、フロイト的な解釈がさまざまにある。

ひとつはっきりしているのは、ホームズが探偵という天職に、芸術関係の能力をかなり利用していたということである。

下　チャールズ・アルタモント・ドイル（1832〜93）作『月をめぐるダンス』水彩・紙

160　第7章「芸術家の血」

第 8 章
スポーツへの関心

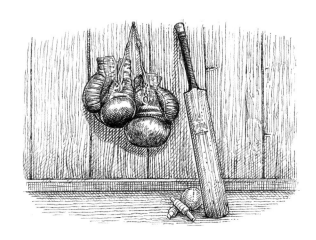

　ホームズがベイカー・ストリートの部屋でコカインの7％溶液を注射し、「パイプ三服の問題」を解くために考え込む、あの典型的なイメージは、運動神経がよくエネルギッシュな人物とは、結びつかない。だが、生みの親であるコナン・ドイルほどスポーツ好きでなかったとはいえ、ホームズは機敏で体力があり、さまざまな運動の達人だった。

　ただ彼は、ドイルのようなチームスポーツへの適性はほとんどなかった。知られている限りでは、パブリック・スクールでの教育を受けていないし（それでもオックスフォードないしほかの大学に進学したと思われる）、ヴィクトリア朝時代的な「筋肉的キリスト教」〔19世紀中期にイギリスで始まったキリスト教の運動。スポーツを通じた心身の美などを賛美〕に代表される日常習慣になじんでいたわけでもない。彼はどちらかというと個人主義者だった。〈スリー・クォーターの失踪〉で、ケンブリッジ大学のラグビーチームのキャプテンが、スター選手の失踪について取り乱した様子で相談に来たとき、ホームズは、イングランド代表チームを率いるこの男のことを聞いたことがないだけでなく、その種のスポーツにまったく興味がなかったことも明らかにしている。「ぼくの仕事は社会のそれこそさまざまなところと関わりをもちます」と彼は言い、「アマチュア・スポーツの世界とだけは縁がない」と続けているのだ。ただ、そのアマチュア・スポーツを「英国きっての健康なスポーツ」とも表現している。

　コナン・ドイルの場合は、まったく違っていた。彼はストーニーハースト・カレッジという、伝統的にラグビーが強いランカシャーのローマ・カトリック系パブリック・スクールに通っていた。彼が情熱を注いだのはクリケットだったが、在学中はとくにうまかったわけでなく、二軍でプレーしていた。大学に進むと、ボクシングを少しやった。スポーツの分野に本格的にのめり込むのは、ポーツマスで開業医を始めてからだ。彼は、《ポーツマス・フットボール・クラブ》の間接的な前身と言える《ポーツマス・フットボール・アソシエーション・クラブ》の創設者のひとりとなった。《ポーツマス・フットボール・クラブ》は21世紀になってから、イングリッシュ・プレミアリーグ〔イングランドのプロサッカー1部リーグ〕に何度か入っている。ドイルは多才な選手だったようで、時にはフルバックとして、時にはゴールキーパーとして、しばしばA・C・スミスという偽名で出場した。この時期（1880年代）にはクリケットも始め、最初は地元のチームで、その後四半世紀は《マリルボーン・クリケット・クラブ》（MCC）を含む一流のアマチュアチームでプレーした。1890年代半ばにサリー州のハインドヘッドに引っ越すと、近隣の村々や自身のスクラッチチーム〔一時的な編成のチーム〕でプレーし、試合後は選手たちを自宅のアンダーショー屋敷でもてなす

161

のが楽しみだった。彼はまた、P・G・ウッドハウスやE・W・ホーナング（ドイルの義弟で怪盗ラッフルズの物語の作者）といった作家たちで編成した、《オーサーズ・クリケット・クラブ》も設立した（このチームは現在も続いており、筆者もメンバーになっている）。

1901年、コナン・ドイルはクリケット選手としてのキャリアの頂点を極めた。クリスタル・パレスで《ロンドン・カウンティ・クリケット・クラブ》と対戦した際、MCCのボウラーとして、当時最も有名だったバッターのW・G・グレースをアウトにしたのだ〔アウトになったらその試合ではもう打つことはできない〕。興奮した彼は、その体験を「クリケットの追憶」と題した詩にしている。冒頭の一節は以下のようなものだ。

あれは私のクリケット全盛期
ああ、忘れもしないあの日のこと！
あの栄光のウィケットをとった
最も偉大な、最も壮大なあの日。

ホームズのほうは、まったく別の種類のスポーツが得意だったわけだが、それについて彼は、はっきりとは語っていない。〈緋色の研究〉で読者が彼について最初に知ることのひとつは、ワトスン博士の言葉を借りれば、「棒術、ボクシング、剣術の達人」だということである。

この中で今日最も知られていないのは、棒術（シングル・スティック）だろう。通常、アッシュ材〔北米原産のモクセイ科トネリコ属の広葉樹〕でつくられた棒を使い、原始的な打ち合いをするスポーツである。18世紀から19世紀初頭にかけて、王族の後援によりかなりの人気を博した。19世紀半ばにもまだよく知られていたスポーツで、トマス・ヒューズの小説『トム・ブラウンの学校生活』にも登場する。世紀末にはフェンシングに取って代わられたが、1904年のセントルイス・オリンピックで、（最初で唯一の）競技として採用されるほどの関心は残っていた。

ホームズがこの棒術を得意としていることを初めて明かしたのはワトスンだが、〈高名な依頼人〉では、事件捜査中にカフェ・ロイヤルの外で暴漢に襲われたことが新聞に出たあと、ホームズはみずからこのスポーツに言及している。心配したワトスンがベイカー・ストリートを訪ねてきたとき、ホームズは自分の怪我は見た目ほどひどくないと話し、こう付け加えたのだ。「ぼくの棒術はちょっとしたもんなんだぜ、知ってるだろう。ほとんど防戦できたさ。二人めがいたんで手に余ったんだがね」

とはいえ、ホームズが得意なのは棒術よりもむしろボクシングであった。ボクシングは彼の健康によかっただけでなく、特殊な技をもつスポーツマンたちとの出会いを生み、

左 1909年の《ストランド》誌に掲載されたクリケットのイラスト。バッツマンのドイルが、「私がこれまでに受けた中で最も特異なボール」と表現した投球でアウトになった場面

次頁上 ウィリアム・ヘイシャム・オーヴァーエンド（1851〜98）作『フットボール・マッチ』（1890年）カラーリトグラフ

次頁下 W・J・ボーデン作『クリケット・マッチ』（1852年）油彩・カンヴァス

162　第8章　スポーツへの関心

"A STRAIGHT LEFT AGAINST A SLOGGING RUFFIAN."

前頁「襲いかかる相手に、ぼくの左ストレートがみごとに決まった」シドニー・パジットによる〈美しき自転車乗り〉の挿絵（1904年）

左《ピアスンズ》誌1901年2月号に掲載されたエドワード・バートン=ライト博士の記事で、自分より背の高い相手を無力化する方法を説明した2枚の写真

プロの探偵として活動するうえで役立ってくれたのである。このことはキャリアの初期に起きた〈四つの署名〉事件で、バーソロミュー・ショルトーの屋敷を訪ねたときに明らかになった。ショルトーは、マクマードというドアマン兼ボディガードを雇っていたが、彼はかつてボクシングのリングでホームズと対戦したことがあった。互いに打ち合いをした仲間ということで、マクマードはすぐにホームズと打ち解けることができたのだ。

この出会いは、コナン・ドイル（あるいはワトスン）によってユーモアたっぷりに語られている。マクマードは最初、ショルトー以外の者たちの入館を拒むのだが、そこへホームズがこう声をかける。「まさか、ぼくを忘れたはずはないだろう。四年前、アリスン館の試合で三ラウンド戦った相手のアマチュアを覚えていないのかい？」。賞金稼ぎのボクサーは突拍子もない声を上げる。「まさか、シャーロック・ホームズさんじゃ！ こりゃほんとだ！ どうしてわからなかったんだ？ そんなとこにつっ立ってないで、こっちへきて顎の下にあのクロス・ヒットの一発でもくれてりゃ、すぐにわかっただろうに。いやあ、あんたも才能あったのに、惜しいことをした。プロになってたら、けっこういいとこまでいったろうになあ」。それを聞いたホームズは、ワトスンに向かって皮肉交じりにこう言う。「聞いたかい、仕事をみんなしくじったって、ぼくにはまだ、こんなりっぱな道が残っていたよ」そしてもちろん、屋敷に入れてもらえるのだ。

ただしホームズは、ボクシングの腕前を個人的な目的で使うことはしなかった。〈黄色い顔〉でワトスンは、こう述べている。

　ホームズは、運動のための運動をほとんどしない。だが、腕力ではほとんどだれにもひけをとらず、同じ重量級のボクサーのうちで、彼にかなう者にお目にかかったことがないくらいだ。なのに彼は、目的のない肉体運動をエネルギーの浪費だと考え、職業上の目的にかなうことでないかぎり、めったに身体を動かさない。

ホームズがその身体能力をフルに活用した典型的な例は、〈最後の事件〉のライヘンバッハの滝におけるモリアーティ教授との対決だ。このとき彼は、「日本の格闘技であるバリツ」を使ったのだと〈空き家の冒険〉で語るのだが、これは日本に長年滞在したイギリス人技師、エドワード・バートン=ライト博士が考案した護身術「バーティツ」を少々偽装した（あるいは間違って記憶していた）ものだった。バーティツという名称はバートン=ライトの姓と日本の「柔術」をミックスしており、相手の動きに屈するように見せかけて相手をコントロールする、日本の「柔らかい技」

165

166　第8章　スポーツへの関心

の一種である。バートン＝ライトは《ピアスンズ》誌1899年3月号と4月号に連載した「新しい護身術」という記事の中で、自分の発明した技を説明した。その後はロンドンのシャフツベリー・アヴェニューに学校を設立してこれを教えたが、長くは続かず、3年ほどで閉鎖されてしまう。この時期には、ドイツ生まれの「ストロングマン」、ユージン・サンドウがボディビルダーの先駆者として有名になっており、ドイルは1898年の時点で彼の肉体鍛錬と健康法にかなりの関心を示している。ところが、熱心なシャーロッキアンたちは、この年代を問題にしてきた。どういうことかというと、ホームズがモリアーティ教授との闘いでバリツを使ったと述べた〈空き家の冒険〉が初めて発表されたのは、《コリアーズ》誌の1903年9月号と、《ストランド》誌の同年10月号である。その物語の中で彼は1891年5月にあったライヘンバッハの滝における死闘のことを語るのだが、そのときの事件である〈最後の事件〉が発表されたのは1893年12月だった。バーティツが世に発表されたのは1899年なのに、ホームズはその技をどうやって1891年の時点で身につけていたのか、というわけだ。一説によると（レスリー・クリンガーが『新・注釈付きホームズ全集』の注釈でまとめている）、ホームズはもともと柔術を学んでいたのだが、〈空き家の冒険〉を発表するあたりにワトスンがバートン＝ライトのバーティツに関する論文を読んだため、2つの技を混同してしまったのだという。また、柔術の習得には少なくとも7年かかるので、ホームズは1883年か1884年あたりから修業していたに違いないという主張もある。

　ホームズみずからが、ある程度の熟練を認めているスポーツは、フェンシングとボクシングだけである。ホームズは〈グロリア・スコット号〉で、「フェンシングとボクシング以外、スポーツにほとんど興味がなかった」と認めている。一方、〈名馬シルヴァー・ブレイズ〉を読むとわかるように、彼には競馬の知識もあった。ただ、〈ショスコム荘〉で競馬について尋ねられたワトスンが「傷痍者年金の半分は競馬につぎ込んできた」と答えているので、彼のほうが詳しいだろう。また、ホームズが実際に馬の鞍に乗っている姿は正典にないし、球技のたぐいに参加することもなかった。

　コナン・ドイルのほうは前述の通り、まったく違っていた。彼はスポーツに関するすべてのことを気に入っていた。当時、スポーツの才能は男らしさ（ひいては、武勇や帝国の繁栄につながる、男性的な力強さや冒険心への傾倒）の証しとして好まれていたが、彼にとってはそれが何よりも重要な要素というわけではなかった。ただし、彼は1899年に母親に宛てた手紙で、「英国の青年たち、とくに壮健でスポーツを好む青年たちに最も大きな影響力をもつのはほ

前頁　「近代ボディビルディングの父」として知られるユージン・サンドウ（1867〜1925）

右　シドニー・パジットによる〈名馬シルヴァー・ブレイズ〉の挿絵（1892年）

上 ギルバート・ホリデイ (1879〜1937) 作『エプソム・ダービーのトテナム・コーナー』チョーク・紙

次頁 1911年の《ハインリッヒ皇太子レース》で16馬力のロレーヌ・ディートリッヒのハンドルを握るコナン・ドイル

くでしょう（キプリングは除きます）」と書いた〔『コナン・ドイル書簡集』〕。ドイルはボーア戦争で戦うために南アフリカに行くことを心配する母をなだめようとして、そんな青年たちに自分がお手本を示すことが重要なのだ、と言っているのだ。彼がスポーツを愛国的なものだと考えていたとはいえ、それが英国のフェアプレー精神に関わるものだったことは、ボクシングを扱った作品である『クロックスリーの王者』や『ロドニー・ストーン』を読めば明らかだ。スポーツが人間の最高の資質を引き出すことに、彼はただただ感嘆していたのである。

　コナン・ドイルはじつにさまざまなスポーツに参加し、そのことを証明した。クリケットやサッカーにおける偉業だけでなく、1913年には《イングランド・アマチュア・ビリヤード選手権》に出場し、3回戦まで勝ち進んだ。若いころの彼は、娯楽のためのボクシングを楽しんだ。1880年、捕鯨船ホープ号で臨時の医師として働いていたときは、給仕のジャック・ラムと一戦を交え、相手の称賛を浴びた。ラムはドイルのことを「こんどのは一番腕のある船医だぜ、おれの目に黒アザをこさえやがった」と船員仲間に言ったのだ〔『わが思い出と冒険』〕。その後、『ロドニー・ストーン』ほかの作品にボクシングを登場させたあと、ドイルはプロの懸賞試合が開催される《ナショナル・スポーティング・クラブ》の常連客となった。その結果、

1909年にネヴァダ州リノで行われた《世界プロボクシング選手権》のジェイムズ・ジェフリーズ対ジャック・ジョンスン戦のレフェリーを務めることになる。また、ゴルフも大好きで、晩年まで住んだウィンドルシャム屋敷の近くにあった《クロウバラ・ビーコン・ゴルフクラブ》でキャプテンを務めた。スキーにも長年にわたって打ち込み、家族とともに定期的にアルプスを訪れ、競技スキーの「ダウンヒル」（滑降）を紹介したのは彼であると、いささか大げさに言われている。オリンピックに関しては、第一次世界大戦までの数年間、プロモーションに参加しているが、これは1908年のロンドン・オリンピックが発端となったものだった。当時彼は《デイリー・メイル》紙の記者として参加していたが、マラソンレースのゴール寸前で倒れ、係員の援助を受けたため失格となって金メダルを逃したイタリアのランナー、ドランド・ピエトリにいたく同情し、彼に寄付するための資金集めをしたのだった。

さらには、射撃や飛行、モータースポーツなど、周辺分野のスポーツにも彼が興味をもっていたことを、忘れてはならない。ただし、射撃に関しては動物や鳥を殺すことをよしとしなかった。モータースポーツでは、1911年7月にドイツとイギリスで開催された有名なラリー、《ハインリッヒ皇太子レース》に、16馬力のロレーヌ・ディートリッヒで出場した。

彼は『わが思い出と冒険』に、こんなふうに書いている。

　思いかえしてみると、私はスポーツに熱中した時間というものについて、何の後悔も残っていない。それは健康と力をもたらしたし、何よりもよかったのは心のバランスを与えられたことである。人間というものはそれなしでは完全といえない。与えそして取ること、勝利を謙譲の気持ちで受け取り敗北をいさぎよく認めること、不利とも戦うこと、自分の信念を捨てないこと、敵に対しても信頼を持ち、見方を正しく判断すること——こうしたことは真のスポーツが与えてくれる教訓の幾つかである。

左上　《イングランド・アマチュア・ビリヤード選手権》（1913年）の2回戦目で勝利の一打を放つコナン・ドイル

右上　ロンドン・オリンピック（1908年）のマラソンで、ゴール直前でよろめくドランド・ピエトリ

左下　フランスのル・トゥケでゴルフをするコナン・ドイル

右下　アルプスでスキーをはいてポーズをとるコナン・ドイル

第9章
「シャーロッキアン」と「ファン・フィクション」

　過去100年ほどのあいだ、ホームズ物語の研究者やファン、出版社の人間などさまざまな人たちは、コナン・ドイルの遺族と衝突しながらも、シャーロック・ホームズの人気を持続させてきた。

　1911年3月10日、オックスフォード大学のトリニティ・カレッジで古典学を専攻していたロナルド・ノックスが、近隣のマートン・カレッジにある《ボドリー・クラブ》と呼ばれる小さなグループで、ホームズ物語に関する講演を行った。これがいわゆるシャーロッキアンによるホームズ研究の始まりと言われている。それまでの20年間は、パロディやパスティーシュといった二次創作の作品が、ホームズの人気を長らえさせていた。その最初の作品は、〈ボヘミアの醜聞〉の発表から4カ月後の1891年11月に《スピーカー》誌に掲載された、J・M・バリー〔『ピーター・パン』の作者〕による短編パロディ、「シャーロック・ホームズとの夕べ」だ。1892年には、カナダのロバート・バーが《アイドラー》誌に「ペグラムの怪事件」を発表した。主人公はシャーロック・ホームズならぬシャーロー・コウムズで、彼はスコットランド・ヤードを軽蔑するあまり、仕事以外ではスコットランドに決して足を運ばないという。アメリカの作家ジョン・ケンドリック・バングズはさらに多くのパロディを発表し、『ラッフルズ・ホームズの冒険』（1906年）では、コナン・ドイルの義弟E・W・ホーナングの書いた紳士泥棒ラッフルズものとホームズ物語を結びつけた。ラッフルズを追うホームズが相手の娘と恋に落ちてしまい、生まれた息子ラッフルズ・ホームズも探偵として活躍する、という話である。だがノックスの場合は、二次創作の小説を書くことでなく、学識とウィットを兼ね備えた正典の分析によって、ホームズ物語の新たな楽しみ方を創造し、その人気を持続させたのだった。ノックスの父親はマンチェスターの主教で、3人の兄弟もエドマンドが有名な《パンチ》誌の編集者（ペンネームはイーヴォー）、ディルウィン（またはディリー）が古典学者で第二次世界大戦中にブレッチリー・パークの暗号解読主任、ウィルフレッドが司祭で神学者という名門一家だった。

　ノックスが《ボドリー・クラブ》で発表した論文「シャーロック・ホームズの精神と芸術」は、ドイツの聖書学者のような正確なテキスト釈義と、同時代作家のような機知に富んだソフトなユーモアを融合させてホームズ物語を解釈するものだった。クラブのメンバーたちはそれを気に入り、独自の注釈を加えていった。ノックスは、さらに2回講演を行ったあと、1912年7月、短命に終わった学部の批評誌《ブルー・ブック》に、この講演の内容をエッセイとして発表した〔このときの題名は「シャーロック・ホームズ文献の研究」〕。コナン・ドイルはこのエッセイを気に入り、ノックスにお礼の手紙を書いた。その中でドイルは、ワト

スンに気の利いたことを言わせたことがないのは、それをやるとワトスンのもつ不器用なイメージを壊してしまうからだと書いている。また、〈空き家の冒険〉でホームズがチベットに滞在するのは、オーストラリアの作家ガイ・ブースビーの1890年代の作品に登場したモリアーティ・タイプの悪役、魔法医師ニコラの旅からコピーしたものではないかというノックスの指摘に対し、ドイル自身の創作であるとも説明している。

　ノックスは、かなり率直で遠慮のない書き方ではありながら、シャーロック・ホームズは特別な存在であり、研究と賞賛の対象とされるべき人物であるという考えを強く主張した。このエッセイにより、学問の一分野としてでなく、ホームズとワトスンが実在するという仮定のもとに行われる、「ゲーム」としてのホームズ研究が生まれたのだった。そこでは、コナン・ドイルはホームズの伝記作家であるワトスンの代理人に過ぎない。「正典」であるホームズ物語は、この2人の人生の記録であり、ホームズの家族や出身大学（オックスフォードかケンブリッジか）といった詳細について、酒を飲みながら、あるいは夕食をとりながら、際限なく議論するためのものなのだ。

　探偵小説全般に興味をもっていたノックスは、第一次世界大戦後の探偵小説黄金時代に貢献したアガサ・クリスティーなどの作家が集まる、招待でしか入れない《ディテク

ション・クラブ》の会員になった。そして 1928 年版の『年間探偵小説傑作選』を編集したとき、のちに探偵小説の「十戒」として知られるようになる、探偵小説を執筆するうえでの規範をその序文に書いた。これはホームズ物語に特化したものではないが、ホームズ物語が明確に守っていること（「超自然的な能力や第六感で事件を解決してはならない」）、それほど明確ではないこと（「犯行現場に秘密の抜け穴や通路が 2 つ以上あってはならない」）、そして当然皮肉として持ち出されたと思われるが、現在ではとても活字にできないようなこと（「主要人物として中国人を登場させてはならない」）など、正典に関するノックスの深い知識を活用した、さまざまな規範の提案であった。

1930 年 7 月にコナン・ドイルが死去し、ほぼ同時期にこの《ディテクション・クラブ》が正式に活動を始めると、ホームズ物語研究への関心がさらに高まった。1931 年に S・C・ロバーツ（のちのケンブリッジ大学ペンブルック・カレッジのマスター、サー・シドニー・ロバーツ）が出版した『ワトスン博士：ある伝記的問題の研究への序文』により、初めて相棒であるワトスンが脚光を浴びることになる。そして 1932 年には、イギリスのアルピニストである T・S・ブレイクニーによる『シャーロック・ホームズ、事実かフィクションか？』が、1933 年にはヴィンセント・スターレットによる『シャーロック・ホームズの私生活』が出版された。すると、これらの本の批評や内容に関連する質問が、ジャーナリストで社交クラブをつくるのが好きなホームズファン、クリストファー・モーリーが創刊した、ニューヨークの週刊誌《サタデイ・レビュー・オブ・リテラチャー》に掲載された。モーリーは 1933 年、この雑誌に寄稿した文章の中で、正典の内容からしてホームズの誕生日は 1 月 6 日と考えられると示唆した。彼はクラブの友人たちと翌 1934 年のその日にホテル・デュエインでカクテル・パーティを開くことを決め、そこで初めて《ベイカー・ストリート・イレギュラーズ》（BSI）設立の構想が持ち上がった。その後、会則とさまざまな附則（最初の乾杯はつねに「あの女性(ひと)」に捧げるという規定など）が作成され、引き続きのディナー・パーティが同年 6 月 5 日に開催されたあと、その年の 12 月 7 日に正式な年次行事としてスタートした。それ以来、毎年の総会はできるだけ 1 月 6 日に近い日程で開催されている。

世界初のシャーロッキアン団体である BSI ができると、すぐにほかの団体がつくられていき、今日（ほぼ 1 世紀後）には何百もの（最近のリストによれば 340 以上の）ホームズ関連団体や支部組織が存在している。カナダの《ブーツメイカーズ・オブ・トロント》、アメリカの《スペクルド・バンド・オブ・ボストン》や《ノーウェジアン・エクスプローラーズ・オブ・ミネソタ》、イギリスの《ロンドン・シャーロック・ホームズ協会》（ホームズのいた都市にある

前頁上 ロナルド・ノックス（1888 〜 1957）。カトリック司祭、古典学者、神学者、黎明期のシャーロッキアン

前頁下 ロナルド・ノックスが《ボドリー・クラブ》で講演したオックスフォード大学マートン・カレッジ

上 アガサ・クリスティー（1890 〜 1976）。《ディテクション・クラブ》の創立時メンバー

上　1968年4月4日、ホームズの足跡をたどる1週間のスイスツアーの出発前に集まった《ロンドン・シャーロック・ホームズ協会》のメンバーたち

ということで、特別な立場にある）など、枚挙に暇がない。当初のBSIは男性のみの会であり、女性がこのアメリカを拠点とする集まりに参加するのは、非常に難しかった。コナン・ドイルの娘であるデイム・ジーンなど、ひと握りの女性は入会できたが、ほとんどの女性は排除されたため、1960年代にカトリック系の私立大学アルバータス・マグナス（コネティカット州ニューヘイヴンのイェール大学近くにある）の生徒たちが、《アドヴェンチャレシズ・オブ・シャーロック・ホームズ》（ASH）という女性ホームズ団体を設立した。以来25年間、ASHはBSIの年次総会と同じ日に独自の晩餐会を開催してきた。そして1991年、創立者のイヴリン・ハーツォグに率いられたASHの会員たちが、ついにBSIに招かれたのだった。その後も、2011年に創立された初の女性のみのブログ《ベイカー・ストリート・ベイブズ》など、女性のための団体がいくつかつくられてきた。

　BSIの創立に続き、ロンドンでも1934年、《シャーロック・ホームズ協会》がミステリー作家ドロシー・セイヤーズを会員に迎えて発足した。「ホームズをネタにした『ゲーム』はローズ・クリケット場で行われるクリケットの試合のように厳粛に行われなければならない」という名言を残したのは、このセイヤーズだ。この協会は第二次世界大戦中に解散を余儀なくされたが、1951年の《英国祭》を

左　ベイカー・ストリート221番地Bがあったとされる場所に建つ、アビー・ナショナル・ビルディング・ソサイエティの旧ロンドン本部、アビー・ハウス

上　ドロシー・L・セイヤーズ（1893〜1957）ジェラード・ストリートの《ディテクション・クラブ》にて（1939年）

きっかけとして、新しい（そして現在も存在する）《ロンドン・シャーロック・ホームズ協会》(SHSL)が再結成された。ベイカー・ストリート221番地にあるアビー・ハウス（アビー・ナショナル・ビルディング・ソサイエティ本部のアールデコ様式のビル）で、ホームズとドイルをテーマにした大規模な展示会が開催されたときのことだ。この展示会は、当時のセント・マリルボーン区議会が《英国祭》の祝典における主要なイベントとして開催したものだった。SHSLの初代会長は、20年前に始まったホームズ研究の先駆者のひとり、サー・シドニー・ロバーツであった。

この展示会によって、マリルボーン区の一角であるベイカー・ストリートは、ホームズ研究の地理的な中心地として認識されるようになった。1951年の展示会のために建物の使用を許可したアビー・ナショナルは、この関係性を拡大しようと努力した。それまでにもホームズ宛ての手紙がこの住所に届いていたので、専用の秘書を雇って返事を出しはじめたのだ。そうした手紙は、最盛期には年間700通にものぼり、教師との接し方を相談する子供から、犯罪の捜査依頼はもちろん、ネス湖の怪獣にまつわる謎に関する問い合わせまで、非常に多岐にわたっていた。ホームズ研究家のリチャード・ランスリン・グリーンが、1985年にこれらの手紙の一部を出版している。

1951年の展示の目玉は、ホームズとワトスンが住んでいた居間を原寸大で再現した部屋だった。ヴァイオリンやパイプ、化学実験器具など、正典に登場する細かなものまで展示して、そっくりにつくられた。《英国祭》が終わると、この居間の展示はさまざまな場所を巡回したが、1957年になると、トラファルガー広場に近いノーサンバーランド・ストリートにあったパブ、ノーサンバーランド・アームズの改装に伴って、ウィットブレッド醸造会社が買い上げた。〈独身の貴族〉や〈バスカヴィル家の犬〉に登場するホテルが、このパブのもとになったホテル兼パブだと言われている。ウィットブレッド社は、改装されたパブの一角にこの居間の一部を再現した〔現在のパブ、ザ・シャーロック・ホームズがそれで、別会社の所有〕。

1990年になると、アビー・ハウスのすぐ北のベイカー・ストリート239番地にあるジョージアン様式の邸宅にシャーロック・ホームズ博物館がオープンし、ホームズ

下 1951年、《ロンドン・シャーロック・ホームズ協会》による展示会の一環として復元されたベイカー・ストリート221Bの居間

次頁 ベイカー・ストリート239番地にある、物議を醸しながらも成功を収めたシャーロック・ホームズ博物館の外観

第9章 「シャーロッキアン」と「ファン・フィクション」

が下宿していた221番地Bの本当の場所だと主張しはじめた。だが実際はもっと複雑だ。ホームズやドイルの時代に、ベイカー・ストリート221Bは存在しなかった。この地域は当時アッパー・ベイカー・ストリートと呼ばれ、1930年代にこの名称が廃止されたあと、番地が付け直され、アビー・ナショナル本社ビルの位置がベイカー・ストリート215番地から229番地になり、そこに221番地が含まれたのだった。したがって、この博物館のある場所は221番地でないのだが、ロンドンでホームズの生涯とその時代を探訪できる唯一の場所だったため、観光客が数多く訪れるようになった。ここにもホームズの部屋のレプリカがあり、商業施設として多くの関連商品を販売した。だが、結果として物議を醸すことになった。ホームズ宛ての書簡が届く場所として、隣接するアビー・ハウスと対立したのだ。博物館側は、この住所問題が解決されないため、通信販売の事業を立ち上げることができず、不利益をこうむっていると主張した。この争いは、2002年にアビー・ナショナルがスペインのサンタンデール銀行に買収され、ベイカー・ストリートのその場所を別の企業に明け渡すまで、何年も続いたのだった。

ホームズが実在の人物であるという扱われ方に反発していたコナン・ドイル遺産財団も、この博物館とは仲が悪かった。博物館自身も、その所有権をめぐる身内の法廷闘争が長引き、ニュースになりつづけた。様々な法廷闘争の結果明らかになったのは、要するにホームズ博物館は儲かる商売だということだった。そしてホームズ自身も、紛れもない人気者でありつづけた。1999年には地下鉄ベイカー・ストリート駅前の目立つ場所にホームズのブロンズ像（ジョン・ダブルデイ作、高さ3.5メートル）が設置され、隣接するチルターン・ストリートにあるホームズの名を冠したホテルなどとともに、地元とホームズのつながりを保っているのである。

ホームズを記念する建物や像をつくろうという試みは、ほかの国でもあった。たとえば、スイスのローザンヌに近いリュサンという町にある城には、かつてコナン・ドイルの息子エイドリアンが住んでいたが、その城の中にもホームズ博物館があり、ホームズの居間が再現されていた。1970年にエイドリアンが亡くなると、博物館は移転して、リュサンの町によって運営されるようになった。同じスイスのマイリンゲンには、ライヘンバッハの滝の近くに博物館があり、その前庭にもジョン・ダブルデイ作のホームズ像がある。しかもこれは、ほんの手始めに過ぎない。ブライアン・ピューが編纂した『サー・アーサー・コナン・ドイルの生涯年表』という貴重な文献によれば、ホームズやドイルを記念する像とプレートは世界各地に73体あり、モスクワ（英国大使館近くのスモレンスカヤ・エンバンクメ

ント）にも、2007年4月にホームズとワトスン博士の像ができた。また、シャーロック・ホームズという名のパブがあるのはロンドンだけではない。フランスのボルドーにもオーストラリアのメルボルンにもあるし、1985年創業のシャーロック・ホームズ・ホスピタリティ・グループは、カナダのエドモントンに3箇所、ホームズの名前を冠したパブを経営している。生みの親の生誕の地であるエディンバラには、コナン・ドイルという名のパブもあるのだ。

　こうしてしだいにホームズが一種のブランドとして確立されていくうちに、ホームズ研究のための拠点と言えるものも、増えていった。その要因として重要だったのは、2004年に《クリスティーズ》で、コナン・ドイルの手書き原稿や手紙、ノートなどを含む遺品が競売に付されたことだ。コナン・ドイル家の遺産は、デニスとエイドリアン（2人目の妻ジーンとの子供3人のうち上の2人）が管理していたが、彼らは遺産を散々浪費したあげく、それぞれ1955年と1970年に比較的若くして亡くなった。そのあとを、サー・アーサーの最後の子供としてデイム・ジーン・コナン・ドイルが手堅く管理していたのだが、彼女も1997年11月に亡くなり、遺産は売りに出されたのだった。《クリスティーズ》での競売は、遺産である資料が財団の手を離れ、ホームズ研究における新たな拠点がつくられていくことに役立った。このときの重要な資料のいくつかは大英図書館が購入できたが、アメリカのコンスタンス・ロサキスやグレン・ミランカーといった著名コレクターに引き取られ、個人コレクションに加えられた遺産もある。ただ、この2人はコレクションを死蔵せず、依頼があれば公開したり貸し出したりしてきた。たとえばミランカーは2022年、ニューヨークの《グローリア・クラブ》で自分の貴重なコレクションを展示するイベントを開催し、好評を博した。その中には、〈バスカヴィル家の犬〉の原稿の一部や、〈緋色の研究〉の初出雑誌、ホームズ物語の海賊版単行本のセレクションなどが含まれていた。海賊版というのは、1886年に調印された『文学的及び美術的著作物の保護に関するベルヌ条約』（ベルヌ条約）で国際的に成文化された著作権法による保護を回避するため、おもにアメリカの出版社によって出版された、たいていは安っぽくて派手な装丁の単行本である。当時のアメリカはベルヌ条約に入っておらず、その著作権法は自国の市民や居住者でない作家には適用されなかったのだ。この問題は1891年に国際著作権法（チェイス法）が発効して是正されたものの、海賊行為は20世紀初頭まで続いた。アメリカがようやくベルヌ条約に調印したのは、1989年のことである。

　この海賊行為の助けとなったのは、アメリカ郵政公社だった。当時、手紙の郵送には1通につき2セントかかったが、定期刊行物なら1セントで配達できた。そのため、

前頁　1999年に地下鉄ベイカー・ストリート駅の外に設置された、ジョン・ダブルデイ（1947〜）作のシャーロック・ホームズ像

左　モスクワの英国大使館近くに建つホームズとワトスンの像

海賊版出版社は書籍を雑誌に見せかけたり、文庫の一部として発行したり、ナンバリングされたシリーズとして発行したりと、さまざまな策略を講じたのだった。

だが《クリスティーズ》での競売は、ある非常に不幸な結果を招くことにもなった。世界有数のホームズ研究者であるリチャード・ランスリン・グリーンの死を招いたのが、この競売だったとも言えるからだ。生前のデイム・ジーンは、ホームズ研究資料の宝庫である遺産を、公の機関に寄贈することを望んでいたはずだ――とグリーンは思っていた。ところが、そのほとんどがオークションで売却されると知って、彼は失望する。その後彼は自殺したのだが、このオークションが一因となったのかもしれないのである。とはいえ彼は、みずからが集めた世界でも最大級のホームズ関係コレクションを、1880年代にコナン・ドイルが医師として働いていたポーツマス市に遺贈した。その結果、ポーツマスの博物館と図書館は、世界でもトップクラスのホームズ研究の拠点となったのだった。

コナン・ドイルゆかりの地はポーツマス以外にも数多くあるが、1896年から97年にかけてドイルがサリー州ハインドヘッドに建てたアンダーショー屋敷を、こうした研究拠点にする計画もあった。1908年にドイル一家がサセックス州に移ったあと、ここはホテルとして使われていた。2013年にこの建物が売りに出されたとき、ホームズ研究の中心地となる場所をつくろうと、関係者が入札を試みた。だが資金調達が難航し、ホームズにふさわしい場所はほかにもあるという、おそらくは賢明と言える結論が下されたのだった。

シャーロッキアンに興味をもたれる場所といえば、コナン・ドイルの出身地エディンバラもそうだろう。だが、この都市はドイルとのつながりをなかなか利用できずにいた。1991年には、ドイルの生家があったピカーディ・プレイスの近くにホームズ像が建てられたのだが、その後延々と続く道路工事のせいで、ブロンズ像はしょっちゅう覆い隠されたり解体されたりして、じっくり見ることができない〔2023年9月にようやく元の場所に戻された〕。エディンバラでほかにつながりのある場所としては、デイム・ジーンの遺言で〈高名な依頼人〉の原稿を譲り受けたスコットランド国立図書館や、ドイルの恩師ジョゼフ・ベル博士に関する資料を所蔵するエディンバラ外科医会および内科医会などがある。

この《クリスティーズ》の競売や、その他の寄贈によって、英国外のいくつかの場所がホームズ研究の重要な拠点となった。最大のものは、原稿や定期刊行物その他の印刷物を含む60,000点以上の品々により「ホームズというキャラクターが活字から文化的アイコンへと変貌していく過程をたどることができる」（同コレクションの言葉より）、米

前頁 オークションに出品された
コナン・ドイルの手紙や写真など
のコレクション

上 ポーツマスのコナン・ドイ
ル・コレクションの展示

ミネソタ大学の《シャーロック・ホームズ・コレクション》である。ここの目玉は、1990年代に、おそらくアメリカ最大のホームズ関係資料コレクターだったジョン・ベネット・ショーから寄贈された、膨大なコレクションだ。そのほか、カナダのトロントレファレンス・ライブラリにあるコナン・ドイル・コレクションや、エイドリアン・コナン・ドイルが何年ものあいだ近辺に住んでいたローザンヌ大学図書館も、同様に重要な品々を所蔵している。

一方、シャーロック・ホームズの歴史において一貫して問題となってきたのが、著作権だった。文学作品の登場人物の中でも、ホームズほどよく知られた存在となると、著作権に関する問題はほかのキャラクターよりも深刻なのだ。1980年代まで、ホームズ物語の著作権保護期間は、ほとんどの国でコナン・ドイルの死後、つまり1930年から、50年ないし70年だった。その後1995年に、イギリスとヨーロッパで死後70年に延長された。一方、アメリカの法律は少し異なっていた。1980年代の法改正により、著作権登録を更新すれば一定期間延長されることが認められるようになったが、その後1998年にソニー・ボノ下院議員が提案した著作権延長法（いわゆる「ミッキーマウス保護法」）によって、作品の発表日から95年に延長された。その結果、『シャーロック・ホームズの事件簿』収録の作品のうち最後の1927年に発表された作品はアメリカでは2022年末まで保護されることになったのだった。

正典の著作権は、イギリスでは2000年に切れたがアメリカではその一部が切れていないわけで、これは微妙な状況を生み出した。法律上、コナン・ドイル遺産財団は著作権権利者として、ホームズ物語の使用要求に同意することも拒否することもできるからだ。2013年、新作ホームズ・パスティーシュのアンソロジー本を準備していたレスリー・クリンガーに対し、財団は、出版するにはライセンス料を支払わなければならないと主張した。財団の言い分は、このアンソロジーで描かれているホームズは、著作権の切れた初期の物語に見られるような、聡明だが孤独を好む人間嫌いの人物でなく、著作権で保護されている後期の物語に見られる、社交的で同情心のある性格の持ち主として描かれている、というものだった。この論理が正しいとなれば、ホームズの新たな解釈によるパスティーシュが書けなくなるか、少なくとも最新の著作権期間が終わるまで延期せざるをえなくなる恐れがあった。クリンガーはこれに対し、ホームズのキャラクターの本質は後期の物語が発

下 トロント・レファレンス・ライブラリのアーサー・コナン・ドイル・ルーム

次頁 1952年、推理作家ジョン・ディクスン・カーと新しいホームズの物語を構想する、コナン・ドイルの息子エイドリアン（左、1910〜1970）

第9章 「シャーロッキアン」と「ファン・フィクション」

前頁『Mr.ホームズ 名探偵最後の事件』（2015年）で認知症と闘う引退した老探偵を演じたイアン・マッケラン

右 ネットフリックスの『エノーラ・ホームズの事件簿』（2020年）とその続編（2022年）でミリー・ボビー・ブラウン演じるエノーラは、シャーロックの妹で10代

表される前にすでに形成されていたとして訴訟を起こした。この裁判は結局、クリンガーの主張が裁判官に受け入れられて終わるのだが、その前に財団はほかの新作ホームズものも止めようとして動いていた。2015年には、ミラマックスの映画『Mr.ホームズ 名探偵最後の事件』が、老年期の名探偵を描くにあたって「設定、プロット、キャラクターの保護された要素」を使用しているとして、上映を中止させようとした。その5年後には、ネットフリックスの映画『エノーラ・ホームズの事件簿』に対しても、妹のエノーラとともに活動するホームズに関し、同様の主張を展開した。しかも今回は、制作会社だけでなく、映画の原作となった小説の著者であるナンシー・スプリンガーも訴えた。この件は裁判になったが、その後財団側が取り下げている。

ほかの企業——ロバート・ダウニー・Jrの映画とベネディクト・カンバーバッチのテレビ番組を含む制作会社は、財団の主張を受け入れ、ライセンス料を支払うことに同意した。法的な枠組みは、シャーロック・ホームズという名前の使用など、ホームズに関するさまざまな追加要素について、財団が著作権を持ち、時には特許を取得しているという事実によって、複雑になった。さらに複雑なことに、一時期は2つの遺産財団があった。コナン・ドイル一族が管理する公式の遺産財団と、1970年代にロン・ハワード主演のホームズ映画をテレビ放映した映画監督シェルドン・レナルズの未亡人、アンドレア・レナルズ・プランケットが管理する財団である。プランケットは家財を投じて、デニス・コナン・ドイル未亡人からホームズ物語の権利を購入していた。2016年にデニス・コナン・ドイル未亡人が亡くなるまで、プランケットはその所有権の維持を主張しつづけ、しばしば訴訟を起こした。映画会社や出版社は、事態の混乱と訴訟にかかる費用と時間を恐れて、2つの財団からの請求に合意したのだった。

1990年代初頭からインターネットが普及しはじめると、ユーザーは新旧を問わずどんな作品にもアクセスでき、自由自在に改変できるようになった。その結果激増したのが、いわゆる「ファン・フィクション（略称ファンフィク）」、原作に精通した熱狂的なファンが、自分たちで楽しむために原作を発展させようとして書く物語である。バットマンやミッキーマウス、シャーロック・ホームズといった、よく知られている架空のキャラクターが、オンライン上でつくられるファン・フィクションの重要な構成要素となっていった。

ファン・フィクションに垣根はない。あらゆる解釈が奨励されるのは、メディアがそれを容認し、時には要求するからでもあるが、この革新が別の文化的発展と重なったからでもある。それは、フランスの哲学者ロラン・バルトな

どによるポスト構造主義が流行したあとに、内容、キャラクター、「言説」に関する伝統的な制約が取り払われたことだった。バルトは同胞のミシェル・フーコーとともに、「作者の死」を指摘したことでとくに知られ、「テクスト」の意味は作者からではなく、読者からもたらされるとした。「作者」という概念そのものが権威とパターナリズム〔強い立場にある者が、弱い立場にある者の利益のためだとして、本人の意志は問わずに介入・干渉・支援すること〕を示唆しているというのだ。こうした概念は、1970年代から1980年代にかけて学界で大きな影響力をもち、その後大衆文化にまで浸透した。

ホームズの物語は、おそらくほかの物語よりも、こうした「再解釈」がしやすかったのだと言える。正典における彼は、権威ある物知りであり、その時代の合理性の模範であり、しかも白人男性という、わかりやすい役割を持っていたからだ。探偵の仕事は隠された部分に意味を見つけることだが、批評家や読者のほうが彼の物語を読み、演繹的な論理でなく関連づけによる「逆行推理」を用いてその問題点を探り当てたとしても、おかしくない（ホームズの手法がしばしば、バルトの構造主義の根底にある記号論の観点から説明されるのは、偶然ではない）。そのおかげでコナン・ドイルの正典に精通した作家たちは、オーストラリア在住の文学研究者イカ・ウィリスが言うように、「シャーロック・ホームズの世界を、オルタナティブでおそらくは破壊的な、文化的・イデオロギー的コードで」（しばしばからかいながらも共感しつつ）変換する機会を得たのである。

また、ジェンダーを入れ替えて楽しむことも、ファン・フィクションの売り物のひとつとして続いてきた。ホームズもワトスンも、この手法で再解釈されることにより、しばしば女性という設定にされた。また、2人の親密な関係は、必然的にファン・フィクションの「シップ」（「リレーションシップ」）というカテゴリーを与えられることが多い〔書き手が2人をロマンチックな関係にすること、またはその関係を、「シップ」と呼ぶ〕。書き手はそのシップまたはペアに名前を付けるのだが、ホームズものの場合はBBCテレビの『SHERLOCK／シャーロック』に関連した「ジョンロック」などとなる。シップにはさまざまなバラエティがあり、献身的な、死をも厭わない関係をOTP（ワン・トゥルー・ペア）と呼んだりする。男性間の恋愛を扱う「スラッシュ」（女性間は「フェムスラッシュ」）や、異性間の恋愛を扱う「ヘト」などのサブジャンルもある。当然のことながら、ホームズとワトスンはしばしばスラッシュに登場する。シャーロックが兄のマイクロフトに虐待されていたなどという、近親相姦をほのめかす話さえあるのだ。

ホームズもののファン・フィクションがどれくらい出版されているのか、その数を正確に知るのは難しい。2014

年までに、ハリー・ポッターに関するファン・フィクションの作品数は75万にのぼったと言われる。原作者であるJ・K・ローリングは、この現象にかなり寛容だが、彼女（および映画を制作したワーナー・ブラザース）は、暴力的あるいは性的な内容の物語には反対している。『ゲーム・オブ・スローンズ』のジョージ・R・R・マーティンや『ヴァンパイア・クロニクルズ』のアン・ライスなどの場合は、ファン・フィクションを著作権の侵害とみなし、断固として否定している。2009年には、J・D・サリンジャーの著作権相続人が、76歳という時代錯誤のホールデン・コールフィールドを主人公にした本の出版を阻止した。しかし、前述のローリングはファン・フィクションについて肯定的な発言をしているし、ステファニー・メイヤー（ヴァンパイア・ロマンス『トワイライト』シリーズの作者）にいたっては、ファン・フィクションを奨励して、自分のウェブサイトにファン・フィクション・サイトへのリンクを張ったりしているのだ。

　こうした状況からすると、コナン・ドイル遺産財団はむしろ、「公正使用」の定義に依存する法の解釈においても、現在の社会情勢を読み解くうえでも、妥当であったと言える。なぜなら、財団は二次的な著作物（通常は書籍で、映画化されて観客が数百万人に達したり、それに見合った金銭的な見返りがあったりする可能性のあるもの）と、ファン・フィクション（たいていはウェブサイト上で公開され、ひと握りの人々に読まれることが多いもの）とを、区別してきたと思えるからだ。

　そんな中でひとつ変化してきたことがある。メディア間の相互参照や「テクスト間相互関連性」〔著者が先行テクストから借用・変形したり、読者がテクストを読み取る際に別のテクストを参照したりすること〕が発達してきたことだ。BBCテレビの『SHERLOCK／シャーロック』シリーズは、それ自体が「ファンダム」〔熱心なファンの世界または集団〕（あるいは正典のファンによる反復である「ファンノン」）の一バージョンであり、正典の中に存在していてファン・フィクションの中で増幅された、「ジョンロック」などのつながりを描いてきた。ちなみに「ジョンロック」に対して「アドロック」もあり、ホームズとアイリーン・アドラーのあいだの「ストレートな」ペアリングを示している。また、ファン・フィクションもテレビからアイデアを拾うので、双方向のプロセスであるとも言える。たとえば同作品シーズン3の「三の兆候」では、マイクロフトがシャーロックに電話をかけ、赤ひげを覚えているかと尋ねると、弟は「もう子供じゃないんだ」と答える。赤ひげという名前はその後のエピソードで、犬として、さらには偽の記憶として、繰り返し登場する。これがファン・フィクションで使われたりするわけだ。

　正典に対するこの模倣的なアプローチは、本章の冒頭で

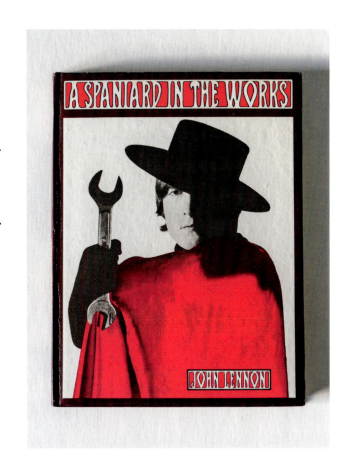

前頁　ロンドンのファンたちが、「シャーロック・ホームズの格好をした人が最も多く集まる」というギネス世界記録に挑戦（2014年）

上　ジョン・レノンの著書『らりるれレノン　ジョン・レノン・ナンセンス作品集』（1965年）には、ホームズ・パロディ「アン・ダフィールド嬢のけっ大な経験」が収録されている

187

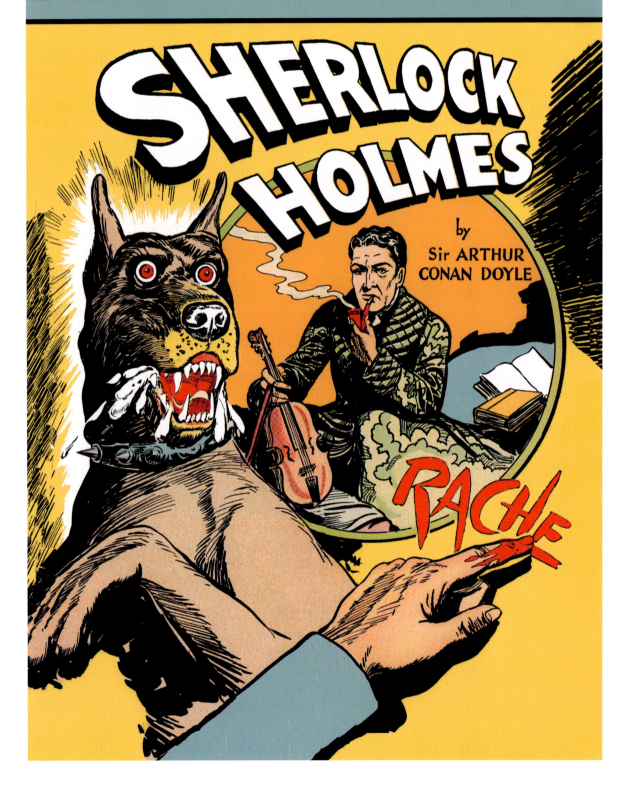

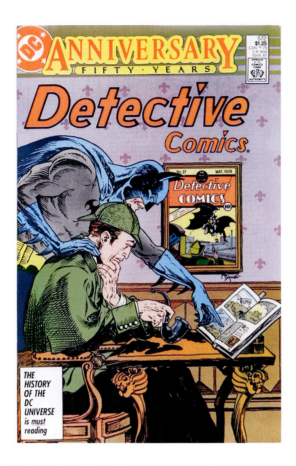

前頁 1947年発行の《クラシック・コミックス》の一冊。〈緋色の研究〉と〈バスカヴィル家の犬〉のコミックスが収録されており、表紙絵はH・C・キーファー（1890〜1957）による

左 1987年3月に発行された《ディテクティヴ・コミックス》50周年記念特別号では、135歳のホームズがバットマンと出会う

述べたJ・M・バリーのような初期のパロディにまでさかのぼる。1965年6月に刊行されたジョン・レノンの著書『らりるれレノン　ジョン・レノン・ナンセンス作品集』に収録された「アン・ダフィールド嬢のけっ大な経験」（主人公はシャムロック・ウームズ）のような、突拍子もない作品もある。レノンは、幼いころにホームズ物語を1、2作読んだことがあったが、タヒチのホテルに3カ月間こもったとき、そこで全集を見つけてむさぼるように読んだと、のちに語っている。コナン・ドイル自身と、その後の相続人たち、そして現在の遺産相続人たちは、「ブランド」の宣伝に役立つこのような有名人の作品に対して、寛大な態度をとる傾向にある。

　ファンダムの表現には、さまざまな形がある。たとえば、シャーロック・ホームズのコミックス。シドニー・パジットの挿絵以来、ホームズと絵は結びついており、その長い伝統を反映しているのがコミックスだ。ホームズが初めてコミックスに登場したのは1930年代で、人々が専門的な助言を求める博識の探偵として、カメオ出演した。また、初めてフルスケールでコミックスになったのは〈四つの署名〉で、名作ミステリー小説を絵で読ませる本として1944年に《クラシック・コミックス》シリーズで出版された。当時、《クラシック・コミックス》とその姉妹シリーズ《クラシックス・イラストレイテッド》は、エリオット社のブランドとして立ち上げられてからまだ3年しか経っておらず、1967年にシリーズが打ち切られるまで、さまざまな変遷をたどった。1967年に《ルック・アンド・ラーン》誌に掲載された〈バスカヴィル家の犬〉も、同様に「教育的」なコミックスだった。

　その後、コミックスはメインストリームのメディアになりはじめ、バットマンやスーパーマンを世に送り出したDCコミックス社（のちワーナー・ブラザースの子会社）と、スパイダーマンやキャプテン・アメリカで名を馳せたマーベル・コミック社（2009年以降はウォルト・ディズニーの分社）によって、市場が二分された。両社（およびその他）は、コミックブックのヒーローの流儀にのっとったかのようにして覇権を争い、異なるメディアのキャラクターが異なる時間軸で共存する、複数の「ユニバース」や「マルチバース」を確立していった。

　グラフィック化作品がつくりやすくなるにつれて、シャーロック・ホームズやその関連人物の名前がコミックの世界に広まっていった。1955年から56年にかけて、《シャーロック・ホームズ》と題された短命の雑誌が、チャールトン・コミックス社から刊行された。チャールトンを買収したDCコミックス社は1975年に同じ《シャーロック・ホームズ》という名前の雑誌を創刊したが、奇妙なことに、その創刊号はホームズの死を扱った〈最後の事件〉をベー

スにしていた。DCコミックスはまた、バットマンのキャラクターであるジョーカーの敵役として、ホームズを雑誌《ザ・ジョーカー》に登場させている。一方、『リーグ・オブ・エクストラオーディナリー・ジェントルメン』のようなコミック書籍にも、ホームズ物語由来の人物が登場した。それは作家のアラン・ムーアとアーティストのケヴィン・オニールによる1999年からのシリーズで、その中にホームズと兄のマイクロフト、モリアーティ教授が出てくるのだ。

また、日本の優れたイラストレーション技術を基盤にした「マンガ」も、そのひとつである。1994年から《週刊少年サンデー》に連載され、100巻以上の単行本にまとめられている『名探偵コナン』が有名だ。工藤新一（英訳本ではジミー・クドー）という高校生探偵を主人公にしたこのシリーズはテレビ化され、日本で1,000回以上放送された長寿アニメとなった。著作権上の理由から、アメリカでのタイトルは『ケース・クローズド（解決済み）』となっ

ている。

当然ながら、ホームズはすぐビデオゲームに登場するようになった。テキストコマンドによるインタラクティブ・フィクション（コンピューターゲームのジャンルのひとつ）で最初のものは、ビーム・ソフトウェア社のフィリップ・ミッチェルが開発し、メルボルン・ハウスが発売元となった『シャーロック』だ。1984年にZXスペクトラム48K向け、1985年にはコモドール64向けが発売されている。ジェレミー・ブレットのテレビシリーズに登場するキャラクターを題材にしたビデオゲーム『シャーロック・ホームズ』は、2002年以降、フロッグウェアズ社によって少なくとも9作が作られ、商標登録されている。

商標があることは、遺産財団がライセンス供与をしていることを示唆しているが、正確なプロセスを追うのは難しい。グリーティングカードやジグソーパズル、おもちゃ、チェスのフィギュアなどのコレクターズ・アイテムから、モンブランの《ライターズ・コレクション》による万年筆に至るまで、現在ではさまざまな製品が公式にライセンスされており、ホワイトゴールドでつくられた最高級万年筆は32,000ポンドで販売されている。2022年半ばにコナン・ドイル遺産財団のウェブサイトを見たかぎりでも、2、3カ月のあいだに3つの新しいエンターテインメント・ビジネスがシャーロック・ホームズの名前を使った営業許可

下　日本の外務省のパンフレット。『名探偵コナン』のキャラクターが描かれている

を得ていた。たとえば『シャーロック・ホームズとベイカー街不正規隊』は、クラウドファンディングで資金を集めた、5人までがプレイできるボードゲームである（イリノイ州南部に本拠を置くバスカヴィル・プロダクションズという会社が製造）。イギリスのイースト・サセックス州にあるイースト・ディーンは、〈最後の挨拶〉のときにホームズが引退生活をしていた場所だと言われたりもするが、この近くのノックハッチ・アドベンチャー・パークには、ホームズ物語をテーマにした体験型教育施設がある。またユニバーサル・スタジオ・ジャパンは2022年、「シャーロック・ホームズ　〜呪われた薔薇の剣〜」というシアター型アトラクションを期間限定で開催した。

　コナン・ドイル遺産財団という名は、ホームズでなく、その生みの親の名にちなんでいるわけだが、ホームズのその後の人生がドイルと密接に結びついていることは、注目に値する。どちらか一方が欠けてもダメというわけではないが、両者は互いに影響し合っているのだから、ドイルの人生と作品について理解し、つねに最新の情報を入手することが重要であることに変わりはない。その役割を果たすことができるのは、きちんとした伝記である。コナン・ドイルの最初の公式伝記作家は、ジョン・ラモンドというスコットランドの牧師で、未亡人であるジーン・コナン・ドイルは、彼なら夫が大切にしていたスピリチュアリストとしての活動について語るを任せられると考えた。その結果、1931年に出版されたのは完全なハギオグラフィ〔人を理想化しまたは偶像化する伝記〕で、痛ましい結果となってしまった。

　レディ・ジーンが1940年6月に亡くなったあと、サー・アーサーの相続人である息子のデニスとエイドリアンは、多作な作家ヘスキス・ピアスンに伝記を書かせた。だが彼らは、1943年に刊行された本の内容に満足せず、嘘ばかりの伝記だとして、バイオグラフィならぬ「フェイクオグラフィ」と呼んだ。そして、ナポレオンやゲーテの伝記を書いたドイツ系スイス人のエミール・ルートヴィヒに書いてもらおうとしたが、断られてしまう。その後エイドリアンは、みずから『真実のコナン・ドイル』という本を書いて1945年に出版し、自身による評価を試みた。しかし、まだ何かが欠けているとしか思えなかった。そこで兄弟は、ウィリアム・ジレットと同じくアメリカ上院議員の息子であった探偵小説作家、ジョン・ディクスン・カーに目をつけた。カーは、コナン・ドイル作品のアンソロジーを編纂する交渉を通じて、エイドリアンと親しくなっていたのだ。1949年に出版されたカーによる伝記は、生き生きした文章で情報量も多かったが、小説のような軽い調子のものでもあった。それから5年後、エイドリアンとカーが共同で書き下ろした12編（6編は共作、6編はカーが病に倒れたあとエイドリアンが単独で執筆）を収録した短編

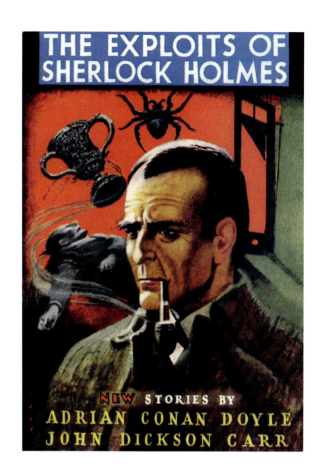

上　エイドリアン・コナン・ドイルとジョン・ディクスン・カーによる12編のホームズ・パスティーシュ集『シャーロック・ホームズの功績』の表紙（1954年）

191

パスティーシュ集、『シャーロック・ホームズの功績』が刊行される。この本の宣伝でエイドリアンは、収録作は父親のメモと、父親が自身の作品について述べたことに関する自分の記憶に基づいているという点を強調した。収録短編はすべて、正典に記述されたいわゆる「語られざる事件」〔ワトスンが言及しているが内容が書かれていない事件〕をもとにしたもので、つまりはファン・フィクションの典型的な形式なのだった。たとえば、「二人の女性の事件」という短編は、〈バスカヴィル家の犬〉の中で言及されている、ホームズがワトスンと一緒にダートムアへ行けなくなった原因である恐喝者を扱った事件なのである。

それでもエイドリアンは満足しなかった。1955年にデニスが亡くなって遺産管理人となった彼は、父の生涯について新たな解釈を求めていた。1959年、彼はサー・アーサーの生誕100周年を記念してジョン・マリー社から出版された一冊の本で、再びみずからそのギャップを埋めようとした。そのとき彼は、コナン・ドイルに関する博士論文に取り組んでいた若いフランス人、ピエール・ノルドン

に助力を得た。そのときの態度に感心したエイドリアンは、ノルドンに本格的な伝記の執筆を依頼する。その伝記は1964年にフランスでまず出版され、2年後にはフランシス・パートリッジの翻訳による英語版がイギリスで出版された。

以来、新しいドイル伝が定期的に出版されつづけているが、そうした伝記は関連する研究書の質の高さにおかげをこうむってきた。そうした研究書の先駆けとなったのが、リチャード・ランスリン・グリーンとジョン・マイケル・ギブスンが編纂した『コナン・ドイル書誌』である。この大著は1983年に出版され、1999年に改訂・増補された。2人はそれぞれが自身の企画に取り組むとともに、ドイルの趣味である写真に関する初期の記事をまとめた、『知られざるコナン・ドイル：写真に関するエッセイ』（1982年）でも協力している。また、同時代に刊行された貴重な文献としては、オーウェン・ダドリー・エドワーズによる『シャーロック・ホームズの探求』（1983年）もある。

学問的な評論書もまた、ホームズとその生みの親がつねに興味を抱かれる存在となるためには、重要だった。1冊を選ぶなら、フランスの哲学者ピエール・バイヤールによる『シャーロック・ホームズの誤謬：「バスカヴィル家の犬」再考』だろう。2008年に出版されたこの本で、著者は〈バスカヴィル家の犬〉の証拠を再検証し、ホームズが

下　ジュリアン・バーンズの2005年の小説を原作としたITVのドラマ『推理作家コナン・ドイルの事件簿』でコナン・ドイルを演じたマーティン・クルーンズ

次頁　アンソニー・ホロヴィッツの『絹の家』（2011年）とローリー・R・キングの『シャーロック・ホームズの愛弟子』（1994年）

誤った解釈をしていたと結論づけた。ムアでの事件に関して犬には責任がない、事件はバスカヴィル家の遺産相続人となるはずだった昆虫学者ジャック・ステイプルトンの仕業でなく、ステイプルトンの美しいコスタリカ人妻、ベリルの仕業だったというのだ。

　コナン・ドイルを理解するうえで重要な文献は、これ以外にもある。長らく原稿が未発見だったが2011年に大英図書館から出版されたドイルの長編小説『ジョン・スミス語る』、ジョン・レレンバーグ、ダニエル・スタシャワー、チャールズ・フォーリー編、2007年刊の『コナン・ドイル書簡集』、前述のブライアン・ピュー著『サー・アーサー・コナン・ドイルの生涯年表』（2009年刊、2018年まで改訂増補）などだ。さらに、サー・アーサーの甥（弟イネスの息子）であるジョン・ドイルの未亡人ジョージナ・ドイルによる『影の外へ』（2004年）も、コナン・ドイル一家に関する新たな洞察をもたらしてくれる伝記的資料である。

　こうした文献は、コナン・ドイル自身を主人公とした小説を書くうえでも役立った。過去20年ほどのあいだに、ドイルが主要人物の作品がいくつか発表されている。2005年に出版されたジュリアン・バーンズの『アーサーとジョージ』は、ブッカー賞の候補になった小説で、コナン・ドイルと、冤罪をかけられたパルシー教徒の弁護士ジョージ・エイダルジとの関係に焦点を当てたものだ。この作品をもとに、デイヴィッド・エドガーによる舞台劇（2010年）と、ITVによる3部構成のテレビシリーズ（2015年）が生み出された。

　一方、派手なパスティーシュやパロディ、ファン・フィクションに負けじと、主流出版社もホームズ物語に新たな解釈を加えた作品を出版するようになった。アンソニー・ホロヴィッツは、コナン・ドイル遺産財団の支援を得て、『絹の家』（2011年）と『モリアーティ』（2014年）という2作のホームズ物語「続編」を執筆した。アンソニー・レインはヤングアダルト市場向けに、財団公認によるヤング・シャーロックの小説をいくつか書いた。また、公認はされていないものの、フェミニズムに触発された解釈により、全体として男性的な色合いの正典を女性的な感性で再編成した作品が増えている。1994年の『シャーロック・ホームズの愛弟子』から始まったローリー・R・キングのメアリ・ラッセル・シリーズでは、ホームズの相手役の女性が主人公で、のちにホームズと結婚する。一方キャロル・ネルソン・ダグラスも、1990年刊行の『おやすみなさい、ホームズさん』を始めとするアイリーン・アドラー・シリーズで、正典の世界を拡張した。ホームズはセント・バーソロミュー病院の化学実験室に登場して以来、数多くの人々の想像の中で、長い旅を続けてきたのである。

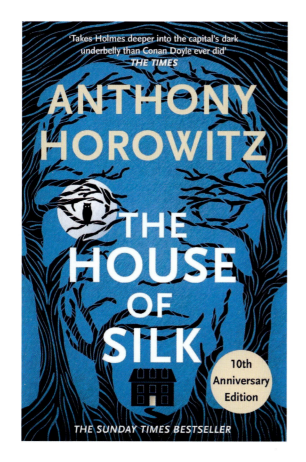

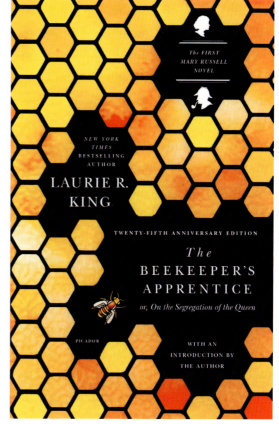

あとがき

シャーロック・ホームズの誕生は、いささか厄介なものだった。コナン・ドイルが〈緋色の研究〉の原稿を何社もの出版社に売り込んで、やっと《ビートンズ・クリスマス・アニュアル》に掲載されたものの、その実入りは微々たるものだった。しかし、それから130年以上経った今、ホームズは驚くほどみごとに生き残っている。

シャーロック・ホームズが世界で最もよく知られた、あるいは最も愛された架空の人物であるかどうか、それを断言するのは難しい。信頼できる答えを示す指標はないのだが、ジェイムズ・ボンドやターザン、ドラキュラ、くまのプーさん、不思議の国のアリスと並んで、少なくともトップ12には入るだろう。コミックスや映画の世界ではスーパーマンやミッキーマウス、英語圏以外のキャラクターではモンテ・クリスト伯やタンタン、歴史的な観点ではロビンソン・クルーソーが挙げられる（あのハリー・ポッターについては、もう1世紀ほど待たねばならない）。

だがシャーロック・ホームズは、様々な分野における存在であるという点で、ちょっと違う。彼は歴史であり、物語であり、心理学であり、スリラーでもある。第一に彼は、人を安心させる人物である。彼は理路整然と、しかし心地よく独創的な方法で、事件を解決する。善（と理性）の力が勝利を収める。彼の読者（とくに彼が登場した当時の通勤者たち）は、不正や不合理が正されたと知ることにより、家に帰ってベッドで安心して休むことができた。1890年代──イギリスの世界における支配的地位がドイツのような国から脅かされ、切り裂きジャックなどの犯罪者が暗躍し、ジークムント・フロイトの研究によって潜在意識の手に負えない要素が解き放たれようとしていた時代には、それがホームズの魅力の重要な部分だったのである。

しかしホームズは、あの色濃い霧に覆われた時代に生まれた存在でありながら、どの時代の存在でもある。ホームズの魅力のひとつは、その順応性の高さであり、束縛することが難しい点にある。彼はいわば「超越探偵」であり、「計算機械」であり、提示されたあらゆる兆候や手がかりを受け入れる。冷淡に見えることもあるが、意外なことに、友人ワトスン博士と仲良く暮らす人懐っこい人間でもある。この関係が探偵の魅力を引き立たせ、持続させているのだ。2人は長年辛抱強く連れ添った夫婦のようでありながら、一方が他方なしでは生きていけない。そして2人は、探偵小説やその他の物語形式において、互いの長所を生かし合い、競い合う仕事上のチームというパターンを確立したのである。

ホームズは仕事上きついことを言うが、決して不親切ではない。実際、彼はしばしば法律を無視して、容疑者に寛大な態度を示す場合がある。彼が共感を得られるのは、時に社会から目を背け、コカインを注射してまで孤独の追求に没頭する必要がある抑鬱性の人物という、問題を抱えた心の持ち主であるせいだとも言える。彼の気分の変動は、双極性障害とみなされそうな兆候を示し、際立って現代的なキャラクターとなっているのだ。

ホームズはしばしば矛盾する特徴を持っており、それが長年にわたって彼を再解釈することを可能にしてきた。そのおかげで、彼は世界中のさまざまなメディアで新たな支持者を得ることができたのだった。そのことについては、映画や舞台に関する章と、ファン・フィクションや日本のマンガの世界で崇拝者を見つけた彼の、力強く安定した余生に関する章を参照されたい。ヴィンセント・スターレットの詩『221B』のフレーズ「二人の名高き男たち、今もここに住めり／一度たりとも生きしことなく、それゆえに死ぬこともなし」は、じつに先見の明があったものと言えるだろう。

これまでのホームズ物語ガイドブックでは、物語の世界および登場人物を紹介することが中心であり、その付帯情報のようなかたちで、物語の生まれた背景（著者の人生を含む）や、物語から派生したアダプテーション作品およびファン活動や研究を紹介するものでした。一方本書は、優れたドイル伝で知られる伝記作家によるものであるため、ホームズ自身の置かれた世界を、著者とのつながりを重要視しながら解説・分析しています。もち

前頁 鹿撃ち帽（ディアストーカー）と拡大鏡は、いまや名探偵の象徴となっている

ろん、架空の存在であるホームズと彼を形づくった世界、そして彼がその世界をどのように表現したかに焦点を当てていますが、当時の政治や犯罪に関する章では、ドイルとの関係が詳しく語られています。本書は、フィクション中の人物であるホームズと、現実世界の人物であるドイルという2人の主人公の人生と功績を追い、その世界がもつ永遠のインパクトを明らかにする試みであり、ホームズの冒険を現代読者のために再解釈するものと言えましょう。

──訳者

195

年表
アーサー・コナン・ドイルと世界の出来事

1854　クリミア戦争開戦。オスカー・ワイルド誕生。

1859　5月22日、エディンバラでアーサー・コナン・ドイル（以下、ACD）誕生。

1859　チャールズ・ダーウィンの『種の起源』出版。

1861　アメリカ南北戦争が始まる。

1863　ロンドンでメトロポリタン鉄道（世界最初の地下鉄）が開業。

1866　ACD、エディンバラのニューイントン・アカデミーに通う。

1867　イギリスで第二回選挙法改正（選挙権の拡大）。

1868　ACD、ランカシャーのホダー・スクールに通う。

1870　ACD、ランカシャーのストーニーハースト・カレッジに入学。6月、チャールズ・ディケンズ死去。

1875　ACD、オーストリアのイエズス会学校、ステラ・マトゥティナで1年間過ごす。

1876　ACD、医学を学ぶためエディンバラ大学に入学。

1879　9月、ACDの最初の物語「ササッサ谷の秘密」が《チェンバーズ・ジャーナル》に、最初のノンフィクション「毒としてのゲルセミウム」が《英国医師会雑誌》に掲載される。

1880　ACD、北極捕鯨船ホープ号の船医を務める。

1881　ACD、エディンバラ大学を卒業（MB）。ドイル一家、エディンバラのロンズデール・テラス15番地に住む。10月、蒸気船マユンバ号の船医として西アフリカに渡る。ACDの父チャールズ・アルタモント・ドイル、アルコール依存症のため施設に収容される。

1882　ACD、プリマスで旧友ジョージ・バッドとともに開業するが不首尾に終わり、サウスシーで個人開業。《ロンドン・ソサイエティ》誌、《オール・ザ・イヤー・ラウンド》誌、《ランセット》誌、《ブリティッシュ・ジャーナル・オブ・フォトグラフィ》誌に論文を発表。ACDの母メアリ、エディンバラの医学生時代に下宿人だったブライアン・ウォラ

ー博士の、ヨークシャーにあるメイソンギル・コテージに移り住む。サウスシーでは9月からACDの弟イネスが付添い係として外科医療を手伝う。

1883　1月、《テンプル・バー》誌に「北極星号の船長」が掲載される。

1884　「J・ハバクック・ジェフスンの供述」（《コーンヒル》誌）などを発表。

1885　1月、ゴードン将軍がハルトゥームで戦死。6月、イギリスでソールズベリー卿率いる保守党が政権を握る。8月、ACD、ルイーズ（「トゥーイー」）・ホーキンズと結婚。新婚旅行でアイルランドへ（クリケットをプレー）。

1887　《ビートンズ・クリスマス・アニュアル》に〈緋色の研究〉が掲載される。ヴィクトリア女王在位50周年。

1888　ロンドンのホワイトチャペルで切り裂きジャック事件。12月、『緋色の研究』がウォード・ロック社から単行本として出版される。『クルンバーの謎』出版。

1889　2月、モンマスの反乱を描いたACDの小説『マイカ・クラーク』出版。ランガム・ホテルでの夕食で《リピンコッツ》誌から依頼を受け、〈四つの署名〉を執筆開始。娘メアリ・ルイーズ誕生。

1890　3月、《リピンコッツ》誌に〈四つの署名〉掲載。10月、『ガードルストーン商会』出版。

1891　ACD、眼科医としての地位を確立するためロンドンに移る。当初はモンタギュー・プレイスに住み、アッパー・ウィンポール・ストリート2番地に診察室を構える。〈ボヘミアの醜聞〉発表。医者をやめて執筆活動に専念。サウス・ノーウッドに移る。

1892　8月、グラッドストンが4度目の首相に就任。10月、ACD初の短編集『シャーロック・ホームズの冒険』がニューンズ社から出版される。息子アーサー・アレイン・キングズリー誕生。

1893 10月10日、チャールズ・アルタモント・ドイル死去。12月、第2短編集『シャーロック・ホームズの回想』出版。

1894 3月、ローズベリー卿が首相に就任。10月に『赤い灯のまわりで』（医学小説集）、12月に「寄生体」が出版される。ACD、弟イネスとともに講演ツアーでアメリカを訪れる。ジェラール准将シリーズの最初の物語「准将が勲章をもらった顛末」が《ストランド》誌に掲載される。フランスでドレフュス事件が始まる。

1895 ACDとルイーズ、エジプトを訪問。『スターク・マンローからの手紙』出版。ソールズベリー卿、再び首相に。リュミエール兄弟、パリで初の映画展を開催。日清戦争。

1896 2月、『勇将ジェラールの回想』出版。4月、アテネで初の近代オリンピック開催。11月、『ロドニー・ストーン』出版。

1897 ACD、家族とともにサリー州ハインドヘッドに引っ越す。ジーン・レッキーと恋に落ちる。ナポレオンものの小説『ベルナック叔父』出版。ヴィクトリア女王の在位60周年。

1898 2月、『コロスコ号の悲劇』出版。6月、詩集『行動の詩』出版。

1899 ウィリアム・ジレットが舞台でシャーロック・ホームズを演じ始める。ACD、南アフリカ（ボーア）戦争でラングマン病院へ。

1900 ACD、『大ボーア戦争』を執筆、エディンバラ中央選挙区の自由統一党候補として国会に立候補し落選。

1901 ヴィクトリア女王逝去、エドワード7世が後を継ぐ。8月、《ストランド》誌で〈バスカヴィル家の犬〉が連載開始。

1902 1月、『南アフリカ戦争――原因と行い』刊行。ACD、ナイトの称号を授かる。『バスカヴィル家の犬』が単行本としてニューンズ社から出版される。7月、ソールズベリー卿が首相および保守党党首を辞任し、アーサー・バルフォアが後任となる。

1903 9月、ニューンズ社から『勇将ジェラールの冒険』が出版される。10月、シャーロック・ホームズが《ストランド》誌掲載の〈空き家の冒険〉で再登場。

1904 英仏協商締結。

1905 3月、ニューンズ社から『シャーロック・ホームズの生還』出版。12月、自由党党首ヘンリー・キャンベル＝バナーマン卿がアーサー・バルフォアの後任として首相に就任。

1906 ルイーズ・ドイル死去。ACD、エイダルジ事件を取り上げる。ACD、国会議員選挙でホウウィック地区の自由統一党候補として敗れる。

1907 11月、ACD、ジーン・レッキーと結婚。愛読書について書いた『シャーロック・ホームズの読書談義（魔法の扉を通って）』を出版。

1908 4月、ハーバート・アスキスがヘンリー・キャンベル＝バナーマン卿の後任として首相および自由党首に就任。ACD、サセックス州クロウバラのウィンドルシャム屋敷に引っ越す。

1909 ACD、離婚法改革同盟の会長に就任。息子デニス誕生。コンゴに関するキャンペーンを始める。

1910 ACD、ロンドンのアデルフィ劇場を半年間借りる。彼の脚色した『まだらの紐』が346回上演される。息子エイドリアン誕生。

1912 チャレンジャー教授の物語第一作『失われた世界』が《ストランド》誌に掲載される。娘ジーン誕生。タイタニック号沈没。ロナルド・ノックスが「シャーロック・ホームズ文献の研究」を出版。

1913 ACD、「大英帝国と次なる戦争」を執筆、2月に《フォートナイトリー・レヴュー》誌に掲載される。英仏海峡トンネル建設運動。

1914 ACDとジーン、アメリカとカナダへツアー。対独

開戦時、ACD は地元の義勇軍を組織。

1915 2 月、『恐怖の谷』がアメリカで出版される（イギリスでは 6 月）。ACD、フランスとフランドルにおけるイギリスの作戦史に着手（1916 年出版）。

1916 ユトランドの戦い。12 月、ハーバート・アスキスの後任としてデイヴィッド・ロイド・ジョージが首相および自由党党首に就任。

1917 有罪判決を受けた友人ロジャー・ケイスメント卿への寛大な措置を訴える。《ストランド》誌に〈最後の挨拶〉が掲載され、のちにジョン・マリー社刊の単行本に収録される。

1918 4 月、『新たなる啓示』を出版。ACD、本格的なスピリチュアリストとなる。10 月 28 日、息子キングズリー死去。休戦。ドイツ皇帝ヴィルヘルム退位。

1919 弟イネスがスペイン風邪で死去。ヴェルサイユ講和条約。ドイツにワイマール共和国成立。

1920 フーディーニと交友。コティングリー妖精写真が公表される。オーストラリア講演ツアー。ACD の母メアリが死去。

1921 ストール・ピクチャーズがシャーロック・ホームズの映画シリーズを開始。

1922 ACD、北米心霊学ツアー。5 月、デイヴィッド・ロイド・ジョージ首相が辞任し、アンドリュー・ボナー・ロウがあとを継ぐ。ベニート・ムッソリーニがイタリア首相に就任。

1923 5 月、スタンリー・ボールドウィンがボナー・ロウのあとを継いで首相に就任。

1924 『わが思い出と冒険——コナン・ドイル自伝』出版。ラムジー・マクドナルドが第一次労働党政権を樹立するが、総選挙の結果、ボールドウィンが後任となる。

1925 アドルフ・ヒトラー、『わが闘争』第 1 巻を出版。

1926 ACD、『心霊学の歴史』と、チャレンジャー教授が主人公のスピリチュアリズム小説『霧の国』を出版。エリザベス王女（のちの女王エリザベス 2 世）誕生。

1927 6 月、ジョン・マリー社から『シャーロック・ホームズの事件簿』が出版される。

1928 ACD、家族とともにアフリカを旅行。

1929 ACD、オランダとスカンジナビアを訪問。『マラコット深海』および『アフリカの思い出』を出版。

1930 7 月 7 日、ACD 死去。

1934 《ベイカー・ストリート・イレギュラーズ》が初会合。ロンドンで《シャーロック・ホームズ協会》結成（のちに解散）。

1939 バジル・ラスボーンが映画『バスカヴィル家の犬』でシャーロック・ホームズを演じる。

1940 6 月 27 日、ジーン・コナン・ドイル死去。

1951 《ロンドン・シャーロック・ホームズ協会》結成。

1967 年頃 《アドヴェンチャレシズ・オブ・シャーロック・ホームズ》結成。

1970 ビリー・ワイルダー監督の映画『シャーロック・ホームズの冒険』。

1984 グラナダ TV でジェレミー・ブレット主演の『シャーロック・ホームズの冒険』シリーズ放映開始。1994 年まで全 41 話。

2009 ワーナー・ブラザースがロバート・ダウニー・Jr とジュード・ロウ主演の映画『シャーロック・ホームズ』を公開。

2010 ベネディクト・カンバーバッチ主演の BBC テレビシリーズ『SHERLOCK／シャーロック』が初登場。

2011 アンソニー・ホロヴィッツによる小説『絹の家』出版。

ホームズとワトスンの年譜

シャーロック・ホームズ物語の事件発生年代については、さまざまな説がある。ある出来事は正確に位置づけることができるが（文中に実際の日付が記されているか、正典のほかの出来事と関係があるかにより）、ほかの出来事は日付が曖昧で、推測に頼らざるをえない。

以下は、レスリー・クリンガー編『新・注釈付きシャーロック・ホームズ全集』、ギャビン・ブレンド著 *My Dear Holmes*、ウィリアム・S・ベアリング＝グールド著 *The Chronological Holmes*、ジャン＝ピエール・クルーゼ著 *Quel jour sommes-nous, Watson* など、多くの資料に記載されている日付を参考にしている。

1846　ジェイムズ・モリアーティ誕生。

1847　マイクロフト・ホームズ誕生。

1852 年頃　ジョン・ワトスン誕生。

1854　シャーロック・ホームズ誕生。

1872　ワトスン、ロンドンのセント・バーソロミュー病院で医学の勉強を始める。

1872 年頃　ホームズが大学（おそらくオックスフォード大学クライスト・チャーチ）に進学。2 年後、学位を取得せずに退学。

1873　グロリア・スコット号が航海中に難破する。

1874 年頃　ワトスン、ロンドンのセント・バーソロミュー病院の研修医に着任する。スタンフォードが手術助手を務める。

1875 年頃　ホームズ、モンタギュー・ストリートに下宿し、大英博物館図書館とセント・バーソロミュー病院で研鑽を積む。

1878　ワトスン、ロンドン大学で医学博士号を取得し、ネトリー陸軍病院で軍医研修。

1879　ワトスン、アフガニスタンの第五ノーサンバーランド・フュージリア連隊に配属される。ホームズ、マスグレイヴ家の使用人たちの奇妙な失踪事件を調査し、チャールズ 1 世の失われた王冠を発見する。

1880　ワトスン、マイワンドの戦いで負傷。

1881　1 月 1 日、ワトスンがピカデリーのクライテリオン・バーでスタンフォードに出くわし、シャーロック・ホームズを紹介される。2 人がベイカー・ストリート 221B に同居。ホームズの「人生の書」という記事が雑誌に掲載される。3 月、〈緋色の研究〉。

1883　4 月、〈まだらの紐〉。

1886　秋、〈入院患者〉、〈独身の貴族〉、〈第二のしみ〉。ホームズ、小論文「人間の耳のさまざまな特徴について」を《人類学会誌》に発表。

1887　春、ホームズが「働きすぎによる極度の疲労で」倒れる。4 月、〈ライゲイトの大地主〉。5 月、〈ボヘミアの醜聞〉。6 月、〈唇のねじれた男〉。9 月、〈オレンジの種五つ〉。10 月、〈花婿の正体〉、〈赤毛組合〉。11 月、〈瀕死の探偵〉。12 月、〈青いガーネット〉。

1888　1 月、〈恐怖の谷〉。4 月、〈黄色い顔〉。9 月、〈ギリシャ語通訳〉、〈四つの署名〉、〈バスカヴィル家の犬〉。ワトスン、メアリ・モースタンと結婚。

1889　ワトスン、パディントンで開業中。4 月、〈ぶな屋敷〉、6 月、〈ボスコム谷の謎〉、〈株式仲買店員〉。7 月、〈海軍条約文書〉、8 月、〈ボール箱〉。9 月、〈技師の親指〉、〈背中の曲がった男〉。

1890　3 月、〈ウィステリア荘〉。9 月、〈名馬シルヴァー・ブレイズ〉。12 月、〈緑柱石の宝冠〉。

1891　4 月、〈最後の事件〉。ライヘンバッハの滝でモリアーティ死亡（5 月）。一緒に死んだと思われたホームズは、3 年間の「大空白」時代、アジア、アフリカ、ヨーロッパを広く旅する。

1893 年頃　ワトスン夫人死去。

1894　4月、〈空き家の冒険〉。11月、〈金縁の鼻眼鏡〉。

1895　ヴァーナー博士がワトスンの医院を買い取り、ワトスン、ベイカー・ストリートに戻る。4月、〈美しき自転車乗り〉、〈三人の学生〉。7月、〈ブラック・ピーター〉。8月、〈ノーウッドの建築業者〉、11月、〈ブルース・パーティントン型設計書〉。ホームズ、ウィンザー城を訪れ、ブルース・パーティントン型潜水艦の設計書奪還に貢献したことにより、ヴィクトリア女王からエメラルドのネクタイ・ピンを贈られる。ホームズ、論文「ラッススの多声部聖歌曲について」の執筆に取り組む。

1896　10月、〈ヴェールの下宿人〉。11月、〈サセックスの吸血鬼〉。12月、〈スリー・クォーターの失踪〉。

1897　ホームズ、コーンウォールに転地療養。1月、〈アビィ屋敷〉。3月、〈悪魔の足〉。

1898　7月、〈踊る人形〉および〈隠居した画材屋〉。

1899　1月、〈恐喝王ミルヴァートン〉。

1900　6月、〈六つのナポレオン像〉。10月、〈ソア橋の難問〉。

1901　5月、〈プライアリ・スクール〉。

1902　5月、〈ショスコム荘〉。6月、〈三人のガリデブ〉。7月、〈レディ・フランシス・カーファクスの失踪〉。9月、〈高名な依頼人〉、〈赤い輪団〉。

1903　1月、〈白面の兵士〉。5月、〈三破風館〉。夏、〈マザリンの宝石〉。9月、〈這う男〉。ホームズ、引退してサセックスでミツバチを飼う。ワトスンは再婚してクイーン・アン・ストリートで働く。

1907　7月、〈ライオンのたてがみ〉。

1912　ホームズ、ドイツのスパイ組織を追ってアメリカに渡る。8月、ホームズがワトスンを呼び出し、フォン・ボルク逮捕への協力要請。

1914　8月、〈最後の挨拶〉。

参考文献

書籍

Allan, Janice M. and Pittard, Christopher (eds), *The Cambridge Companion to Sherlock Holmes* (Cambridge, 2019).

Bayard, Pierre, *Sherlock Holmes was Wrong* (Bloomsbury, 2010).　ピエール・バイヤール『シャーロック・ホームズの誤謬：『バスカヴィル家の犬』再考』（平岡敦訳、東京創元社、2023年）

Black, Jeremy, *The Game is Afoot* (Rowman & Littlefield, 2022).

Boström, Mattias, *The Life and Death of Sherlock Holmes* (Head of Zeus, 2017).（米版タイトルは *From Holmes to Sherlock: The Story of the Men and Women Who Created an Icon*）マティアス・ボーストレム『〈ホームズ〉から〈シャーロック〉へ：偶像を作り出した人々の物語』（平山雄一監訳、作品社、2020年）

Clausson, Nils (ed.), *Re-examining Arthur Conan Doyle* (Cambridge Scholars Publishing, 2021).

Conan Doyle, Arthur, *Memories and Adventures* (Hodder & Stoughton, 1924).　コナン・ドイル『わが思い出と冒険―コナン・ドイル自伝』（延原謙訳、新潮文庫　新潮社、1965年）

Conan Doyle, Arthur, *The Narrative of John Smith* (British Library, 2011).

Conan Doyle, Arthur, *Through the Magic Door* (Smith, Elder & Co., 1907).　コナン・ドイル『シャーロック・ホームズの読書談義』（佐藤佐智子訳、大修館書店、1989年）

Conan Doyle, Arthur (general editor Owen Dudley Edwards),*The Oxford Sherlock Holmes* (Oxford, 1993).　コナン・ドイル『シャーロック・ホームズ全集』（小林司・東山あかね訳、河出書房新社、1997～2002年）

Cox, Michael (ed.), *The Baker Street File* (Calabash Press, 2002).

Frank, Lawrence, *Victorian Detective Fiction and the Nature of Evidence: The Scientific Investigations of Poe, Dickens and Doyle* (Palgrave Macmillan, 2003).

Hall, Trevor H., *Sherlock Holmes and His Creator* (Gerald Duckworth, 1978).

Holmes, John and Ruston, Sharon (eds), *The Routledge Research Companion to Nineteenth Century British Literature and Science* (Routledge, 2017).

Keating, H.R.F., *Sherlock Holmes: The Man and His World* (Thames & Hudson, 1979).　H・R・F・キーティング『シャーロック・ホームズ：世紀末とその生涯』（小林司［ほか］監訳、東京図書、1988年）

Kerr, Douglas, *Conan Doyle: Writing, Profession and Practice* (Oxford University Press, 2013).

Klinger, Leslie S. (ed.), *The New Annotated Sherlock Holmes* (W.W. Norton, 2006).

Knight, Stephen, *Crime Fiction 1800–2000* (Palgrave, 2004).

Lancelyn Green, Richard and Gibson, John Michael, *A Bibliography of A. Conan Doyle* (Hudson House, 2000).

Lellenberg, Jon, Stashower, Dan and Foley, Charles, *Arthur Conan Doyle: A Life in Letters* (HarperPress, 2008).　ジョン・レレンバーグ他『コナン・ドイル書簡集』（日暮雅通訳、東洋書林、2012年）

Lycett, Andrew, *Conan Doyle: The Man Who Created Sherlock Holmes* (Weidenfeld & Nicolson, 2007).

Lycett, Andrew (ed.), *Conan Doyle's Wide World* (Tauris Peake, 2020).

Miller, D.A., *The Novel and the Police* (University of California Press, 1988).　デイヴィッド・A・ミラー『小説と警察』（村山敏勝訳、国文社、1996年）

Miranker, Cathy and Glen, *Sherlock Holmes in 221 Objects* (The Grolier Club, 2022).

O'Brien, James, *The Scientific Sherlock Holmes* (Oxford University Press, 2013).　ジェイムズ・オブライエン『科学探偵　シャーロック・ホームズ』（日暮雅通訳、東京化学同人、2021年）

Pugh, Brian W., *A Chronology of the Life of Sir Arthur Conan Doyle* (MX Publishing, 2018).

Richards, Dana (ed.), *My Scientific Methods: Science in the Sherlockian Canon* (Baker Street Irregulars, 2022).

Rzepka, Charles J., *Detective Fiction* (Polity Press, 2005).

Steinbrunner, Chris and Michaels, Norman, *The Films of Sherlock Holmes* (Citadel Press, 1978).

Stuart Davies, David, *Holmes at the Movies* (New English Library, 1976).

Tracy, Jack, *The Ultimate Sherlock Holmes Encyclopedia* (Gramercy Books, 1977).　ジャック・トレイシー『シャーロック・ホームズ大百科事典』（日暮雅通訳、河出書房新社、2002年）

Utechin, Nicholas, *Amazing & Extraordinary Facts: Sherlock Holmes* (David & Charles, 2012).

Vanacker, Sabine and Wynne, Catherine (eds), *Sherlock Holmes and Conan Doyle: Multi-Media Afterlives* (Palgrave Macmillan, 2013).

Wagner, E.J., *The Science of Sherlock Holmes* (John Wiley & Sons, 2006).　E・J・ワグナー『シャーロック・ホームズの科学捜査を読む：ヴィクトリア時代の法科学百科』（日暮雅通訳、河出書房新社、2009年）

Werner, Alex (ed.), *Sherlock Holmes: The Man Who Never Lived and Will Never Die* (Ebury Press, 2014).　アレックス・ワーナー編『写真で見るヴィクトリア朝ロンドンとシャーロック・ホームズ』（日暮雅通訳、原書房、2016年）

White, Jerry, *London in the Nineteenth Century* (Jonathan Cape, 2007).

Wynne, Catherine, *The Colonial Conan Doyle: British Imperialism, Irish Nationalism and the Gothic* (Greenwood Press, 2002).

その他の参考資料

Scuttlebutt from the Spermaceti Press.

The Arthur Conan Doyle Encyclopaedia: https://www.arthur-conan-doyle.com/index.php/Main_Page

The Baker Street Journal (publication of the Baker Street Irregulars).

The Sherlock Holmes Journal (publication of the Sherlock Holmes Society of London).

引用文献

第3章

『わが思い出と冒険―コナン・ドイル自伝』（延原謙訳　新潮社）

「寄生体」『北極星号の船長〈ドイル傑作集2〉』（白須清美訳　創元推理文庫）

『シャーロック・ホームズの読書談義』（佐藤佐智子訳　大修館書店）

第4章

『黒猫／モルグ街の殺人』（小川高義訳、光文社古典新訳文庫　光文社）

『月長石』（中村能三訳　1962年　東京創元社）

『五匹の子豚』（山本やよい訳　早川書房）

第5章

『シャーロック・ホームズの冒険』（ビリー・ワイルダー監督）「さまざまな事情を考慮した結果、発表を後々まで控えた」……DVDの字幕

索引

数字は本文ページ数、斜体は図版ページ数。

【ア行】

アイルランド　43, 44, 46, *47*, 50, *52*, 53-4
アイルランド自治法　43, 44, 46, *47*, *52*, 53
アインシュタイン、アルベルト　8
アーヴィング、ヘンリー　113
〈青いガーネット〉　24, 49, *49*
〈赤い輪団〉　23, *145*, 155
〈赤毛組合〉　20, 97, 99, 154-5, *155*
〈空き家の冒険〉　19, 60, 107, 124, 165, 167, 172
〈悪魔の足〉　34, 49, 64, 96
『アーサーとジョージ』　193
アシュトン＝ウルフ、ハリー　109
アタバスカ・トレイル　41
《アドヴェンチャレシズ・オブ・シャーロック・ホームズ》（ASH）　174
アドラー、アイリーン　10, 19, 58, 114, 137, 155, 187, 193
〈アビィ屋敷〉　10, *10*, 48
アビー・ナショナル　175, *176*, 177
アビー・ハウス展示会（1951）　*175*, 176-7
アームストロング博士、レズリー　89
アメリカとの関わり　54-61
『アルセーヌ・ルパン対シャーロック・ホームズ』（映画）　118
アルバート公　70
アレン、グラント　111
アンスン大尉、ジョージ　110
アンダーショー屋敷　33-4, *33*, 161, 180
イエローバック　149
《イエロー・ブック》　149-50
イーガン、ピーター　140
《イラストレイテッド・ロンドン・ニュース》　28, *46*, 51
《ヴァニティ・フェア》　71
ヴィクトリア女王　7, 43, *45*, 70, 77
〈ウィステリア荘〉　8, 47
ウィッチャー警部、ジョナサン　92, 94
ウィットブレッド醸造会社　176
ヴィドック、ウジェーヌ・フランソワ　90, 92
ウィリアムズ、ジョン　*89*
ウィリアムソン、ニコル　*132*, 133
ウィルバーフォース、サミュエル　70, *71*
ウィルマー、ダグラス　89
ウィンチェスター　30-1
ヴェリティ、トーマス　15
ヴェルヌ、クロード＝ジョゼフ　151-2
ヴェルヌ、エミール・ジャン＝オラス　151, *153*
ウォード夫人、ハンフリー　120
ヴォルテール　87
ウォルト・ディズニー　134, 189
ウォレン、サミュエル　90
ウォントナー、アーサー　124, *126*, 127, *127*
〈美しき自転車乗り〉　33, *164*
エイダルジ、ジョージ　50, 109-10, *110*, 193
HBO　140, *140*
エジソン、トマス　82, *82*, 113
エディンバラ（大学）　8, 38-9, 43, 44, 54, 75-8, *76*, 91, 92, 94, 96, 158, 179, 180
エドワーズ、オーウェン・ダドリー　192
NBC　127

『エノーラ・ホームズの事件簿』　140, 185, *185*
エマーソン、ラルフ・ウォルドー　75, 79
『エレメンタリー　ホームズ＆ワトソン in NY』（テレビシリーズ）　139, *139*
オーヴァーエンド、ウィリアム・ヘイシャム『フットボール・マッチ』　*163*
オッフェンバック、ジャック　155
〈踊る人形〉　57, 99, 101
オブライエン、ジェイムズ　105
『オリビアちゃんの大冒険』（映画）　134
オリンピック（ロンドン）　170, *170*
〈オレンジの種五つ〉　56-7, 73

【カ行】

カー、ジョン・ディクスン　*183*, 191, *191*
『シャーロック・ホームズの功績』　191, *191*
〈海軍条約文書〉　22, 47, 65, *67*, 101, *104*, 146
カナダ　40-1, *42*, 107, 179, 182
カナダ太平洋鉄道　41, *41*
ガーネット、ヘンリー・ハイランド　54, *54*
カーライル、トマス　69
カリファ、アブドゥラヒ・イブン・ムハンマド　38, *38*
貫地谷しほり　140, *140*
カンバーバッチ、ベネディクト　7, *8*, *138*, 139, 185
〈黄色い顔〉　165
〈技師の親指〉　30, 75, 152
『絹の家』　193, *193*
ギネス世界記録に挑戦　186
ギブスン、ジョン・マイケル　192
キプリング、ラドヤード　59, 144, 168
キュヴィエ男爵、ジョルジュ　73, *73*
〈恐喝王ミルヴァートン〉　21, 49
『恐怖の研究』（映画、A Study in Terror）　130, *131*
〈恐怖の谷〉　44, 53, 57, *100*, 106, 107, 147, 156
切り裂きジャック　26, *27*, 130
〈ギリシャ語通訳〉　22, 103, 151
キーン、J・ハリントン　*101*
キング、ローリー・R　193, *193*
『銀星号事件』（映画）　*127*
〈金縁の鼻眼鏡〉　106
〈唇のねじれた男〉　26, 82
クック、ジュン　85
クック、ピーター　133-134, *135*
クッシング、ピーター　*129*, 130, 133
クライテリオン・バー（ザ・クライテリオン）　15, *18*, 23
クラーケンウェル爆破事件（1867）　44, 46
《クラシック・コミックス》　*188*, 189
グラッドストン、ウィリアム　43, 44, *45*, 46, 53
グラナダTV　24, 48, 134, *136*, 137
クリーズ、ジョン　133
クリスティー、アガサ　112, 172, *173*
《クリスティーズ》　156, *158*, 179, 180, *180*
クリスティスン教授、ロバート　76, 96, *96*
『クリスマスにホームズを』（舞台、Holmes for the Holidays）　140
グリムショー、ジョン・アトキンスン
　『ウォータールー橋、東向き』　59
　『ロンドン橋の下を流れるテムズ』　26
グリーン、グレアム　127

グリーン、リチャード・ランスリン　→ランスリン・グリーン、リチャード
グルーズ、ジャン・バティスト　156, *157*
クルーンズ、マーティン　192
〈グロリア・スコット号〉　64, 167
ケイスメント、ロジャー　42, 53
ゲイティス、マーク　137, *138*
〈高名な依頼人〉　22, 23, 65, 156, 158, 162, 180
ゴーギャン、ポール　151, *152*
コッホ、ロベルト　39, *39*, *72*, 73, 78, 81, *81*
ゴッホ、フィンセント・ファン『パリの小説（イエロー・ブックス）』　*149*
コティングリー妖精事件　86, *86*, 121
コナン・ドイル、アーサー　→ドイル、アーサー・コナン
コナン・ドイル遺産財団　130, 134-7, 177, 179, 182, 185, 187, 190, 191, 193
コナン・ドイル・コレクション（ポーツマス）　180, *181*, 182
コペルニクス、ニコラウス　74, *74*
コミックス　*188*, 189-90
《コリアーズ》　60, *61*, 167
コリンズ、ウィルキー　94, *95*, 151
ゴールドウィン・スタジオ　123, *123*
ゴルトン、フランシス　84, 98, 99
コレクターズ・アイテム　190
コーンウォール　34-7

【サ行】

〈最後の挨拶〉　33, 68, 82, 124, 158, 160, 191
〈最後の事件〉　37, *37*, 82, 114, 124, 165-7, 189
サージェント、ジョン・シンガー　150
〈サセックスの吸血鬼〉　76-7, 86
サットン、ジョン『ベイカー・ストリート』　21
ザナック、ダリル・F　127, 129
サミュエルスン社　118
三国同盟（1882年）　65-6, *66*
サンドウ、ユージン　166, 167
〈三人のガリデブ〉　10, 56, 105, 127
三文小説　→ダイム・ノヴェル
シドニー・プライアー・ホール『クリスティーズの名画セール』　*158*
シムノン、ジョルジュ　109
ジャクソン、サミュエル『ライヘンバッハの滝』　*36*
シャクルトン、アーネスト　41
ジャスパー国立公園（アルバータ州）　40-1, *42*
シャルコー、ジャン＝マルタン　8, 83
『SHERLOCK／シャーロック』（テレビシリーズ）　7-8, *8*, 137-9, *138*, 186, 187
『シャーロック　アントールドストーリーズ』（テレビシリーズ）　139
《シャーロック・ホームズ》（コミックス）　189-90
『シャーロック・ホームズ』（ビデオゲーム）　190
『シャーロック・ホームズ』（1922映画）　53, 121-3, *124*
『シャーロック・ホームズ』（1929映画）　→『シャーロック・ホームズの生還』（1929映画）
『シャーロック・ホームズ』（2009映画）　137, *137*, 185
『シャーロック・ホームズ』（ビデオゲーム）　190
『シャーロック・ホームズ』（舞台）　113-7, *114-5*,

124, 133
《シャーロック・ホームズ協会》（1934 ロンドン）
173–4, *174*
《シャーロック・ホームズ・コレクション》（ミネソタ
大学）180–2
『シャーロック・ホームズ最後の冒険』（1923 映画シ
リーズ，The Last Adventures of Sherlock Holmes）
120
『シャーロック・ホームズ氏の素敵な冒険』133
『シャーロック・ホームズ　シャドウ　ゲーム』（2011
映画）137
『シャーロック・ホームズと死の首飾り』（ドイツ映画，
Sherlock Holmes und Das Halsband des Todes）
130, *130*
「シャーロック・ホームズとその経歴における 12 の
シーン」*145*
『シャーロック・ホームズとベイカー街正規隊』（ボー
ドゲーム，The Original Sherlock Holmes and His
Baker Street Irregulars）190–1
『シャーロック・ホームズの危機』（デンマーク映画，
Sherlock Holmes in Danger）118
『シャーロック・ホームズの事件簿』182
『シャーロック・ホームズの勝利』（1935 映画）127
『シャーロック・ホームズの素敵な挑戦』（1976 映画）
132, 133
『シャーロック・ホームズの生還』（映画，The Return
of Sherlock Holmes）124, *125*
『シャーロック・ホームズの秘密』（舞台，The Secret
of Sherlock Holmes）140
『シャーロック・ホームズの冒険』151
『シャーロック・ホームズの冒険』（1939 映画）127
『シャーロック・ホームズの冒険』（1970 映画）
130–3, *133*, 134
『シャーロック・ホームズの冒険』（テレビシリーズ）
136, 137
《シャーロック・ホームズ博物館》176–7, *177*
シャーロック・ホームズ・ホスピタリティ・グループ
179
「シャーロック・ホームズ翻弄される」（1900 短編映
画）117, *117*
『シャーロック・ホームズ　ロシア外伝』（テレビシリ
ーズ）139
自由党　43, 44, 47–8, 53
自由統一党　44, 46–7, 50, 61
首都圏警察（スコットランド・ヤード，メトロポリタ
ン・ポリス）21, 24, 89, 92, 98, 101, 103, 105,
105, 106, 107, 171
ショー，ジョン・ベネット　182
〈ショスコム荘〉103, 167
『初歩的なことだよワトスン君』（1973 映画，
Elementary My Dear Watson）133
ジレット，ウィリアム　12, 60, *61*, 87, 97, 113–8,
114, *115*, *116*, *117*, 121, 123–4, 127, 133, 140,
191
『新シャーロック・ホームズ／おかしな弟の大冒険』
（1975 映画）133
『新シャーロック・ホームズの冒険』（1939 ラジオシ
リーズ，New Adventures of Sherlock Holmes）
129
《心霊現象研究協会》79, 83, 109
スイス　37, 39, 60, 177
『推理作家コナン・ドイルの事件簿』（テレビシリーズ）
192
スコットランド国立図書館　180
スコットランド・ヤード　→首都圏警察

スターレット，ヴィンセント　28, 124, 173, 195
スティーヴン，ジェイムズ・フィッツジェイムズ
94
スティーヴンス，ロバート　130–3, *133*
スティーヴンスン，ロバート・ルイス　150, *150*
スティール，フレデリック・ドー
〈緋色の研究〉75
〈ライオンのたてがみ〉*32*
ステッド，W・T　81, 141, 143
ストッダート，ジョゼフ・M　23, 58
ストーニーハースト・カレッジ　39, 53–4, 76, 158,
161
《ストランド》*6*, 13, 22, 50, 81, 82, 87, 97, *100*,
109, 111, 113, 114, 120, 141, 143, 144, *145*, 145–
7, *162*, 167
ストランド（ロンドンの通りの名）15, 22, 28, 141,
146
ストール，オズワルド　118–20
ストール社　118–20, 123
ストール・フィルム・コンヴェンション（1921）
120
スピルズベリ，バーナード　107
スピルバーグ，スティーヴン　134
スプリンガー，ナンシー　185
スミス，ハーバート・グリーンハウ　144
スミス書店，W・H　147, *147*, 149
〈スリー・クォーターの失踪〉89–90, 161
スレイター，オスカー　50, 110–1, *111*
セイファーティッツ，グスタフ・フォン　123, *124*
セイヤーズ，ドロシー　112, 174, *175*
〈背中の曲がった男〉64, 147
全米奇術師協会　121
『続シャーロック・ホームズの冒険』（1922 映画シリ
ーズ，The Further Adventure of Sherlock Holmes）
120
ゾラ，エミール　150
ソールズベリ卿　46, 48, 50, 66

【夕行】

大英帝国　9, 15, 38, 41, 44, 50, 54, 60–2, 66, 77
大英図書館　179, 193
大英博物館　24, 72
「第二の血痕」（グラナダ TV 版『シャーロック・ホー
ムズの冒険第 3 シリーズ』）*48*
〈第二のしみ〉48, 66
大博覧会（1851 年）70
ダイム・ノヴェル　147, 149
ダーウィン，チャールズ　69, 70, *71*, 73, 78, 79, 84,
98, 103
ダウニー・Jr，ロバート　137, *137*, 185
ダグラス，キャロル・ネルソン　193
竹内結子　140, *140*
ダートムア　30, 34, *34*, 39, 127, 130, 192
ダブルデイ，ジョン　177, *178*
地下鉄（ロンドン）15, 18, 21–2, *28*, 29
チャールトン・コミックス社　189
ディケンズ，チャールズ　92, *94*, 150
DC コミックス社　189
ディズニー，ウォルト　→ウォルト・ディズニー
ディズレーリ，ベンジャミン　43, 45
《ティット・ビッツ》141–3, *143*
《ディテクション・クラブ》172–3, *173*, 175
《ディテクティヴ・コミックス》*189*
デイム・ジーン　→ドイル，ジーン・コナン
ディーン・フジオカ　139

テムズ川　15, 20, 22, 24–6, *24*, 28–9
天然痘　49, *50*
ド・クインシー，トマス　87–9
ドイル，アーサー・コナン　9, *42*, 79, 122, 169,
170, 196
「相手わきまえぬ非難に答えて」9
「赤い灯のまわりで」49
「あの四角い小箱」54
『ある心霊主義者の放浪』41
アンダーショー屋敷　33, 161, 180
医学を学ぶ　75–8, 82, 96
医師としてのキャリア　38–9, 78, *78*, 81, 82
「色黒医師」50
『失われた世界』42, 77, *79*, 85, 121
「運命の炎」40
音楽と美術　158–60
科学　75–86, 96–7
「科学の声」82, 144
「寄生体」83
「クリケットの追憶」162
『クルンバーの謎』62, *63*
『クロックスリーの王者』168
『コロスコ号の悲劇』40, *40*
『コンゴの犯罪』50, *51*
死　124, 173, 182
《実録犯罪奇談》109
写真への関心　39, 78, 86, 121, 192
『シャーロック・ホームズの読書談義』64, 84
『ジョン・スミス語る』（The Narrative of John
Smith）79, 193
ジーンとの結婚　40, 50, 60, 84–5, 191
心霊主義と超常現象　8–9, 42, 78–9, 83–4, 85–6,
103, 121
スキー　39, 170, *170*
スポーツ　161–2, *162*, 167–70
政治　43–68
「西方漫遊」（Western Wanderings）40–1
『戦闘準備！』68
著作権　114, 118, 121, 123, 134, 137, 179, 182,
185, 187, 190
伝記　191–2
ナイトの称号　59
『白衣の騎士団』34, 58, 144
『亡命者　二大陸の物語』54
『魔法の扉を通って』→『シャーロック・ホームズ
の読書談義』
「緑色の旗」54
『妖精の到来』121
旅行　38–42
ルイーズとの結婚　34, 40, 50, 81, 83, 84–5
『ロドニー・ストーン』168
ロンドンでの生活　18–9, 22–3, 24, 39
『わが思い出と冒険』40, 45, 61, 68, 77, 78–9, 81,
90, 96, 118, 120, 160, 168, 170
→個別のシャーロック・ホームズ作品
ドイル，エイドリアン・コナン　124, 134, 177, 179,
182, *183*, 191, *191*
『シャーロック・ホームズの功績』191, *191*
ドイル，ジョージナ　193
ドイル，ジョン　193
ドイル，ジーン・コナン（デイム・ジーン）137,
174, 179, 180
ドイル，ジーン・コナン（レディ・ジーン）→レッ
キー，ジーン
ドイル，チャールズ・アルタモント　160, *160*

ドイル，デニス・コナン　124, 134–7, 179, 185, 191, 192
ドイル，ヘンリー　160
ドイル，メアリ　90–1
ドイル，リチャード（ディッキー）　159, 160
トウェイン，マーク　99
〈独身の貴族〉　57, *57*, 58, 176
『Dr. HOUSE ドクター・ハウス』（テレビシリーズ）138, 139
ドレ，ギュスターヴ『ブルズ・アイ』108
ドレ，ルイ・オーギュスト・ギュスターヴ『ロンドン巡礼』27
トレヴィル，ジョルジュ　118
トロント・レファレンス・ライブラリ　182, *182*

【ナ行】

『ナイジェル卿の冒険』34
『7パーセント溶液』→『シャーロック・ホームズ氏の素敵な冒険』
西インド・ドックス　24, *25*
20世紀フォックス　127, 129, 133
221Bベイカー・ストリート（ホームズの下宿）15, 19, 43, 129, 134, 139, *175*, 176, *176*, 177
〈入院患者〉61
『ニューゲート・カレンダー』87, 88
ニューンズ，ジョージ　141, 143, 144
ネヴィル，ジョン　130, 131
《ねずみの国のシャーロック・ホームズ》134
ネットフリックス　140, 185, *185*
『眠れる枢機卿』（映画）124
ノーウッド，エイル　118–20, *120*, 121, *121*
〈ノーウッドの建築業者〉98, 99
ノーサンバーランド・アームズ　22, 176
ノックス，ロナルド　112, 171, 172–3, *172*
ノーマン・ネルーダ，ウィルマ　*154*, 155
ノルディスク社　118
ノルドン，ピエール　192

【ハ行】

バー，ロバート　171
ハイゼンベルク，ヴェルナー　8
バイヤール，ピエール　192
ハイン，カトクリフ　111
〈這う男〉101
バウル，ジャン　65, 69
パウル・ウーレンフート　105
『白衣の騎士団』34, 58, 144
〈白面の兵士〉64
バザルジェット，サー・ジョゼフ　29
ハーシェル，サー・ウィリアム　98, *98*
パジット，シドニー　*10*, 13, 87, 97, 114, 141, 144–6, *144*
〈青いガーネット〉*49*
〈赤毛組合〉*155*
〈美しき自転車乗り〉*164*
〈海軍条約文書〉*67*, 104
〈最後の事件〉*37*
「シャーロック・ホームズとその経歴における12のシーン」*145*
『シャーロック・ホームズの回想』*31*
〈独身の貴族〉*57*
〈ノーウッドの建築業者〉*99*
『バスカヴィル家の犬』*35*, 84
〈ボヘミアの醜聞〉*65*
〈ボール箱〉*103*

〈まだらの紐〉*13*
〈名馬シルヴァー・ブレイズ〉*31*, 167
パース，チャールズ・S　74–5
〈バスカヴィル家の犬〉30, 34, *34*, *35*, 61, 84, *84*, 100–1, 102, 106, 109, 147, 155, *156*, 176, 179, *188*, 192–3
『バスカヴィル家の犬』（1939年映画）127, *128*
『バスカヴィル家の犬』（1959年映画）*129*, 130
『バスカヴィル家の犬』（1978年映画）133–5, *135*
『バスカヴィル家の犬』（ドイツ映画）118
〈バスカヴィル家の犬〉（《ルック・アンド・ラーン》）189
『バスカヴィル家の犬　シャーロック劇場版』（2022年映画）139–40
『バスカヴィル家の殺人』（映画，Murder at the Baskervilles）127
パストゥール，ルイ　78, 79, 81
バーダン，マーシャル・S　75
ハーツォグ，イヴリン　174
ハッチンスン，ジョージ『緋色の研究』70
パディントン駅（ロンドン）*29*, 30
バートン，ジョン・ヒル　90–1
バートン＝ライト博士，エドワード　165, *165*, 167
〈花婿の正体〉15, 21, 100
《ハーパーズ・ウィークリー》*50*
ハマー・フィルム　*129*, 130
パラマウント　123
バリモア，ジョン　123, *124*
バルト，ロラン　185–6
バルフォア，アーサー　46, *47*
《パルマル》54
バングズ，ジョン・ケンドリック　171
バーンズ，ウィリアム・J　107–9
バーンズ，ジュリアン　*192*, 193
《パンチ》18, *159*, 160, 171
ピアスン，ヘスキス　191
《ピアスンズ》111, 165–7, *165*
《ピアスンズ・ウィークリー》141
ピアリー，ロバート　41
〈緋色の研究〉15, 18, 19, 43, 44, 47–8, 53, 56, *56*, 61, 62, 65, 69, 70–1, *70*, 73, *73*, *75*, 77, 96, 98, 103, 105, 114, 118, 141, *142*, 143, 147, 152, 154, 155, 160, 162, 179, *188*, 195
ピエトリ，ドランド　170, *170*
ビデオゲーム　190
《ビートンズ・クリスマス・アニュアル》*142*, 143, 195
BBC　7, *8*, 23, 129, 130, 133, 139, 186, 187
ピュー，ブライアン　177, 193
ビルトダウン人　85, *85*
ピンカートン探偵社　53, 107, *109*
〈瀕死の探偵〉82, 124
「瀕死の探偵」（短編映画）120
ファン・フィクション（ファンフィク）13, 185–7, 192, 193, 195
フィニアン主義　44, 53, 54
『フィリップス・ポケット・マップ・オブ・ロンドン』*16–17*
フィールディング，ヘンリー　87
フィールド警部，チャールズ・フレデリック　92, 94
フォーリー，トマス　43
ブース，チャールズ　21
ブースビー，ガイ　111, 172
フーディーニ，ハリー　121, *122*
〈ぶな屋敷〉30, 149

フライ，ハーバート　*20*
〈プライアリ・スクール〉30
ブラウン，ミリー・ボビー　140, *185*
ブラックウェル，エリザベス　49
〈ブラック・ピーター〉158
『ブラッドショー鉄道ガイド』30
ブラッドフォード，サー・エドワード　106
ブランク，マックス　8
ブランケット，アンドレア・レナルズ　185
フリス，ウィリアム・パウエル『鉄道の駅』*31*
フリーマン，マーティン　139
ブルース，ナイジェル　129
〈ブルース・パーティントン型設計書〉22, 26, 29, 106, 152–4
ブルック，クライヴ　124, *125*
ブルネル，イザムバード・キングダム　30, 77
ブルノワ，パーシー　18, 29
ブルーメンフェルド，R・D　29
ブレイクニー，T・S　173
フレイザー，トマス・リチャード　76, 96
ブレット，ジェレミー　*24*, *136*, 137, 140, 190
フロイト，ジークムント　8, 9, 83–4, *83*, *132*, 133, 195
フローマン，ダニエル　123
フローマン，チャールズ　113–4, 123
ベイカー，ウィリアム　18
ベイカー・ストリート（ベイカー街）7, 9, 15, 18–19, *19*, *20*, *21*　→221Bベイカー・ストリート
《ベイカー・ストリート・イレギュラーズ》（BSI）28, 173
《ベイカー・ストリート・ベイブズ》174
ペイン，ジェイムズ　143
ヘクター，ルイス　127
ベザント，ウォルター　144
ベドフォード，フランシス・ドンキン『ブックショップ』146
《ペニー》*90*
ペニー・ドレッドフル　143, *148*, 149
ベルティヨン，アルフォンス　10, *11*, 101–2, *102*, 109
ベル博士，ジョゼフ　76–7, *77*, 92, 94–6, 180
ヘンリー，エドワード　98, 106, *106*
ヘンリー，ガイ　134
ポー，エドガー・アラン　9, 91–2, *92*, *93*
ボーア戦争（1899–1902）59, 60, *60*, 64, 83, 168
《ボウ・ストリート・ランナーズ》87, 89, *90*
保守党　43, 44, 46–7, 50, 61
〈ボスコム谷の謎〉31, 64, 97, 99, 149
「北極星号の船長」38
《ポーツマス・フットボール・クラブ》161
ボーデン，W・J『クリケット・マッチ』163
ホーナング，E・W　111, 162, 171
〈ボヘミアの醜聞〉6, 7, 10, 19, 23, 38, 58, 65, *65*, 75, 101, 114, 144, 146, 152, 155, 158, 171
ホームズ，オリヴァー・ウェンデル　54, *55*, 75, 79
ホームズ，シャーロック
　アイリーン・アドラー　10, 19, 155, 187
　運動能力　161, 162–5, 167
　映画化・テレビシリーズ化　113–40
　音楽　151–5
　科学　69, 74
　視覚芸術　156–7
　政治　43, 47–9
　セクシュアリティ　10

法医学　74, 75, 98-9, 103-5
　モリアーティ　37
　薬物（麻薬、コカイン）　7, 161, 195
　容姿（服装や小物）　97-8, 114, 144, *194*
ホームズ、マイクロフト　22-3, 38, 103, 107, 186, 187, 190
ホール、フランク『ニューゲート：裁判のために勾留される人』*91*
〈ボール箱〉　10, 61, 102, *103*, 152
ホリデイ、ギルバート　168
ホロヴィッツ、アンソニー　193, *193*
ホワイト、ジェリー　21
ポワロ、エルキュール　112, *112*

【マ行】

マイブリッジ、エドワード　151
マイヤーズ、フレデリック　83-4
マコーネル、ジェイムズ・エドウィン『ボーア戦争での小競り合い』*60*
〈マザリンの宝石〉　120, 155, 158
マーシャル、ハーバート・メンジーズ『トラファルガー・スクウェア』*22*
〈マスグレイヴ家の儀式書〉　72
マダム・タッソー蝋人形館　18, *19*
〈まだらの紐〉　*13*, 21
マッケラン、イアン　139, *184*
『マナオ・トゥパパウ（死者が見ている）』　151, *152*
マーベル・コミック社　189
豆記事　→ティット・ビッツ
マリー、ジョン・フィッシャー　15
ミション、ジャン・イポリット　100
〈ミス・シャーロック／Miss Sherlock〉（テレビシリーズ）　140, *140*
『Mr.ホームズ　名探偵最後の事件』（映画）　139, *184*, 185
ミネソタ大学　180
ミラー、ジョニー・リー　139, *139*
ミランカー、グレン　179
ミルヴァートン、チャールズ・オーガスタス　21
ミレー、ジョン・エヴァレット　*45*
ムーア、ダドリー　134, *135*
ムーア、ロジャー　133-4, *134*
〈六つのナポレオン像〉　26
『名探偵コナン』　190, *190*
〈名馬シルヴァー・ブレイズ〉　30, *31*, 70, 97, 101, 106, 167, *167*
メイヤー、ニコラス　133
メトロ・ゴールドウィン・メイヤー・スタジオ　*123*
メトロポリタン・ポリス　→首都圏警察
メルヴィル警視、ウィリアム　107
モーガン、ヘンリー・J『ポーツマスのドレッドノート号とヴィクトリー号』*68*

モースタン、メアリ　10, 99
モネ、クロード『ウォータールー橋、曇り』*30*
モファット、スティーヴン　137, *138*
モーリー、クリストファー　173
『モリアーティ』　193
『モリアーティ』（1922映画、Moriarty）　*53*, 123
モリアーティ教授、ジェイムズ　37, 53, 107, 123, 147, 149, 156, 165, 167, 190
モリス、マルコム　82
モリスン、アーサー　111

【ヤ行】

安っぽい犯罪小説　→ペニー・ドレッドフル
『ヤング・シャーロック／ピラミッドの謎』（映画）　134, *135*
『ヤング・シャーロック／マナーハウスの謎』（テレビシリーズ）　134
『ユグノー教徒』（オペラ）　155, *156*
ユニバーサル映画　127, 133
ユニバーサル・スタジオ　129
ユニバーサル・スタジオ・ジャパン　191
〈四つの署名〉（『四つの署名』）　8, 10, 20, 23, 24, 28, 37, 58, *58*, 62, 69, 74, 75, *75*, 96, 99, 141, 143, 165
〈四つの署名〉（コミックス）　189
『四つの署名』（1932映画、The Sign of Four）　*126*
『四人の署名』（テレビシリーズ）　24, *24*
ヨーロッパとの関わり　65-8

【ラ行】

〈ライオンのたてがみ〉　10, 31, *32*, 33
〈ライゲイトの大地主〉　38, 100
ライヘンバッハの滝　36, 37, 38, *61*, 82, 111, 113, 165, 167, 177
ラスボーン、バジル　28, 124, 127-9, *128*
ラースン、ヴィゴ　118, *118*
ラックマン、アーサー「モルグ街の殺人」　93
ラッスス、オルランドゥス　152, *153*
ラッセル、ウィリアム　91
ラトクリフ街道殺人事件　26, 89, *89*
ラム、ジャック　168
ラモンド、ジョン　191
ランスリン・グリーン、リチャード　176, 180, 192
ラントシュタイナー、カール　105
リー、クリストファー　130, *130*
リード、ウィンウッド　79
《離婚法改革同盟》　50
リスター、ジョゼフ　73, 76
リズモア城（ウォーターフォード州）　43, *44*
リッチー、ガイ　137, *137*
リヒター、ヨハン・パウル　→ジャン・パウル
〈緑柱石の宝冠〉　21, 29, 99-100

ルウェリン、ロジャー　140
ル・カレ、ジョン　13
ルートヴィヒ、エミール　191
『ルパン対ホームズ』　111
ルブラン、モーリス　111-2, 118
レイン、アンソニー　193
レヴィット、ロバート・キース　49
レストレード警部　21, 49, 98-9, 105, 106
レスリー・S・クリンガー　167, 182
レッキー、ジーン（ドイル、ジーン・コナン）　40, 50, 84-5, 124, 191
〈レディ・フランシス・カーファクスの失踪〉　23, 37
レナルズ、シェルドン　185
レノン、ジョン　*187*, 189
《レビュー・オブ・レビューズ》　141
ロイド・ジョージ首相　120
ロウ、ニコラス　134, *135*
ローザンヌ大学図書館　182
ローリー、ヒュー　*138*, 139
ローリング、J・K　187
ロカール博士、エドモン　109
ログスデイル、ウィリアム『セントポール大聖堂とラドゲイト・ヒル』*14*
ロサキス、コンスタンス　179
『ロジャー・ムーア　シャーロック・ホームズ・イン・ニューヨーク』　133, *134*
『ロスト・ワールド』（映画）　121
ロックハート、ウィリアム・ユーアート『ヴィクトリア女王在位50周年記念（ゴールデン・ジュビリー）式典のウェストミンスター寺院記念礼拝　1887年6月21日』*45*
ロッジ、オリヴァー　83, *83*
ロバーツ、サー・シドニー　173, 176
ロンドン　9, 14-30, 39, 174-7
ロンドン・コロシアム　118, *119*
《ロンドン・シャーロック・ホームズ協会》（SHSL）　173, *174*, 174, 175-6, *176*
ロンブローゾ、チェーザレ　10, 84, 102, 103, 110

【ワ行】

ワイヴィル・トムスン、サー・チャールズ　77
ワイルズ、フランク　*100*
ワイルダー、ビリー　130-3, 134
ワイルド、オスカー　23, *23*, 150, 152
ワット、A・P　82, 144
ワトスン博士、ジョン　7, 19, 20, 61-2
　映像化　129, *130*, 133, 134, *134*, 137, 139, *139*
　221Bベイカー・ストリート　15, 19
　ホームズ観　72, 73
　ホームズとの出会い　15, *18*
ワーナー・ブラザース　137, 187

図版出典

4 GRANGER – Historical Picture Archive/Alamy Stock Photo; 6 Wellcome Collection/Creative Commons; 8 Photo 12/Alamy Stock Photo; 9 Lebrecht Authors/Bridgeman Images; 10 Danvis Collection/Alamy Stock Photo; 11 Avant-Demain/Bridgeman Images; 12 Lebrecht Authors/Bridgeman Images; 13 Granger/Bridgeman Images; 14 © Christie's Images/Bridgeman Images; 15 © David Hopkins; 16–17 Bridgeman Images; 18 © Look and Learn/Bridgeman Images; 19 GRANGER – Historical Picture Archive/Alamy Stock Photo; 20 © Look and Learn/Bridgeman Images; 21 © John Sutton/Bridgeman Images; 22 © Look and Learn/Bridgeman Images; 23 Heritage Image Partnership Ltd/Alamy Stock Photo; 24 ITV/Shutterstock; 25 above FALKENSTEINFOTO/Alamy Stock Photo; 25 below Colin Waters/Alamy Stock Photo; 26 Painters/Alamy Stock Photo; 27 above Look and Learn/Peter Jackson Collection/Bridgeman Images; 27 below © British Library Board. All Rights Reserved/Bridgeman Images; 28 Look and Learn/Bernard Platman Antiquarian Collection/Bridgeman Images; 29 © Look and Learn/Bridgeman Images; 30 Bridgeman Images; 31 above Bridgeman Images; 31 below Pictorial Press Ltd/Alamy Stock Photo; 32 Tibbut Archive/Alamy Stock Photo; 33 Pictorial Press Ltd/Alamy Stock Photo; 34 Will Perrett/Alamy Stock Photo; 35 Chroma Collection/Alamy Stock Photo; 36 Bourne Gallery, Reigate, Surrey/Bridgeman Images; 37 © British Library Board. All Rights Reserved/Bridgeman Images; 38 Wikimedia Creative Commons; 39 © SZ Photo/Scherl/Bridgeman Images; 40 Holly Gold/Alamy Stock Photo; 41 © Look and Learn/Bridgeman Images; 42 Private Collection; 43 © David Hopkins; 44 UniversalImagesGroup/Getty Images; 45 above Artepics/Alamy Stock Photo; 45 below left PRISMA ARCHIVO/Alamy Stock Photo; 45 below right De Agostini Picture Library/Bridgeman Images; 46 Chronicle/Alamy Stock Photo; 47 Sunny Celeste/Alamy Stock Photo; 48 ITV/Shutterstock; 49 The Print Collector/Alamy Stock Photo; 50 Historical/Getty Images; 51 above Antiqua Print Gallery/Alamy Stock Photo; 51 below Wikimedia Commons; 52 The Protected Art Archive/Alamy Stock Photo; 52 Chronicle/Alamy Stock Photo; 54 incamerastock/Alamy Stock Photo; 55 Classic Image/Alamy Stock Photo; 56 travel4pictures/Alamy Stock Photo; 57 Danvis Collection/Alamy Stock Photo; 58 Wikimedia Commons; 59 incamerastock/Alamy Stock Photo; 60 © Look and Learn/Bridgeman Images; 61 above Fototeca Gilardi/Bridgeman Images; 61 below Everett Collection/Bridgeman Images; 62 Chronicle/Alamy Stock Photo; 63 The History Collection/Alamy Stock Photo; 64 Lakeview Images/Alamy Stock Photo; 65 Wikimedia Commons; 66 INTERFOTO/Alamy Stock Photo; 67 Baker Street Scans/Alamy Stock Photo; 68 The Picture Art Collection/Alamy Stock Photo; 69 © David Hopkins; 70 Lebrecht Music & Arts/Alamy Stock Photo; 71 above duncan1890/Getty Images; 71 below Paul Carstairs/Alamy Stock Photo; 72 clu/Getty Images; 73 © Photo Josse/Bridgeman Images; 74 IanDagnall Computing/Alamy Stock Photo; 75 left AF Fotografie/Alamy Stock Photo; 75 right Chronicle/Alamy Stock Photo; 76 Art World/Alamy Stock Photo; 77 Wikimedia Commons; 78 Private Collection; 79 Private Collection; 80 Stock Montage, Inc./Alamy Stock Photo; 81 Print Collector/Getty Images; 82 incamerastock/Alamy Stock Photo; 83 Chronicle/Alamy Stock Photo; 84 Chronicle/Alamy Stock Photo; 85 Geological Society of London; 86 GRANGER – Historical Picture Archive/Alamy Stock Photo; 87 © David Hopkins; 88 © Look and Learn/Bridgeman Images; 89 Chronicle/Alamy Stock Photo; 90 De Luan/Alamy Stock Photo; 91 Bridgeman Images; 92 Look and Learn/Elgar Collection/Bridgeman Images; 93 Lebrecht Authors/Bridgeman Images; 94 © Look and Learn/Bridgeman Images; 95 Universal History Archive/UIG/Bridgeman Images; 96 Artokoloro/Alamy Stock Photo; 97 © North Wind Pictures/Bridgeman Images; 98 The History Collection/Alamy Stock Photo; 99 Lebrecht Authors/Bridgeman Images; 100 Granger/Bridgeman Images; 101 Alpha Stock/Alamy Stock Photo; 102 Pictorial Press Ltd/Alamy Stock Photo; 103 Baker Street Scans/Alamy Stock Photo; 104 World History Archive/Alamy Stock Photo; 105 The Granger Collection/Alamy Stock Photo; 106 World History Archive/Alamy Stock Photo; 107 Chronicle/Alamy Stock Photo; 108 The Stapleton Collection/Bridgeman Images; 109 Peter Newark American Pictures/Bridgeman Images; 110 Bonhams/Bournemouth News/Shutterstock; 111 Hulton Archive/Getty Images; 112 © 1993 Shutterstock; 113 © David Hopkins; 114 Chronicle/Alamy Stock Photo; 115 IanDagnall Computing/Alamy Stock Photo; 116 Alamy Stock Photo; 117 above History and Art Collection/Alamy Stock Photo; 117 below imageBROKER/Alamy Stock Photo; 118 cineclassico/Alamy Stock Photo; 119 Lebrecht Music Arts/Bridgeman Images; 120 Pictorial Press Ltd/Alamy Stock Photo; 121 Everett Collection, Inc./Alamy Stock Photo; 122 Bettmann/Getty Images; 123 Heritage Image Partnership Ltd/Alamy Stock Photo; 124 Everett Collection/Bridgeman Images; 125 Bridgeman Images; 126 Universal Art Archive/Alamy Stock Photo; 127 Everett Collection Inc/Alamy Stock Photo; 128 Allstar Picture Library Ltd/Alamy Stock Photo; 129 Everett Collection Inc/Alamy Stock Photo; 130 United Archives GmbH/Alamy Stock Photo; 131 Pictorial Press Ltd/Alamy Stock Photo; 132 Album/Alamy Stock Photo; 133 Collection Christophel/Alamy Stock Photo; 134 Moviestore Collection Ltd/Alamy Stock Photo; 135 above © 1977 Shutterstock; 135 below AJ Pics/Alamy Stock Photo; 136 Album/Alamy Stock Photo; 137 Maximum Film/Alamy Stock Photo; 138 above Album/Alamy Stock Photo; 138 below Cinematic Collection/Alamy Stock Photo; 139 PictureLux/The Hollywood Archive/Alamy Stock Photo; 140 HBO; 141 © David Hopkins; 142 AF Fotografie/Alamy Stock Photo; 143 Chronicle/Alamy Stock Photo; 144 Pictorial Press Ltd/Alamy Stock Photo; 145 Lebrecht Authors/Bridgeman Images; 146 Pictorial Press Ltd/Alamy Stock Photo; 147 Chronicle/Alamy Stock Photo; 148 Walker Art Library/Alamy Stock Photo; 149 © Christie's Images/Bridgeman Images; 150 Heritage Image Partnership Ltd/Alamy Stock Photo; 151 © David Hopkins; 152 Bridgeman Images; 153 above Bridgeman Images; 153 below Lebrecht Music Arts/Bridgeman Images; 154 Lebrecht Music/Alamy Stock Photo; 155 GRANGER – Historical Picture Archive/Alamy Stock Photo; 156 Wikimedia Commons; 157 © Photo Josse/Bridgeman Images; 158 Chronicle/Alamy Stock Photo; 159 Amoret Tanner Collection/Alamy Stock Photo; 160 © The Maas Gallery, London/Bridgeman Images; 161 © David Hopkins; 162 Lebrecht Music & Arts/Alamy Stock Photo; 163 above Bridgeman Images; 163 below Bridgeman Images; 164 © British Library Board. All Rights Reserved/Bridgeman Images; 165 Chronicle/Alamy Stock Photo; 166 GL Archive/Alamy Stock Photo; 167 Universal History Archive/UIG/Bridgeman Images; 168 © Christie's Images/Bridgeman Images; 169 INTERFOTO/Alamy Stock Photo; 170 above left Private Collection; 170 above right PA Images/Alamy Stock Photo; 170 below left Private Collection; 170 below right Chronicle/Alamy Stock Photo; 171 © David Hopkins; 172 above Elliott & Fry/Getty Images; 172 below Dmitry Naumov/Alamy Stock Photo; 173 Bridgeman Images; 174 Keystone Press/Alamy Stock Photo; 175 above Popperfoto/Getty Images; 175 below David Humphreys/Alamy Stock Photo; 176 Chronicle/Alamy Stock Photo; 177 Gregory Wrona/Alamy Stock Photo; 178 Greg Balfour Evans/Alamy Stock Photo; 179 Irina Afonskaya/Alamy Stock Photo; 180 PA Images/Alamy Stock Photo; 181 Alan Hall Photo/Stockimo/Alamy Stock Photo; 182 Torontonian/Alamy Stock Photo; 183 Everett Collection/Bridgeman Images; 184 Cinematic Collection/Alamy Stock Photo; 185 TCD/Prod.DB/Alamy Stock Photo; 186 OnTheRoad/Alamy Stock Photo; 187 David Humphreys/Alamy Stock Photo; 188 Alamy Stock Photo; 189 Universal Art Archive/Alamy Stock Photo; 190 Newscom/Alamy Stock Photo; 191 Fototeca Gilardi/Bridgeman Images; 192 PBS; 193 left Orion Publishing; 193 right Picador Books; 194 homydesign/Getty Images; 195 IanDagnall Computing/Alamy Stock Photo.

謝辞

私の初稿に目を通し、そのひどい間違いを指摘してくれた《ロンドン・シャーロック・ホームズ協会》のキャサリン・クックおよびピーター・ホロックスには、とくに感謝を捧げたい。また、少々違った（歴史家の）視点から私の草稿を読んでくれた、デヴィッド・リチャーズにも感謝する。ただし当然ながら、何らかの間違いが残っていれば、それは私の責任である。その他、大西洋の両岸からさまざまな形で私を助けてくれた、スティーヴン・ロスマン、カルヴァート・マーカム、マット・ウィンゲット、クリフ・ゴールドファーブ、ロジャー・ジョンスン、マーク・ジョーンズにも、お礼を申しあげる。そして、傑出したシャーロッキアンであり、今は亡きニック・ユーテチンの、長年にわたる全般的な（そして気さくな）励ましにも、感謝しなければならない。

（なお、翻訳に際しては田島夏樹さんの協力を得た。記して感謝したい。　　──訳者）

THE WORLDS OF SHERLOCK HOLMES by Andrew Lycett
Copyright © First published in 2023 by Frances Lincoln, an imprint of Quarto.
Japanese translation published by arrangement with Quarto Publishing Plc
through The English Agency (Japan) Ltd.

Design Copyright © 2023 Quarto
Text Copyright © 2023 Andrew Lycett
All rights reserved.

シャーロック・ホームズの世界　大図鑑

2024 年 10 月 30 日　初版発行

著　　者	アンドルー・ライセット	
訳　　者	日暮雅通	
編集協力	樋口真理（北烏山編集室）	
装丁者	岩瀬聡	
発行者	小野寺優	
発行所	株式会社河出書房新社	
	〒162-8544 東京都新宿区東五軒町 2-13	
	https://www.kawade.co.jp/	
組　　版	株式会社キャップス	

Printed and bound in China
ISBN978-4-309-20905-0

落丁本・乱丁本はお取り替えいたします。
本書のコピー、スキャン、デジタル化等の無断複製は著作権法上での例外を除き禁じられています。本書を代行業者等の第三者に依頼してスキャンやデジタル化することは、いかなる場合も著作権法違反となります。